REBECCA RUSS

DIE INFLUENCERIN

rütten & loening

REBECCA RUSS

DIE INFLUENCERIN

Ich folge dir. Ich verfolge dich.
Ich zerstöre dich.

THRILLER

rütten & loening

Für meine Schwiegermama

ISBN 978-3-352-01005-7

Rütten & Loening ist eine Marke
der Aufbau Verlage GmbH & Co. KG

1. Auflage 2024
© Aufbau Verlage GmbH & Co. KG, Berlin 2024
www.aufbau-verlage.de
10969 Berlin, Prinzenstraße 85
Der Verlag behält sich das Text- und Data-Mining
nach § 44b UrhG vor, was hiermit Dritten ohne Zustimmung
des Verlages untersagt ist.
Satz Greiner & Reichel, Köln
Druck und Binden CPI books GmbH, Leck, Germany

Printed in Germany

1.

Ich liebte alles an ihr, aber am meisten liebte ich ihr Haar. Goldgelb wie sonnenbeschienener Weizen und mit diesem zarten Schimmer in den Spitzen wie ein Tuch reinster Seide. Zu gerne hätte ich ihr gesagt, sie sollte es öfter offen tragen und nicht immer zu einem glatt frisierten Pferdeschwanz zusammenfassen, doch das ging nicht. So sehr ich es mir auch wünschte, aber wir hatten nicht die Art von Beziehung, in der wir offen miteinander redeten. Nein, sie wusste ja nicht einmal, wer ich war.

Dafür wusste ich alles von ihr. Die Marke ihrer Lieblingsleggins und dass sie gerne kitschige Popsongs beim Laufen hörte. Welches Parfüm sie morgens auf die Innenseite ihrer Handgelenke tupfte und die Musterung ihrer Schlafzimmervorhänge. Ich wusste, dass sie sich vor großen Vögeln fürchtete und dass sie eine Schwäche für Lakritzstangen hatte. Und dafür musste ich nicht einmal abends durch ihr Fenster spähen. Sie teilte es bereitwillig mit mir und dem Rest der Welt, lud mich ein in ihr Leben mit all seinen intimen Details.

Sechs Uhr morgens. Das war immer unsere Zeit, kurz bevor ich zur Arbeit aufbrach. Ich hatte bereits alles vorbereitet. Kaffee und Müslischale standen am Rande des Küchentischs, und in der Mitte mit einem ihrer Fotos als Bildschirmschoner: mein Handy.

Ich war nicht wie diese Kids, die ständig und überall im Vorbeigehen konsumierten. Ich wollte diese Augenblicke zelebrieren, in denen ich ihre Timeline durchstöberte. Das Herzklopfen voll auskosten, das ich verspürte, wenn ein neues Foto von ihr auftauchte. Eine Nahaufnahme ihrer Finger, wenn sie ihre morgendliche Tasse Tee trank oder auch nur den Schatten ihrer schnell arbeitenden Beine, wenn sie zu ihrer täglichen Laufrunde aufbrach.

Ich nahm mir gerne Zeit, zoomte ran, machte Screenshots von ihren Stories und Reels und sortierte sie je nach Inhalt in verschiedene Alben auf meinem Handy, um sie jederzeit wieder aufrufen zu können. Meine Lieblingsbilder von ihr druckte ich aus und hängte sie an meine Schlafzimmerwand, wo ich sie von meinem Bett aus betrachten konnte. Ich liebte es, am Morgen nach dem Aufwachen als Erstes in ihr Gesicht zu blicken und in ihren jadegrünen Augen zu versinken.

Das Foto, das ich gestern ausgedruckt hatte, lag noch auf einem Stuhl neben mir, ein außergewöhnlich schöner Schnappschuss, den sie erst vor ein paar Tagen hochgeladen hatte. Darauf trug sie ein rotgeblümtes Sommerkleid und stand bis zu den Schenkeln in einem tiefgrünen See, so dass der knappe Saum gerade oberhalb der Wasseroberfläche schwebte. Sie hatte den Kopf in den Nacken geworfen und lachte frei in die Kamera, während ihre Haare vom Wind über ihre Schultern geworfen wurden. Sanft umspielten die goldenen Strähnen ihren Hals und die rosige Kuhle ihres Schlüsselbeins, wo genau in der Mitte ein kleines Muttermal in der Form eines Herzens prangte.

Ganze Nächte hatte ich damit verbracht, dieses Muttermal in Gedanken mit den Fingern nachzuzeichnen. Ich tat es auch jetzt wieder, während ich mit der Kaffeetasse in der Hand ungeduldig darauf wartete, dass sich ihre Instagram-Seite auf meinem Handybildschirm öffnete.

Etwas schien mit meiner Internetverbindung nicht zu stimmen. Obwohl bereits Minuten vergangen waren, lud ihre Seite einfach nicht. Ich schloss alle Apps und trottete zur Kommode mit dem Router hinüber. Alle Lichter blinkten, dennoch zog ich den Stecker einmal raus, steckte ihn wieder rein und wartete darauf, dass er erneut hochfuhr.

Dabei war gerade heute so ein wichtiger Tag. Sie hatte einen schweren Schlag erlitten, und ich fieberte darauf hin, zu erfahren, wie es ihr ging. Ich hatte mir sogar vorgenommen, einen kleinen, aufmunternden Kommentar unter ihrem letzten Beitrag zu hinterlassen, um die Hasstiraden, die ihr Profil überschwemmten, etwas abzumildern. In Gedanken hatte ich bereits mehrere Versionen ausformuliert, wie ich sie am besten trösten und erreichen könnte. Die Galle kam mir hoch, wenn ich wieder an diese Internettrolle dachte, die einen beleidigenden Kommentar nach dem anderen formulierten und sich anmaßten, sich über sie erheben zu können, als wüssten sie nur einen Funken über sie.

Nervös schlürfte ich die Reste von meinem Morgenkaffee aus. Der WLAN-Router zeigte wieder drei Lichter. Meine Timeline lud, aber ihr Profil war nirgends zu sehen, was seltsam war, weil es mir sonst immer als Erstes unter den Story Icons angezeigt wurde.

Ich gab ihren Namen umständlich in meinem Suchfeld ein, erwartete, endlich ihr Bild zu sehen, das Lächeln, mit dem sie mich jeden Tag begrüßte und das mein Leben endlich wieder lebenswert gemacht hatte.

Doch nichts. Statt ihres Fotos erhielt ich einen weißen Bildschirm und einen einzelnen Satz: Wir konnten kein Ergebnis für deine Suche finden.

Mein Herz begann zu rasen, meine Handflächen wurden feucht, und ich musste mein Handy fester packen, um ihren Namen erneut in das Suchfeld einzutippen.
Keine Ergebnisse.
Ich versuchte es testweise mit einem anderen Profil. Hier funktionierte die Suche. Sofort wurde mein Bildschirm von bunten Fotokacheln geflutet. Dann wieder ihren Namen, der einzige Name, der für mich zählte: @sarahlaeuft
Keine Ergebnisse.
Ich schleuderte das Handy von mir, ein kehliger Laut entrann meiner Brust, halb Schrei, halb Schluchzer. Wankend sank ich in meinem Stuhl zurück, meine Arme zitterten, alles an mir zitterte. Nein, das durfte einfach nicht sein. Das konnte nicht sein.
Noch immer erleuchtete das weißblaue Licht meines Handybildschirms meinen Küchenfußboden. Der schwarze Schriftzug schien mir voller Hohn entgegenzustarren.
Keine Ergebnisse.
Und damit waren meine schlimmsten Ängste Wirklichkeit geworden.
Sarahs Profil, das Zentrum meines Lebens, war gelöscht worden.

2.

Kommentar von @jesse.likezz: Stimmt das echt, was die Leute hier schreiben? War eigentlich immer ein riesen Fan von @sarahlaeuft, aber das jetzt? Einfach abartig, was sie da geliefert hat. Unfollowed.

Ich fühlte ihr Getuschel mehr, als dass ich es hörte. Wie Spinnenbeine krochen die Worte meinen Nacken hinauf und ließen mich frösteln.
»Ist das nicht …?«
»… dass sie so einfach hier rumläuft …«
»Sie hat zugenommen, oder?«
Ich versuchte, nicht hinzuhören, die bohrenden Blicke und halblauten Fragen zu ignorieren, aber natürlich war das unmöglich. Wie nackt fühlte ich mich auf meinem Stuhl inmitten des überfüllten Cafés, in dem ich saß. Meine schwarze Sonnenbrille schmolz, meine Kleiderfasern lösten sich auf, und mir war, als würde jede einzelne Person im Raum mich ansehen und nicht bloß die drei jungen Frauen, die auf dem Weg zum Kaffeetresen stehen geblieben waren, um mich anzustarren.
»Ups! Entschuldigung!«
Eine große, dunkelhaarige Frau in einem Jeans-Minirock rempelte die Gruppe von hinten an. Kaffee schwappte über den Rand der zwei Becher in ihren Händen und tropfte zwischen die weißen, modischen Turnschuhe der Frauen.

»Hey! Pass doch auf, mein Handy!«

Erst als ich aufblickte, sah ich, dass eine der Frauen ihre Handykamera auf mich gerichtet hielt und es nun panisch von den überschwappenden Kaffeebechern weghielt. Wahrscheinlich war es dennoch zu spät, wahrscheinlich hatte sie ihren Schnappschuss längst gemacht und würde ihn in den nächsten Minuten in ihren Instagram-Stories hochladen. Gemeinsam mit einer Verlinkung zu meinem mittlerweile deaktivierten Profil und einem schadenfrohen #sarahisoverparty Hashtag.

Ich würde es nie erfahren. Auf dem Steinzeithandy in meiner Handtasche gab es keinen Appstore und kein Instagram.

Nicht mehr.

Die dunkelhaarige Frau grinste breit, so dass ihre Zähne aufblitzten. »Sorry. Es ist nur ... Ihr steht hier echt blöd im Weg.« Im Vorbeigehen rammte ihre Handtasche die Hüfte einer der Frauen, woraufhin diese vor ihr zurückweichen musste, dann bahnte sie sich weiter ihren Weg, an den eng beieinanderstehenden, kreisrunden Tischen vorbei direkt auf mich zu und stellte einen der Kaffeebecher vor mir ab.

»Einmal Mandelmilch-Latte mit Zimt, kein Zucker, so wie du ihn am liebsten magst.« Caro, meine Schwester, schnappte sich den Stuhl gegenüber von mir und platzierte sich so, dass sie zwischen mir und dem Rest des Raumes saß, als könnte sie mich dadurch wie ein Schild von den restlichen Besuchern abschirmen. Mein Blick glitt dennoch an ihr vorbei, zurück zu den Frauen, die die Köpfe zusammengesteckt hatten und auf ihre Handybildschirme starrten.

Caro schnaubte hörbar und rührte kräftig mit einem Pappstrohhalm durch ihren Latte.»Vergiss sie. Die haben doch keine Ahnung.«

Ich brummte wortlos zur Antwort und zog den Becher an mich heran, zögerte jedoch, davon zu trinken. Nutzte es etwas, Caro zu sagen, dass ich die Kombination Kaffee mit Zimt überhaupt nicht mochte? Dass es wie so vieles bloß etwas war, das ich aufgenommen hatte, weil es hip und in war und zu der Rolle passte, die ich spielte? Sie würde es ohnehin nicht verstehen. Caro, die schon als Kind laut und selbstbewusst gewesen war und zu allem eine Meinung hatte, ganz egal, ob sie damit aneckte oder nicht, während ich immer nur darum bemüht war, mich meiner Umgebung anzupassen. Es war das, worin ich gut war. Das, was mich in meinem Beruf so erfolgreich machte.

Ich zwang mich, einen Schluck zu nehmen, und lächelte Caro über die Milchschaumkrone hinweg an. »Du hast mir immer noch nicht gesagt, weshalb wir hier sind.« Die Kaffeequalität war es auf jeden Fall nicht, wie ich mit zuckenden Mundwinkeln feststellte. Vor Anspannung verzog ich die Lippen zu einem verkrampften Grinsen. Die anhaltende Geräuschkulisse machte mich zusehends nervös. Zischende Dampfdrüsen gemischt mit Geschirrklappern und verwischten Gesprächsfetzen. Die letzten Wochen hatte ich das Haus nur für die allernötigsten Besorgungen verlassen, weshalb mich nun bereits normale Alltagssettings wie dieses hier völlig überforderten. Wie eine Aussätzige hatte ich mich mit meiner Familie hinter verschlossenen Türen verschanzt und hatte nicht einmal mehr Anrufe entgegengenommen. Caro hatte mich fast in ihren Wagen zerren müssen, um mich herzubekommen, aber sie hatte nicht lockergelassen, ehe ich zugestimmt hatte, und kein Nein akzeptiert. Nun wunderte ich mich, wieso.

»Erwischt!« Caro lachte. Der Laut klang unehrlich, was mich nur noch skeptischer machte, weil sich meine Schwester im Gegensatz zu mir nur selten verstellte.

»Was ist los? Wenn es etwas zu besprechen gibt, hätten wir das genauso gut zuhause machen können.« Dort hatte ich mein Büro und sogar einen kleinen Meetingraum, den wir jedoch selten benutzten, weil ich mich in der Küche wohler fühlte. Was aber viel wichtiger war: Wir wären allein gewesen. In dem hell beleuchteten Café fühlte ich mich immer mehr wie auf dem Präsentierteller, wie Beute freigegeben zur Jagd.

»Also gut.« Caro fächerte ihre Handflächen auf der Tischplatte auf, als müsste sie sich stützen. »Die Wahrheit ist: Wir werden gleich jemanden treffen.«

Meine Wirbelsäule versteifte sich. »Du hast mich doch hoffentlich nicht an die Presse verkauft.« Ich lachte, als wäre es ein Scherz, aber selbst in meinen Ohren klang der Laut schrill und ängstlich.

»Nein, guter Gott, nein! Du weißt genau, dass ich das niemals tun würde. Mein Job besteht darin, dich zu unterstützen, und genau deshalb habe ich dich hergebracht.« Caro atmete tief durch und senkte ihre rauchige Stimme zu einem Flüstern. »Ich habe Kontakt mit einem Agenten aufgenommen.«

Meine Finger zogen sich um den Pappbecher zusammen, drückten die dünne Form ein. »Raphael ist mein Agent.« Mein Mann hatte mich schon vertreten, lange bevor ich mit @sarahlaeuft zur Onlineberühmtheit aufgestiegen war. Er hatte an mich geglaubt, mich gestählt und mir am Ende zu dem Menschen verholfen, der ich heute war. Ich verdankte ihm alles.

»Und er kann es auch weiterhin bleiben! Ich würde nie vorschlagen, dass du ihn ersetzt. Es ist bloß ...« Caro rang sichtlich nach Worten. »Der Mann, den ich dir vorstellen will, hat ganz andere Kontakte als Raphael. Zu Zeitungen und Verlagen zum Beispiel und jetzt da ...«

Ich hob eine Augenbraue. »Jetzt da meine Karriere zu Ende ist, meinst du?«

»Das habe ich nicht gesagt!« Caro schnaubte genervt. »Aber es wäre ein guter Zeitpunkt, sich etwas umzuorientieren, findest du nicht? Und du hast mir immer erzählt, dass dir das Schreiben von Blogbeiträgen bei deiner Arbeit so viel Spaß macht. Du bist so richtig darin versunken. Wieso das also nicht weiter ausloten? Was gibt es schon zu verlieren?«

Weil ich ohnehin bereits alles verloren hatte? Säure und bitterer Kaffee krochen meinen Rachen hinauf. Ich schluckte. »Du hättest mich warnen sollen, dann hätte ich dir gleich gesagt, dass wir hier unsere Zeit verschwenden.« Ich ließ meinen noch vollen Becher stehen und stand vom Tisch auf.

Caro erhob sich mit mir. »Sarah, nun warte bitte.«

»Ich verstehe einfach nicht, wieso du so etwas hinter meinem Rücken arrangierst.«

Caro lächelte milde. »Weil du sonst niemals zugestimmt hättest.«

»Ich bin kein kleines Kind! Ich weiß selbst, was für mich am besten ist.«

In Caros Augen blitzte etwas auf. »Oder was Raphael für dich am besten findet?« Sie kniff die Augen zusammen. »Tut mir leid, das war so nicht gemeint. Ich denke bloß, dass es noch andere Wege gibt, mit der ganzen Situation umzugehen, und Raphael neigt dazu, dich wie durch einen Tunnelblick zu betrachten.«

»Das zu beurteilen ist nicht dein Job.«

Abwehrend hob Caro die Hände vor sich. »Ja, ich weiß. Ich bin bloß die Assistentin. Aber ich bin zufällig auch noch deine Schwester, schon vergessen? Denkst du, es macht mir Spaß, dich so am Boden zu sehen? Ich will dir doch bloß helfen.«

»Ich weiß, du meinst es gut, aber ich bin nicht bereit für einen solchen Termin.« Ich schulterte meine Handtasche. »Ist dir nie die Idee gekommen, dass dieser Agent bloß ein weiterer Geier ist, der meine Story ausschlachten möchte? Von der Sorte habe ich bereits genug am Hals.«

»So einer ist er nicht, deshalb wollte ich unbedingt, dass ihr euch kennenlernt. Er glaubt an dich. Er findet deine Texte klug und witzig und dass du weit mehr aus dir machen könntest.«

Es war das *mehr*, das mich zum Umdrehen bewegte. Von allen Menschen, die mich in den letzten Wochen verurteilt und abgefertigt hatten, musste mir ausgerechnet auch noch meine Schwester das Gefühl geben, versagt zu haben?

Das lautstarke Lachen eines Mannes vor der Kuchenvitrine ließ mich zusammenzucken. Im Laufschritt eilte ich zur Tür hinaus. Ich wollte nur noch weg von hier, dem Getuschel und Gekicher, den neugierigen Blicken und halb versteckten Handylinsen. Auf der gepflasterten Einkaufsstraße war zwar mindestens genauso viel los wie innerhalb des gut besuchten Cafés, aber zumindest hatte ich durch die Bewegung nicht länger das Gefühl, ein Tier im Käfig zu sein. Der Knoten in meiner Brust löste sich etwas, und ich nahm einen tiefen Atemzug. Die Luft war schwül, schmeckte nach Spannung. Hinter dem strahlenden Junihimmel schien sich ein Gewitter zusammenzubrauen.

»Sarah!« Caro kam direkt nach mir zur Tür heraus. Ich blieb nicht für sie stehen, ließ sie rennen, um zu mir aufzuschließen. Schweiß sammelte sich in der Kuhle meines Rückens. Trotz des warmen Frühlingswetters hatte ich mich in einen langen Trenchcoat gehüllt, der sich nun wie eine Zwangsweste auf meiner überhitzten Haut anfühlte. »Tut mir leid. Ich weiß, ich hätte vorher mit dir reden sollen. Ich wollte dich nicht so überfallen.«

»Wieso tust du es dann?«, zischte ich und spürte meinen Kiefer mahlen.

»Ich mache mir Sorgen um dich. Sieh dich doch an. Du bist noch dünner als sonst, isst nichts, schläfst nicht und gehst kaum noch vor die Tür. Wie soll das so weitergehen?«

Ich hatte die Arme fest um mich geschlungen, mein Schritt war schnell, auch wenn ich keine Ahnung hatte, wohin ich ging. »Raphael meint, wir sollen erst mal abwarten, bis sich der erste Rauch gelegt hat.«

»Es sind nun acht Wochen vergangen. Wie lange sollst du noch damit warten, bis du wieder anfängst, zu existieren? Du lebst wie ein Geist.«

»Ich weiß es doch selbst nicht, okay? Alle wollen Antworten von mir, die Medien, die Sponsoren … aber ich weiß es einfach nicht. Ich habe keine Ahnung, wie es mit mir und meiner Arbeit weitergehen soll. Ob es überhaupt ein Weiter geben wird …« Ich biss mir auf die Unterlippe, die unter dem Druck meiner Zähne erzitterte.

»Ganz ruhig. Ich habe das Gefühl, du machst dir selbst viel zu viel Stress. Es ist schlimm, was passiert ist, und sicher hat Raphael recht damit, abwarten zu wollen, bis das Gröbste vorüber ist, aber denk daran, es ist immer noch das Internet, und das Internet vergisst schnell. In ein paar Wochen interessiert sich wahrscheinlich keiner mehr für diese alte Geschichte, und du bist Schnee von gestern.«

Caros aufmunterndes Lächeln beruhigte mich wenig, denn genau da irrte meine Schwester sich leider. Das Internet vergaß nie. Ich musste es wissen. Ich hatte jahrelang darin gelebt. Kein Morgen hatte für mich ohne eine Instagram-Story begonnen. Keine Woche ohne eine Live-Workoutsession geendet. Meine Onlinecommunity hatte mich Schritt für Schritt durch meinen Alltag begleitet, bei meinen Lauftrainings und HIIT-Einheiten, aber auch bei ganz banalen Aktivitäten, wie wenn ich unseren Hund ausführte oder für die Schulaufführung meiner Tochter Papierkronen bastelte. Sie hatten mit mir zu Abend gegessen und mich beim Abschminken beobachtet. Intime Momente, die sonst nicht einmal meine Mutter mitbekam und die über siebenhunderttausend Menschen fast täglich live mitverfolgen konnten.

27 693 Likes für ein Foto von mir auf dem Sofa, wie ich meine Beine in plüschigen lila Wollsocken in die Höhe streckte #endlichwochenende

41 499 Likes für eine Nahaufnahme, wie ich meine neuen Nike-Laufschuhe zuband #laufenmachtglücklich

83 528 Likes für ein Vorher/Nachher-Bild von mir in einem knallpinken Bikini am See #fitnessmotivation

Es gab kaum einen Aspekt meines Lebens, der nicht öffentlich war. Kaum einen Moment, der nicht von anderen kommentiert, bewertet oder gespeichert werden konnte. Von Menschen, die ich persönlich nicht kannte, die mir aber doch so nah waren, dass ich alles mit ihnen geteilt hatte. Freude. Ängste. Sorgen. Sehnsüchte.

Und die sich jetzt gegen mich wendeten.

Der Schmerz darüber saß wie ein Splitter zwischen meinen Rippen, der sich bei jedem Atemzug tiefer bohrte. Das Internet war nie ohne Schattenseiten, dennoch war ich es jahrelang gewohnt gewesen, dass die Menschen zu mir aufsahen, mir lange Nachrichten schrieben, wie sehr ich ihr Leben beeinflusst hatte und wie viel meine Beiträge ihnen bedeuteten. Sie nannten mich Freundin, Heldin, Idol. Aber auch Schlampe, Miststück, Betrügerin. Schon immer waren es die Hassnachrichten gewesen, die mich am Ende eines Tages am meisten beschäftigten. Die Menschen, die fanden, dass alles an mir fake sei, denen ich zu dick oder zu dünn war, die meine Stimme nicht mochten oder die mir wegen meiner fitnessorientierten Inhalte Frauenfeindlichkeit und Fatshaming vorwarfen.

Raphael sagte immer, das gehöre zum Job dazu. Ich dürfe das nicht ernst nehmen, nicht so nah an mich heranlassen. Caro löschte die meisten boshaften Kommentare, bevor ich sie überhaupt sah, und mit der Zeit wurde ich tatsächlich besser darin, weiterzuscrollen und die Beleidigungen zu ignorieren, aber damals war das einfach gewesen. Damals, als diese Fälle noch vereinzelt auftraten, ein paar Ausnahmen, doch das war nichts im Vergleich zu dem, was mir jetzt entgegenschlug.

Das war der Grund, wieso mein Smartphone sein Dasein inzwischen ausgeschaltet in meiner untersten Schreibtischschublade fristete und ich kurzfristig auf ein altertümliches Nokia-Tastenhandy umgestiegen war. Weil ich ihren Hass nicht länger ertrug, die säuretriefenden Nachrichten und hämischen Kommentare.

Ich spürte diesen Hass auch jetzt noch an mir nagen, während ich neben Caro die belebte Mariahilfer Straße im Herzen von Wien entlangeilte. Vorbei an Touristen, Einkaufsbummlern und Passanten. Fast alle hatten ihr Handy in der Hand, wischten mit ihren Fingern über die leuchtenden Bildschirme. Früher war mir das überhaupt nicht so bewusst gewesen, doch nun waren diese glänzenden Kästchen alles, was ich wahrnahm. Und jedes Mal stellte ich mir die Frage, sahen sie sich gerade mich an? Wussten sie, wer ich war, was ich getan hatte? Drehten sie sich heimlich nach mir um, nachdem ich an ihnen vorbeigegangen war, um auf mich zu zeigen, ein Foto zu schießen?

Vor acht Wochen noch war ich eine von ihnen gewesen, war ein Teil der dauerklickenden Masse. Mein Handy war die Verlängerung meines Arms gewesen. Es war das Erste, das ich morgens in die Hand nahm, und das Letzte, das ich abends beiseitelegte. Egal ob zuhause oder unterwegs, ich hatte es ständig bei mir. Ich klickte, wischte, tippte, knipste, und in den wenigen Momenten, in denen ich mein Handy nicht zur Hand hatte, weil ich Sport machte oder mit Kochen beschäftigt war, dachte ich zumindest daran. An den nächsten Post, das nächste Foto, den perfekten Hashtag.

»Sarah? Sarah, bist das wirklich du?«

Mein Nacken versteifte sich. Am liebsten hätte ich die grelle Stimme ignoriert und wäre einfach weitergegangen, aber das Rufen war zu laut, die Person bereits zu nah. Fußtritte näherten sich in schnellen Trippelschritten von hinten. Caro und ich kamen unter der schattigen Markise eines Schuhgeschäfts zum Stehen, wo ich mich langsam umdrehte. Meine Mundwinkel spannten sich zu einem gezwungenen Grinsen.

»Marly?«, fragte ich, obwohl ich die Antwort längst kannte. Marlys Stimme und hellgelber Lockenkopf waren unverkennbar.

»Sarah, na, wusste ich es doch! Ohne Filter hätte ich dich fast nicht erkannt.« Marly lachte schrill über ihren eigenen Witz und klatschte in ihre mit Armbändern behangenen Hände. Sie trug helle High-Waist-Jeans im Washed-Look, dazu weiße Sneaker und ein zitrusgelbes Häkeltop, das einen Streifen sonnengebräunter Haut frei ließ. Bevor ich protestieren konnte, hatte sie mich in eine feste Umarmung gezogen, so dass mir eine dichte Welle Kokos-Orangen-Duft entgegenschlug, die mich nach Atem ringen ließ.

»Marly, wie schön dich wiederzusehen! Toll siehst du aus.« Ich gab vor, sie besser betrachten zu wollen, und trat einen Schritt zurück, aber eigentlich wollte ich bloß weg von ihr, weg von dem ganzen Trubel der Innenstadt, den Menschen, dem Gesehenwerden. Meine Arme kribbelten und juckten vor unterdrückter Nervosität.

Eigentlich war ihr Name Marlene Reiter, aber seit sie als Mode- und Lifestyleinfluencerin erfolgreich geworden war, bestand sie darauf, dass jeder sie mit ihrem Onlinenamen ansprach. Vor einem Jahr hatte sie noch als mittelmäßig bezahlte Verkäuferin in einer Modeboutique gearbeitet. An den Tagen, an denen wenig los war, hatte sie angefangen, die Modeneuheiten des Ladens selbst anzuprobieren und darin für Instagram zu posieren. Sie besaß ein gutes Gespür für Kombinationen und Kontraste, ihr Feed war farbenfroh und ästhetisch gekonnt in Szene gesetzt, dennoch blieben die Follower anfangs aus. Bis sie ihren damaligen Partner, einen Golffreund meines Mannes, dazu überredet hatte, mich nach meiner Hilfe zu fragen. Nach mehreren E-Mails und Handynachrichten willigte ich ein, mich mit ihr auf einen Kaffee zu treffen. Ich verriet ihr all meine Tipps und Tricks zum Thema Reichweite, welche Inhalte funktionierten und bei welchen die Leute einfach weiterscrollten. Und vor allem die goldene Regel des Algorithmus, die lautete: Content, Content und immer wieder Content. Marly hatte den Dreh schnell raus, postete immer mehr auch persönliche Inhalte, anstatt sich bloß in stilvoll kombinierten Outfits zu drapieren. Auf ihr Drängen hin posierte ich zudem noch auf zwei, drei Bildern mit ihr und verlinkte ihr Profil. Ein paar Wochen später konnte Marly bereits die ersten Kooperationsverträge unterschreiben, und inzwischen lebte sie sogar davon und nannte fast hunderttausend Follower ihr Eigen.

»Es tut mir so leid, was passiert ist«, sagte Marly nun mit verkniffenem Gesicht und strich über meinen Oberarm. »Ich wollte dich längst anrufen, aber du weißt ja, wie das ist. All die Nachrichten und Termine. Fast bin ich ein bisschen neidisch auf dich, dass du mal eine Auszeit von dem ganzen Trubel nehmen kannst. Wie geht es dir? Kommst du klar?«

»Es geht schon«, log ich. Mein Gesicht war so starr wie eine Maske, meine Wirbelsäule verhärtet, weil ich mich zwingen musste, gerade zu stehen, mir nichts anmerken zu lassen. Unbewusst hatte ich meine Selfiemiene aufgesetzt. Den Kopf zur Seite geneigt und ein leichtes Lächeln mit halb geöffnetem Mund auf den Lippen. Stunden vor dem Spiegel hatten mich den Ausdruck perfektionieren lassen. Für mich war er Schild und Waffe zugleich.

»Ich habe in letzter Zeit so oft an dich denken müssen. Das ist alles so schrecklich, was passiert ist, aber du weißt hoffentlich, dass dich überhaupt keine Schuld trifft. Ich und die Mädels stehen da voll hinter dir.«

Sie und welche Mädels?, wollte ich fast fragen. Und schloss mich das automatisch aus? »Danke«, presste ich mühsam hervor.

»Du solltest dich wirklich nicht länger verstecken. Mach eine Stellungnahme oder so. Ich bin mir sicher, du würdest viel Zuspruch bekommen, wenn du ehrlich über die ganze Sache redest. Du hast noch immer so viele Fans!«

»Gerade möchte ich einfach etwas Ruhe einkehren lassen.«

»Verstehe. Du hast ja auch die Hölle durchgemacht. Ein absoluter Alptraum! Nimm dir die Zeit, und ein bisschen Pause tut bestimmt auch gut, nicht wahr? Du hast immer so viel gearbeitet die letzten Jahre. Ein echtes Arbeitstier!«

Ich nickte lediglich in falscher Zustimmung. In meinem Rücken erklang ein Räuspern. Dankbar für die Ablenkung trat ich zur Seite, bis ich wieder auf gleicher Höhe mit meiner Schwester stand. »Du kennst bestimmt noch Caro.«

Marly strahlte. »O ja, deine Assistentin!«

»Und Schwester«, ergänzte ich. Die Leute vergaßen das oft, weil wir so unterschiedlich aussahen, wie unser Vater immer gesagt hatte. Es lag daran, dass Caro und ich nur in unseren Herzen miteinander verbunden waren, nicht jedoch durch Blut. Und im Genpool hatte Caro eindeutig die besseren Karten gezogen, weshalb rein objektiv betrachtet sie der Star von uns beiden hätte sein sollen. Wie Tag und Nacht oder Yin und Yang, wie unser Vater immer gerne gesagt hatte.

Dabei hätte rein objektiv betrachtet Caro der Star von uns beiden sein sollen. Sie war nicht nur die Klügere von uns beiden, sondern auch die bedeutend Hübschere.

Ich sah gut aus, wenn ich einer akribischen Skincareroutine folgte und mein Gesicht mit Make-up, Highlightern und Konturstiften in die gewünschte Form brachte.

Caro sah umwerfend aus, wenn sie bloß mit ungewaschenen Haaren und Kopfkissenabdrücken morgens aus dem Bett rollte.

»Richtig.« Marly musterte Caro kurz, dann riss sie die Augen weit auf und begann aufgeregt, auf ihren Fußballen zu wippen. »Hey, falls du sie gerade nicht brauchst, ich suche so dringend eine Assistentin! Ich schwöre, zurzeit wächst mir alles über den Kopf.«

Caro ergriff mein Handgelenk. »Sarah braucht mich noch«, sagte sie bestimmt.

»Natürlich! Gerade in solchen Zeiten umso mehr, nicht wahr? Toll, dass du jemanden an deiner Seite hast, der dir wieder mit auf die Beine hilft. Und auf meine Hilfe kannst du selbstverständlich auch zählen! Also falls ich mal einen Post für dich machen soll oder irgendetwas anderes für dich tun kann, gib unbedingt Bescheid. Und lass nicht zu viel Zeit verstreichen, bevor du dich wieder zeigst, ja? Es ist ungerecht, aber du weißt doch, wie schnelllebig unsere Branche ist und wie schnell Trends kommen und gehen …«

Was wollte sie mir damit sagen? Dass ich ein Auslaufmodell war, das dabei war, aus der Mode zu kommen?

»Danke für deinen Ratschlag«, erwiderte ich trocken.

»Ich muss jetzt auch schon wieder los. Ich sage es euch, mein Leben ist ein Marathon! Aber wie gesagt, melde dich ruhig, wenn du etwas brauchst. Egal was! Wir müssen bei so was schließlich zusammenhalten. Lass dich von den Trollen nicht unterkriegen, hörst du?« Marly gab mir einen Kuss links und rechts, begleitet von lauten Schmatzgeräuschen. »Wir sehen uns hoffentlich bald!«

»Ja. Hoffentlich.« Ich lächelte steif, bis Marly sich endlich mit einem übertriebenen Winken von uns entfernt hatte.

Sie war noch nicht ganz außer Hörweite, als sie bereits ihr Handy hervorgeholt hatte und laut losträllerte. »Du wirst nicht glauben, wen ich gerade auf der Straße getroffen habe!«

»Alles in Ordnung?«, fragte Caro besorgt und zog mich beiseite, um eine Frau mit Kinderwagen vorbeizulassen. »Du bist bleich wie die Wand.«

»Es geht schon. Ich will jetzt einfach nach Hause.« Von dem Anblick der strömenden Einkaufsbummler wurde mir ganz schwindlig. Meine Schläfen pochten dumpf, und ich hob die Finger zur Stirn, um gegen den beginnenden Kopfschmerz anzumassieren. »Manchmal hasse ich diese ganze Oberflächlichkeit.«

»Vergiss nicht, du hast es dir so ausgesucht.«

Hatte ich das wirklich? Manchmal war ich mir da nicht so sicher. Ich hatte nie Influencerin werden wollen. Ich mochte noch nicht einmal den Ausdruck. *Influence* wie beeinflussen. Es gab mir noch mehr das Gefühl, eine Betrügerin zu sein, als ohnehin schon. Wahrscheinlich war das auch der Grund, weshalb mich die Welle aus Hassnachrichten, die mein Profil überschwemmt hatte, so aus der Bahn geworfen hatte. Weil ich den Verfassern in ihren Beleidigungen und Anschuldigungen insgeheim recht gab, aber das konnte ich Caro nicht sagen, weil ich ihr dann auch etwas anderes gestehen müsste: Wie erleichtert ein Teil von mir darüber war, dass diese Scharade endlich ihr Ende fand und mich die Menschen als die sahen, die ich wirklich war. Fehlerhaft. Gewöhnlich. Falsch.

Das Klingeln eines Handys schnitt durch meine Gedanken. Meines Handys. Der Ton war immer noch so ungewohnt, dass ich ihn erst nach ein paar Sekunden erkannte, ehe ich ranging.

Es war Raphael.

»Hallo, Schatz.« Mein Mann kam normalerweise schnell zur Sache. Als er nicht sofort reagierte, packte ich das Handy fester vor Sorge. »Raph? Alles in Ordnung?«

Er antwortete mit einem Räuspern. »Es geht um Vicki. Die Schule hat mich eben angerufen, dass ich sie abholen soll. Ich bin bereits auf dem Weg zu ihr, aber wahrscheinlich wäre es besser, wenn ihr ebenfalls gleich nach Hause kommt.«

»Die Schule, was …« Kurz ärgerte ich mich, weil sie in Notsituationen eher ihn als mich kontaktierten, dabei war ich vor zwei Wochen extra persönlich hingefahren, um im Sekretariat meine neue Nummer zu hinterlassen. Trauten sie mir nach dem, was passiert war, nicht mehr zu, mich um Vicki zu kümmern? Doch es ging hier nicht um mich und meine Befindlichkeiten. Meine Tochter brauchte mich. »Ich komme sofort.«

++++

Sofort war in Wien jedoch eine Wunschvorstellung. Caro hatte das Auto am Ende der Fußgängerzone geparkt. Trotz

Laufschritts brauchten wir zehn Minuten, bis wir am Parkplatz waren, und von dort noch mal eine halbe Stunde durch den dichten Stadtverkehr, um nach Vösendorf zu gelangen, einer kleinen Gemeinde am Rande von Wien, wo Raphael und ich vor einem Jahr ein Haus gekauft hatten. Es war wunderschön, ein renovierter, blassgelb gestrichener Altbau mitten im Grünen mit freiem Blick auf die umliegenden Felder. Genau die Art Haus, von der ich immer geträumt hatte und nie gedacht hätte, dass ich es mir jemals würde leisten können. Am Rande des Gartens lag ein kleiner Teich, umschattet von Buchen und Eichen, in denen sich in den wärmeren Monaten allerhand Vögel tummelten. Diesen Sommer hatten wir vorgehabt, noch einen Pool im Garten auszuheben und die Terrasse zu vergrößern. Bis …

Sofort saß mir wieder der Kloß im Hals, und ich drängte Caro auf den letzten Metern, noch schneller zu fahren.

Ich sprang nach draußen, kaum dass Caro den Parkplatz erreicht hatte, und rannte die gepflasterte Einfahrt hinunter. Atemlos taumelte ich in den Flur.

»Raphael? Vicki?«

Raphael kam mir aus der Küche entgegen. Sein kantiges Gesicht war von Sorgenfalten verdunkelt. Das enganliegende hellblaue Hemd und die dunklen Lederschuhe zeigten, dass er bis zum Schulanruf noch im Büro gewesen sein musste. Im Gegensatz zu mir hielt er nicht viel von Homeoffice und bestand darauf, sich täglich morgens um acht ins Verkehrschaos der Wiener Innenstadt zu stürzen, um in seinem Glasbunker Telefonate und Meetings abzuhalten. Und das, obwohl er sein eigener Chef war. Die Agentur, die er leitete, vertrat Models, SchauspielerInnen – und mich.

»Sie ist oben«, sagte er.

»Wie geht es ihr? Was ist denn nun passiert?«

Sein von Bartschatten überzogenes Kinn kratzte an meiner Wange entlang, als er mich flüchtig im Vorbeigehen küsste. »Ich weiß es nicht genau. Sie will nicht wirklich darüber reden. Anscheinend hatte sie Zoff mit einer ihrer Freundinnen. Annika. Vicki hat ihr ein Buch ins Gesicht geschleudert und sie danach noch an den Haaren gezogen. Annikas Nase hat geblutet. Es ist nichts gebrochen, keine Sorge, aber die Direktorin war sehr bestürzt wegen Vickis Verhalten. Sie hat sie für den Rest der Woche vom Unterricht ausgeschlossen und will ihr eine Strafarbeit aufbrummen.«

Noch während Raphaels Erzählung schüttelte ich immer wieder den Kopf. »Unmöglich. So etwas macht Vicki nicht. Das muss ein Missverständnis sein.«

Raphael zog die Brauen oberhalb seiner dunklen Augen zusammen. »Vicki hat bereits zugegeben, dass sie es war.«

»Aber warum? Das passt einfach nicht zu ihr. Und sie hat nichts dazu gesagt?«

»Kein Wort. Ich habe ihr erst mal Stubenarrest und Fernsehverbot gegeben. Vielleicht erzählt sie nachher mehr, wenn sie etwas Zeit hatte, sich zu beruhigen. Sie war noch immer sehr aufgewühlt, nachdem wir angekommen waren.«

»Ich gehe gleich rauf und sehe nach ihr.«

»Hey, alles in Ordnung?«, fragte Caro, die gerade die Haustür hinter sich schloss.

»Alles halb so wild«, antwortete ich im Hinaufgehen von der Treppe aus. »Anscheinend bloß ein Streit unter Freundinnen. Kannst du schon mal das Essen vorbereiten? Vielleicht Zucchinibolognese? Die mag Vicki besonders gerne.«

»Ich finde nicht, dass wir sie für ihr Verhalten auch noch belohnen sollten«, mischte Raphael sich ein.

Ich tat so, als hätte ich ihn nicht mehr gehört, und betrat das obere Stockwerk, in dem sich unser Schlafzimmer samt Bad und das von Vicki befanden. Vickis Tür, die mit schillernden Sonnenblumenstickern verziert war, war verschlossen. Sachte klopfte ich mit den Fingerknöcheln dagegen.

»Hey, kann ich reinkommen?« Ich wartete zwei Atemzüge lang, doch als keine Antwort ertönte, schob ich die Tür langsam auf. Mein Fuß stieß gegen Vickis Schultasche, die gemeinsam mit einer Jeansjacke und einem Stapel Hefte achtlos zu Boden geworfen worden war. Normalerweise hätte das wieder zu einer Diskussion zwischen uns geführt, doch heute stieg ich kommentarlos über das Chaos hinweg.

Vicki lag rücklings auf ihrem ungemachten Bett, den Unterarm über ihrem Gesicht, so dass es aussah, als würde sie schlafen. Einzig das Zucken ihrer nackten Zehen verriet, dass sie sehr wohl wach war und meine Anwesenheit bemerkt hatte. Ganz anders Mokka.

Unser Familien-Labradoodle hatte es sich auf der zusammengeknüllten Decke am Bettfußende bequem gemacht und wedelte freudig mit seinem buschigen Schwanz, als er mich sah. Mit seinem braunen, plüschigen Fell hatte er selbst als ausgewachsener Rüde noch etwas von einem Teddybären, vor allem, wenn er wie jetzt in seiner Lieblingsposition quer über Vickis Bett lag und seine großen, rosigen Pfoten von sich gestreckt hielt. Ich kraulte ihm kurz über den lockigen Kopf, ehe ich mich am Bettrand niederließ und die Hand nach meiner Tochter ausstreckte.

»Hey«, sagte ich sanft.

»Hey«, folgte knapp.

»Ich habe gehört, du hattest einen anstrengenden Tag in der Schule.«

Vicki gab einen Laut zwischen einem Murren und einem Stöhnen von sich und schwieg dann wieder.

»Möchtest du darüber reden?«, fragte ich.

»Ist nicht so wichtig.«

»Bist du sicher? Annika würde das wahrscheinlich anders sehen.«

Vicki zog ihre schmalen Schultern ein. Die Spannung in ihrem Körper war so spürbar, als würde die Luft um sie herum vibrieren. »Es war keine Absicht. Ich wollte sie nicht verletzen.«

»Aber das Buch hast du geworfen, oder?«

»Nicht fest. Sie stand einfach blöd. Und sie hat mich provoziert.«

»Das ist keine Entschuldigung. Du weißt, dass Gewalt keine Lösung ist. Womit hat sie dich provoziert?«

Vickis Hand, die noch immer die obere Hälfte ihres Gesichts verdeckte, öffnete und schloss sich mehrmals zur Faust. Bloß ihr Mund lugte darunter hervor, bildete eine verschlossene, harte Linie.

Sachte zog ich ihren Arm weg, damit ich ihr in die Augen sehen konnte. Graugrün mit einem goldenen Schimmer, so wie meine. »Vicki, sei bitte ehrlich mit mir. Dieser Streit mit Annika … Hatte er irgendetwas mit mir zu tun?«

Vicki antwortete nicht, doch der steife Zug ihrer Lippen, das Zucken ihrer Lider verrieten, dass ich richtig lag. Eiswasser waberte durch meine Organe. Also doch! Es war meine Schuld. Schon wieder.

Ich bemühte mich um ein Lächeln, doch meine Mundwinkel zitterten, verzogen mein Gesicht zu einer Fratze. »Du kannst es mir ruhig sagen, weißt du?«

Vicki saugte die Unterlippe zwischen ihre Zähne und begann daran zu knabbern. »Es war bloß etwas, das sie gesagt hat. Sie hat dich etwas Schlimmes genannt und da – keine Ahnung. Ich bin einfach so wütend geworden. Es tut mir leid.«

Wahrscheinlich wollte ich es gar nicht hören, wahrscheinlich hatte Annika sogar jedes Recht gehabt, mich so zu nennen, doch ich fragte trotzdem, während ich Vicki eine dunkelblonde Haarsträhne hinter ihr Ohr strich und mein Herzschlag so laut hämmerte, dass er bis zu meinen Schläfen hinauf pulsierte. »Was war es, Schatz? Wie hat sie mich denn genannt?«

Vicki nuschelte. Ihr Blick war glasklar, ohne jede Ablehnung oder Vorwurf, dennoch durchbohrte er mich wie ein Pistolenschuss. »Mörderin.«

3.

Nachricht von @barfuss_stella: Ich fand dich schon immer hässlich und konnte dein total übertriebenes Gehabe nie leiden. Nun sehen zumindest alle, wie hässlich und verlogen du auch im Inneren bist. CANCELED!

»Und?«, fragte Raphael mich später, als er mich bei Caro in der Küche antraf.

Ich stellte mich absichtlich unwissend und rührte geschäftig mit einem Löffel in der Pfanne, während Caro die Zucchini mit dem Spiralschneider bearbeitete. »Was denn?«

»Vicki – hat sie etwas gesagt?«

»Nein«, entgegnete ich und senkte meinen Blick auf die blubbernde Soße, um meine Lüge zu kaschieren. »Wahrscheinlich bloß irgendein Mädchenkram. Vielleicht ging es um einen Jungen.«

»Sie ist doch erst zwölf.«

»Eben.« Ich lächelte ein wenig gezwungen. »Aber mach dir keine Sorgen. Ich glaube, sie braucht bloß etwas Zeit für sich.«

»Wenn du meinst«, entgegnete Raphael, ohne sonderlich überzeugt zu klingen. »Ist das Essen bald fertig? Ich muss nachher wieder zurück in die Firma für ein Meeting.«

»Nur ein paar Minuten noch.« Ich bat ihn, Vicki zum Essen zu holen, doch als er die Treppe wieder hinunterkam, schüttelte er den Kopf.

»Sie sagt, sie hat keinen Hunger.«

Ich klopfte den Kochlöffel am Topfrand ab, die Bewegung war ungewollt heftig. Rote Soße spritzte über die Herdplatte und auf meine Handgelenke. »Hast du ihr gesagt, dass es Zucchinibolognese gibt?«

»Du sollst ihr was beiseitestellen.«

Seufzend reihte ich die Teller nebeneinander auf, einen weniger als vorher, und löffelte Soße auf die zu Nudeln geformten Zucchinispiralen. Ich richtete mein Essen immer noch so an wie früher. Wie ein Kunstwerk, verziert mit einer Haube frischer Kräuter und einem dekorativen Ring aus Parmesanspänen. Dann starrte ich es an und spürte wieder dieses Zucken ähnlich einem Phantomschmerz in der rechten Hand. Die Hand, die danach gierte, den perfekten Winkel zu finden, um ein Foto zu schießen. Schwenken, klicken, wischen, klicken. Eine Abfolge, die mir so vertraut war, dass mein Daumen die Bewegung fast von selbst vollführte. Dann zerstörte ich die kunstvolle Kräuterhaube mit einem Dreh meiner Gabel und lud mir einen besonders großen Bissen auf, obwohl mir jeder Appetit fehlte.

Ich spürte Raphaels Blick auf mir, während ich das Essen in meinem Mund hin- und herschob und auf das durchzogene Durcheinander auf meinem Teller starrte.

»Wie war denn euer Ausflug in die Stadt?«, fragte Raphael mich zwischen zwei Bissen.

»Oh. Nett. Wirklich. Wir waren erst Kaffee trinken und sind dann etwas durch die Innenstadt gebummelt.« Ich erwähnte nichts von unserem Zusammenstoß mit Marly und schon gar nicht von Caros Versuch, mich an einen anderen Agenten zu vermitteln.

Meine Schwester sagte nichts und hielt ihren Blick demonstrativ gesenkt.

»Freut mich zu hören. Es ist wichtig, dass du hin und wieder vor die Tür gehst. Ich muss allerdings leider schon los, die Arbeit ruft.« Mit einem entschuldigenden Lächeln schob Raphael seinen halb aufgegessenen Teller von sich weg und stand auf.

Bei dem müden Glanz in seinen Augen zog sich mein Magen zusammen. Ich widerstand dem Drang, zu fragen, ob es meine Schuld war, dass er wieder so lange in der Arbeit festsaß, denn in Wahrheit kannte ich die Antwort schon längst. Seitdem ich meinen Account in einem Moment der Panik deaktiviert hatte, hatte Raphael doppelt so viel Arbeit wie vorher. Eigentlich hätte ich so etwas niemals tun dürfen, ohne mich vorher mit ihm zu beraten. Als mein Agent war er die Mittelsperson zwischen mir und allen Kooperationspartnern, mit denen ich mein tägliches Geld verdiente, und musste ihnen gegenüber nun Rede und Antwort stehen, weshalb ich unsere Verträge nicht einhalten konnte.

Der Account war bloß deaktiviert, nicht gelöscht. Meine Inhalte und Follower, mein ganzes virtuelles Gut, an dem unser Vermögen hing, war noch vorhanden. Mit einem Klick könnte ich alles jederzeit wieder rückgängig machen, und insgeheim wusste ich, dass das auch alle von mir erwarteten. Eine lange, tränenreiche Entschuldigung liefern, lächeln, Haare richten und einfach wieder weitermachen.

Aber wie könnte ich, nach dem, was passiert war? Nichts würde jemals wieder so sein wie vorher, aber außer mir schien das niemand zu verstehen.

Der Druck der Erwartungen ließ meine Organe rumoren.

Ein Druck, der sich noch intensivierte, als Raphael sich für einen Abschiedskuss zu mir beugte und die alten Unsicherheiten wieder an die Oberfläche traten. Bereute er es nun, so viel Arbeit in mich gesteckt zu haben? Hatte ich ihn enttäuscht?

Der Kuss endete zu schnell, um meine Zweifel zu beseitigen. »Kann sein, dass es später wird«, sagte er. »Kommst du klar? Mit Vicki und … allem?«

»Natürlich«, versicherte ich ihm und drückte die Schultern durch, wie um mich innerlich aufzurichten. »Mach dir keine Sorgen.«

»Und ich bin ja auch noch da«, warf Caro ein und lächelte in meine Richtung.

Vor der Haustür hörte ich Raphael noch einmal innehalten. »Hey, draußen liegt ein Paket für dich«, rief er durch den Flur. »Ich stelle es auf der Kommode ab, in Ordnung?«

»Oh!« Caro war vom Tisch aufgesprungen. »Ich hole es gleich.«

Ein Paket? Die Post hatte längst eine Abstellerlaubnis bekommen, weil es sonst stündlich an der Haustür klingeln würde und ich es leid geworden war, wegen der Masse an Paketen ständig zu irgendeinem Paketshop fahren zu müssen. Zumindest war das früher so gewesen, als ich noch von Gratisprodukten geradezu überschwemmt worden war. Oft hatte ich mit den Firmen nicht einmal wirkliche Kooperationen gehabt, sondern sie hatten mir ihre Produkte einfach auf gut Glück geschickt, immer in der Hoffnung, dass sie mir gefielen und ich sie auf meinem Kanal erwähnen würde. Manchmal hatte ich das auch tatsächlich getan, aber nun hatte ich bereits seit Wochen kein einziges Paket mehr erhalten. Nicht seitdem ich auf der schwarzen Liste der Influencer gelandet war, mit denen keine Firma auch nur im selben Atemzug genannt werden wollte.

Deshalb war ich neugierig, wer es geschickt haben könnte, als Caro mit einem schuhschachtelgroßen Paket in die Küche zurückkehrte und es vor mir auf dem Tisch abstellte.

»Kein Logo. Kein Absender. Sehr geheimnisvoll.« Caro drehte es vorsichtig hin und her. »Lass es mich gleich aufmachen.« Mit einer Schere bewaffnet schnitt sie durch braunes Paketklebeband, um eine weitere Schachtel im Inneren zu enthüllen. Diese war weitaus hübscher, aus pastellrosafarbenem Karton anstatt brauner Wellpappe, und mit einer silbernen Schleife verziert. Als Caro den Deckel anhob, kam durchscheinendes Seidenpapier und metallisch schimmerndes Konfetti zum Vorschein. »Zu klein für Kleidung«, bemerkte sie. »Vielleicht Kosmetikproben oder Schmuck? Was meinst du?«

»Ich weiß nicht.« Unbehagen nagte an mir. »Am besten sollten wir es einfach zurückschicken.« Wer auch immer mir das geschickt hatte, hatte offensichtlich keine Ahnung, dass ich als Influencerin wertlos geworden war. Niemand interessierte sich noch für die Sportschuhe, die ich trug, oder mit welchem Proteinpulver ich mich fit hielt.

»Tja, kein Absender. Ich werde es also ohnehin öffnen müssen, um herauszufinden, von wem es ist.« Caro zwinkerte mir zu. »Komm schon. Du kannst ruhig zugeben, dass du neugierig bist. Sag mir nicht, du hättest diese ganzen Gratisprodukte nicht geliebt.«

»Doch. Natürlich.« Zu Beginn hatten sie mich damit geködert. Mit Schachteln voll teurer Sportbekleidung, Laufschuhen und Nahrungsergänzungsmitteln. Und naiv, wie ich war, hatte ich mich geschmeichelt gefühlt von ihrer Aufmerksamkeit und der edel verpackten Designerware. Bevor ich verstand, dass es ihnen nie wirklich um mich ging, meine Person oder gar meine Meinung. Für sie war ich immer nur eine wandelnde Werbetafel, ein hübsches Gesicht, um ihre Marke voranzubringen. Das Ganze war ein Geschäft. Geld gegen Reichweite. Bloß, dass ich nie nur meine Reichweite verkaufte, sondern immer auch ein Stück weit mich selbst. Weil meine Follower die Sachen nicht kauften, weil sie diese irgendwo auf einem Plakat gedruckt sahen, sondern weil ich sie anpries und persönlich weiterempfahl. Ich, der sie vertrauten und deren Urteil und Erfahrung sie schätzten. #sponsored #ad #cantlivewithout

Gegend Ende war ich so mit Paketen überhäuft worden, dass ich viele nicht einmal mehr ganz geöffnet oder direkt weiterverschenkt hatte. Mein Gästezimmer war ein Friedhof achtlos gestapelter Gratisprodukte. Eigentlich konnte ich gut auf ein weiteres verzichten, dennoch winkte ich Caro, fortzufahren.

Raschelnd klappte sie das Seidenpapier zurück. Ihr Blick war weiterhin auf mich geheftet, während ihre Hand im Konfetti versunken war. Dann ging plötzlich ein Zucken durch ihren Körper. Ihr Rücken krümmte sich, und ihr Gesicht verzerrte sich vor Schmerz.

»Scheiße.« Zischend drückte Caro ihre Hand fest an die Brust. Blut sickerte zwischen ihren Fingern hindurch auf den Ärmel ihrer Bluse.

»Caro!« Sofort war ich aufgesprungen und rannte zu ihr. »Was ist los?«

»Nichts, nichts.« Sie lächelte beschwichtigend, doch der Schweiß stand ihr auf der Stirn und strafte ihre Worte Lügen. »Bloß ein kleiner Schnitt. Wahrscheinlich das Papier.«

»Red keinen Blödsinn und zeig endlich her.« Widerwillig ließ sich Caro von mir zur Spüle ziehen, wo ich ihre Hand unter den kalten Wasserstrahl hielt. Es blutete noch immer, doch als sich die Wunde klärte, zeigte sich, dass es zumindest kein allzu großer Schnitt war, dafür tief und klaffend. Caro hatte die Zähne fest zusammengebissen und atmete keuchend ein und aus. »Woran hast du dich da nur geschnitten?«

»Ich weiß es nicht. Was auch immer in dem blöden Karton war, muss kaputtgegangen sein.«

Ich drückte ein sauberes Küchentuch in ihre Handfläche, um die restliche Blutung zu stoppen, und ging dann zum Tisch zurück, um mir den Karton genauer anzusehen. Von außen ließ sich aufgrund des Seidenpapiers und des Konfettis nichts erkennen, also drehte ich den Karton auf den Kopf und leerte seinen Inhalt auf dem Küchentisch aus. Dem Rascheln von Papier folgte leises Klirren. Gemeinsam mit schillernden Konfettischnipseln rieselten glatte Glasscherben auf die Tischoberfläche, die Kanten so scharf wie winzige Messer.

Caro kam näher, um mir über die Schulter zu spähen. »Was ist es?«

»Sieht so aus, als wäre tatsächlich was zu Bruch gegangen. Vielleicht war es schlecht verpacktes Parfüm?« Vorsichtig stocherte ich mit der Schere, die Caro zum Öffnen des Pakets benutzt hatte, durch den Scherbenhaufen, aber es war merkwürdig. Papier und Glas waren trocken. Nirgendwo hafteten Creme- oder Flüssigkeitsreste, und ich bezweifelte, dass mir jemand einfach nur leere Glasfläschchen zuschicken würde. Es sei denn ...

Mein Brustkorb verengte sich. »Denkst du ... denkst du, dass jemand das absichtlich so verschickt hat?«

»Die Scherben? Blödsinn. Wieso auch?«

Ich lugte noch mal in den leeren Karton, ob ich irgendetwas übersehen hatte. Promotionsartikel kamen sonst immer mit einer kleinen Produktbroschüre oder zumindest einer netten, personalisierten Karte, aber hier war nichts. Der Kloß in meinem Hals verstärkte sich, als mich eine furchtbare Ahnung erfasste. »Großer Gott, Caro. Es tut mir so leid. Das Paket war für mich gedacht gewesen. Ich hätte mich dabei verletzen sollen, nicht du.«

»Hör auf«, entgegnete Caro schroff, die verletzte Hand an ihre Brust gedrückt. »Du redest Unsinn. Niemand will dich verletzen.«

»Und wie erklärst du dir das dann? Nein, ich meine es ernst. Das Ganze artet langsam aus.« Ich rang nach Luft. »Vielleicht wäre es das Beste, du suchst dir erst mal eine andere Arbeit.«

Caros Gesichtszüge erstarrten. »Was redest du da?«

»Es ist einfach nicht richtig, dass du in dieses ganze Chaos mit reingezogen wirst.«

»Und deshalb willst du mich feuern?«, fragte Caro entrüstet.

»Nein, natürlich nicht! Aber machen wir uns nichts vor. Meine Karriere ist gescheitert. Ich bekomme keine Kooperationsanfragen mehr, und meine Sponsoren haben das sinkende Schiff längst verlassen. Ich habe nicht einmal mehr einen Kanal, durch den Geld fließt. Wie soll das denn weitergehen?«

»Hey, das stimmt alles gar nicht. Du hast noch immer so viele Möglichkeiten, das ist doch das, was ich dir heute zeigen wollte. Es wird vielleicht etwas dauern, aber wir finden einen Weg. Und glaubst du im Ernst, ich verschwinde einfach, bloß weil es ein wenig ungemütlich geworden ist? Du brauchst mich doch gerade mehr als jemals zuvor, und da werde ich dich bestimmt nicht alleinlassen.« Caro seufzte laut. »Aber hör mal, wenn es um Geld geht … Ich bin schließlich nicht blöd. Ich mache deine Buchhaltung, und ich weiß, dass gerade erheblich mehr rausfließt als reinkommt. Ich konnte mir im letzten Jahr etwas auf die Seite legen, es ist also total okay, wenn ihr mir die nächsten Monate kein Gehalt auszahlt.«

»Kommt überhaupt nicht in Frage!«, stieß ich hervor. Schlimm genug, dass Caro sich wegen mir verletzt hatte, und nun sollte ich sie auch noch umsonst für mich arbeiten lassen?

Genervt verdrehte Caro die Augen. »Nun sei doch nicht so stur! Außerdem hast du mich ohnehin immer maßlos überbezahlt. Lass uns zumindest erst mal nur die Hälfte ausmachen, das wäre immer noch mehr als genug. Und ich habe nicht vergessen, wer damals wem geholfen hat. Weißt du noch, wie ich ohne einen Cent in der Stadt aufgetaucht bin und nicht einmal einen Platz zum Schlafen hatte? Du hast mir eine Wohnung organisiert und mir einen Job angeboten. Nun lass mich zur Abwechslung einmal dir helfen. Du musst das nicht allein durchstehen, weißt du?«

Ich sollte nein sagen, standhaft bleiben. Es war egoistisch und sinnlos von mir, meine Schwester weiter zu beschäftigen, wo ich doch nicht einmal für mich allein genug Arbeit hatte.

Aber die Wahrheit war, ich wollte nicht, dass Caro ging und mich alleinließ. Gerade ertrug ich es nicht, noch eine weitere Stütze in meinem Leben zu verlieren.

Also nickte ich schwach. »In Ordnung. Aber wirklich nur für ein paar Monate. Bis ich einen Plan für die Zukunft habe.«

Caro zog mich zu sich. »Na? War das nun wirklich so schwer?«

»Danke. Ich weiß gerade echt nicht, was ich ohne dich machen würde.«

»Ich weiß, Süße«, erwiderte Caro und rieb mit ihrer unversehrten Hand über meine verhärteten Schultern. Das Küchentuch um die andere Hand hatte sich mittlerweile rot verfärbt und hing schlaff herunter. Ich hatte nie ein Problem mit Blut gehabt, dennoch drehte sich bei dem Anblick mein Magen.

»Und was, wenn es doch Absicht war?«, murmelte ich. »Wenn die Scherben eine Art Botschaft an mich sein sollen?«

»Was für eine Botschaft soll das denn bitte sein? Du hast zu viele dieser Hassnachrichten gelesen. Die Leute schreiben im Internet viel, wenn sie sich anonym fühlen. Das heißt nicht, dass sie irgendwas davon auch im wirklichen Leben sagen oder tun würden.«

Caro sprach mit einer solchen Festigkeit und Gewissheit in der Stimme, dass ich ihr gerne glauben wollte. Dass das alles bloß ein unglücklicher Zufall und Caros Verletzung ein Unfall gewesen war.

Aber ich schaffte es nicht. Nicht ganz.

Ein Hauch von Zweifel blieb zurück.

Und damit auch die Angst.

4.

Nachricht von @fitflori20: In der Hölle gibt es einen speziellen Platz für verlogene Schlampen wie dich. Ich hoffe, du stirbst!

3.15 Uhr.
Ich musste nicht einmal mehr auf das Ziffernblatt meines Digitalweckers blicken, um zu wissen, wie spät es war. Nacht für Nacht wachte ich um dieselbe Zeit auf und war so hellwach, als hätte man mich in Eiswasser getaucht.
3.15 Uhr.
Das war auch die Zeit gewesen, als es passiert war. So zumindest hatte es uns die Polizei geschildert. Wieder flackerten Bilder vor meinem geistigen Auge auf. Bilder, die ich selbst nie miterlebt hatte, die ich aber so lebendig vor mir sah, als würde ich einen Film auf einer Leinwand betrachten. Der Blick in ein fremdes Kinderzimmer, das Bett gemacht, die Schulutensilien auf dem kleinen Schreibtisch ordentlich geschlichtet. Ein viel zu junges Gesicht, die zarten Züge von roher Verzweiflung und Angst verzerrt. Ein splitternder Handybildschirm. Lichterflackern. Hellblaue Augen, die sich für immer schlossen.

Ich schüttelte mich, um die Vision loszuwerden, spürte die Erschöpfung durchwachter Nächte bis tief in meine Knochen. Ich hatte schon alles probiert. Schlaftabletten, Rotlicht, Alkohol, früher oder später ins Bett gehen, aber nichts half. Jede Nacht war es dasselbe Spiel.

Ich widerstand dem Drang, nach Raphaels Hand zu greifen, ihn zu wecken, um etwas Trost und Geborgenheit in seinen Armen zu finden. Doch Raphael lag so ruhig und friedlich neben mir, dass ich es nicht wagte, seinen Schlaf auch noch zu stören. Sein Brustkorb hob und senkte sich gleichmäßig unter dem dünnen Leinentuch, mit dem er sich in den Sommermonaten zudeckte. Gestern war er erst spät nach Hause gekommen, das Meeting hatte sich bis in den Abend gestreckt. Ich war extra aufgeblieben, um ihm von Caros Unfall und dem merkwürdigen Paket zu erzählen. Raphael glaubte jedoch nicht an einen bösen Streich und hatte meine Vermutungen sogleich abgetan. Er glaubte vielmehr an eine zu Bruch gegangene Vase oder ein schlecht verpacktes Windlicht. Und wahrscheinlich hatte er recht, genau wie Caro. All diese Hassnachrichten hatten mich womöglich tatsächlich paranoid werden lassen. So etwas tat schließlich niemand.

Oder?

Ich schwang die Beine aus dem Bett, weil ich aus Gewohnheit wusste, dass ohnehin nicht mehr an Schlaf zu denken war.

Früher war Raphael noch hin und wieder wach geworden, wenn ich nachts durchs Haus geisterte, doch inzwischen war er meine nächtlichen Ausflüge ebenso gewohnt wie ich, und fragte nicht mehr nach, was los war.

Auf dem Weg die Treppe hinunter knarzten die alten Holzstufen unter jedem meiner Schritte, doch nichts rührte sich. Sogar Mokka blieb ruhig und schlief wahrscheinlich auf seinem Lieblingsplatz zu Vickis Füßen. Ich hatte das Haus für mich allein, was gleichermaßen erdrückend wie befreiend sein konnte.

Ich ließ die Lichter im Flur aus, um niemanden zu stören, und entfachte lediglich das schwache Leselicht oberhalb unserer Kücheneckbank. Hinter den Fenstern lag unser Garten im Dunkeln, ein leiser Wind fuhr durch die Bäume und ließ die Blätter rascheln, ansonsten war alles totenstill. Die Sonne lag noch tief hinter dem Horizont verborgen. Bis sie aufging und der neue Tag begann, hatte ich noch einige Stunden mit mir selbst auszufechten.

Ich brühte mir eine Tasse Kräutertee auf und ging damit in den nächstangrenzenden Raum hinüber. Es war der größte im ganzen Haus mit weiten, fast deckenhohen Fenstern und einem friedvollen Ausblick in den dicht bewachsenen Garten. Eigentlich war er als Wohnzimmer gedacht gewesen, aber wegen der hellen Lichtverhältnisse und der großzügigen Raumgestaltung, hatte ich ihn schon bei unserem Einzug als mein Arbeitszimmer deklariert.

Die hintere Hälfte des Raums war minimalistisch, fast steril, ohne Möbel und Dekor, und beinhaltete lediglich meine extragroße Fitnessmatte und einen Hantelständer. In der Ecke daneben standen mein Kameraset samt Stativ und meine Softbox-Leuchten. Hier hatte ich meine Workouts und Dehnübungen aufgenommen, schwitzend, lächelnd, und immer den Blick in die Kamera gerichtet. Im vorderen Raumbereich außerhalb des Fokus der Kameralinse ging es schon weitaus chaotischer zu. An den Fenstern stand mein vollgepackter Schreibtisch mit Computer und einem Regal, das all meine Ordner und Geschäftsunterlagen beinhaltete.

»You go, girl!«, stand auf einem pinken Mousepad, das mir Caro zu meinem letzten Geburtstag geschenkt hatte. Auf einem Aufsteller neben dem Schreibtisch hing mein Whiteboard, früher der Dreh- und Angelpunkt meines Tages. Jeder Termin, jede noch so kleine Aufgabe war darauf mit Post-its oder Markern vermerkt worden. Ich notierte darauf Ideen für gesponserte Stories mit Produktwerbungen und sogar Skizzen für eigene Trainingsklamotten, die ich für nächstes Frühjahr geplant hatte.

Letzte Woche hatte ich Caro gebeten, das Whiteboard zu leeren. Sämtliche bunte Zettel und Notizen waren entfernt worden. Ich hatte gehofft, dass es weniger frustrierend wäre, wenn ich nicht ständig auf die Reste meines alten Lebens blicken müsste, doch das war falsch gedacht. Die weiße, blank geputzte Glasoberfläche verstärkte stattdessen das Gefühl der Leere in meinem Inneren, wurde zu einem Spiegel meines Lebens. Weggewischt und ausradiert. *Canceled.*

Tagsüber hielt ich es nicht einmal mehr aus, mich in diesen Räumen aufzuhalten, ich mied sie wie eine Grabstätte. Sämtliche anfallende Arbeiten hier drinnen musste Caro verrichten. Einzig nachts wagte ich mich noch hierher, wie ein Dieb umschlich ich die Schatten meiner Existenz, berührte den silbernen Creator Award, den ich von YouTube für meine ersten hunderttausend Abonnenten bekommen hatte, fuhr über die Schachtel mit den Proteinriegelproben, die ich angefangen hatte, zu entwickeln, und die nun wahrscheinlich niemals auf den Markt kommen würden.

Am Ende führte es mich immer zu derselben Stelle, egal, wie sehr ich mich dafür verfluchte. Zur untersten Schublade meiner Schreibtischkommode und dem Ordner, den ich dort versteckt hielt. Keiner aus meiner Familie wusste davon, aber ich hatte sämtliche Artikel über sie ausgedruckt und gesammelt. Mein persönliches Mahnmal.

Ich stellte meine Teetasse ab, um durch die losen Seiten zu blättern. Gleich die erste Seite zeigte ihr Foto in Großaufnahme, dasselbe Foto wie auf ihrem Instagram-Profil, das auch alle großen Zeitungen verwendet hatten. Nachdem es passiert war. Davor hatte sich niemand sonderlich für sie interessiert. Sie. Leonie Berger. @lleo_b. 56 Follower. Die meisten davon Schulkameraden und Familienmitglieder.

Sie galt als unscheinbares, liebes Mädchen. Einserschülerin. Verbrachte ihre Freizeit mit Lernen, Büchern und Klavierunterricht. Auf dem Foto wirkte sie so normal, so glücklich.

Und hübsch war sie gewesen, durchfuhr es mich wieder, während ich mit dem Daumen über ihren Fotoausdruck strich. Dunkle, kluge Augen und honigbraune Locken um ein herzförmiges Gesicht. Nichts in dem schüchternen, jedoch warmen Lächeln zeigte Anzeichen von Depressionen oder Traurigkeit. Leonie hatte zwar nie viel gepostet, aber die wenigen Fotos in ihrem Feed zeigten sie umgeben von Freunden oder gemeinsam mit ihrer älteren Schwester Lola.

Leonie war nie dick gewesen, doch vor fünf Monaten hatte sie mein Instagram-Profil für sich entdeckt und daraufhin begonnen, meine Workoutvideos und Laufchallenges mitzumachen. Sie wurde eine meiner größten Fans und hartnäckigsten Läuferinnen der #runningwithsarah Gemeinschaft. Sie kommentierte jeden meiner Posts, reagierte auf jede Story, egal, wie kurz oder banal sie war. Und nie waren es nur irgendwelche Emojis oder Einzeiler, wie ich sie von meinen meisten anderen Followern erhielt. Leonie schrieb mir aufsatzgleiche Nachrichten, in denen sie über ihren Tag und ihre Trainingserfolge berichtete. Oft hatte sie mir auch Fotos geschickt, ein Selfie von sich während ihrer morgendlichen Laufstrecke oder ihren immer straffer werdenden Bauch vor dem Spiegel. Sie schrieb mir, als wäre ich ihre beste Freundin, erzählte mir von all ihren Sorgen, Zielen und Sehnsüchten. Jedem Streit mit ihrer Mutter, und was sie am Tag alles gegessen hatte, und ob ich die Nährwertzusammenstellung der Lebensmittel okay fand.

Im Nachhinein hätte mir das damals schon zeigen sollen, wie ungesund ihr Verhalten war, dass ich hier ein Mädchen mit Problemen vor mir hatte, das meine Aufmerksamkeit brauchte. Meine echte Aufmerksamkeit und nicht bloß die knappen, aufmunternden Motivationssprüche, mit denen ich sie abspeiste. Aber ich war immer gestresst gewesen, immer in Hektik. Ich hatte keine Zeit gehabt für lange Chatgespräche, und daher war ich blind gewesen. Ich hatte nicht erkannt, dass Leonies Nachrichten immer länger wurden. Dass ihr Ton bedrückter wurde und sie fast nur mehr in Zahlen sprach. In Kilogramm, Kalorien und Laufkilometern. Die meisten las ich nicht einmal richtig, überflog ihre Nachrichten am Ende eines anstrengenden Tages nur noch, schickte ihr ein Herz oder ein aufmunterndes »Weiter so, Süße!«.

Ich bekam so viele Privatnachrichten am Tag. So viele Kommentare, die alle eine Reaktion erwarteten. Dennoch war es eines der wenigen Dinge, bei denen ich mir nicht von Caro helfen ließ. Sie hatte zwar meine Zugangsdaten, um mir beim Ausmisten und Sortieren zu helfen, aber bei der Kommunikation mit meinen Followern war es mir wichtig gewesen, echt zu bleiben und alles selbst zu beantworten. Was im Nachhinein betrachtet ziemlich lächerlich war. Wie echt konnte man mit über siebenhunderttausend Followern schon sein? Bei so vielen Fragen, die sich zu neunzig Prozent kaum voneinander unterschieden? Wie oft hatte ich Nachrichtenbausteine nur noch kopiert, um meinen Followern fast genau die gleiche Antwort zu schicken?

Leonies Nachrichten hatte ich ebenfalls gemeinsam mit dem Stapel an Artikeln ausgedruckt. Jede Nacht las ich sie mir durch und versuchte, den Punkt ausfindig zu machen, wo ich hätte reagieren und eingreifen müssen. Dabei waren da so viele Punkte gewesen, so viele Alarmsignale, die ich kleingeredet und beiseitegewischt hatte. Die innere Einsamkeit. Die wachsende Essstörung. Und als es dann offensichtlich wurde, als Leonie endlich anfing, offen über ihre Probleme zu sprechen und mich um Hilfe zu bitten, war es zu spät.

Ich kam nicht mehr dazu, ihr zu antworten. Ich sah ihren Hilferuf nicht einmal mehr. Ich hatte bis spät in die Nacht an einem Video herumgeschnitten, mit dem ich unzufrieden gewesen war, und war zu erschöpft, um vor dem Schlafengehen noch auf irgendwelche Mitteilungen zu reagieren.

Am Morgen war es dann bereits passiert, da hatte Leonie bereits beschlossen, sich selbst zu helfen, weil niemand anderes es tat. Sie starb an einer Überdosis Schlaftabletten. Die Menge hatte sie über Monate von den Resten ihrer Mutter zusammengeklaubt, die die Tabletten frei zugänglich in ihrem Nachttischschrank verwahrt hielt.

In ihrer letzten Nachricht an mich hatte Leonie geschrieben, dass ihr alles zu viel war, dass sie nicht weiterwusste und sich einfach jemanden zum Reden wünschte. Dass ich ihr doch bitte antworten sollte, weil sie so verzweifelt, so allein war.

Bloß, dass es keine private Nachricht gewesen war, sondern ein öffentlicher Kommentar, den sie unter meinen letzten Beitrag gesetzt hatte, ein Bild von mir, wie ich dem Sonnenuntergang von einem Wanderpfad aus entgegenlief. #everystepcounts

Leonies Familie traf der Selbstmord völlig unerwartet. Niemand hatte etwas von ihren Depressionen geahnt. Sie hatte keinen Abschiedsbrief hinterlassen und auch sonst niemandem geschrieben. Ihrer Mutter nicht, ihrer Schwester nicht. Einzig mir hatte sie sich anvertraut.

Und damit machte die Welt mich zu ihrer Mörderin.

5.

Wir konnten kein Ergebnis für deine Suche finden.
Noch immer riefen die Worte Übelkeit in mir hervor, selbst jetzt nach acht Wochen noch, nachdem ich längst angefangen hatte, sie zu erwarten.
Meine Lider waren verkniffen wegen des grellen Bildschirmlichts, das mein noch finsteres Schlafzimmer erhellte. Die Worte verschwammen vor meinen Augen, und ich blinzelte angestrengt. Ich war gerade erst wach geworden, Gedanken und Glieder waren noch träge vom Schlaf, aber der Griff zum Handy war ein so starker Reflex, dass ich ihn ganz automatisch ausführte, ja gar nicht anders konnte. Ich brauchte diese Gewissheit, musste wissen, was los war, gleichgültig, wie frustrierend die Antwort jedes Mal war.
Acht Wochen und noch immer kein Lebenszeichen von ihr. Nicht einmal ein knappes Statement, wann oder ob sie jemals wieder vorhatte, ihren Account zu reaktivieren.
Aus Gewohnheit rief ich auch ihre anderen Kanäle auf, ihre TikTok-, YouTube- und Facebook-Seiten, doch diese verliefen ebenfalls ins Leere. Das Einzige, das noch funktionierte, war ihre Website, diese war aber seit Monaten nicht mehr aktualisiert worden. Ich scrollte dennoch kurz ihre Startseite hinunter, über Blogartikel mit Ernährungstipps und Trainingsplänen hinweg, verweilte kurz beim ersten Aufblitzen ihres Gesichts, ihrem rosigen Mund und den neckisch verzogenen Augenbrauen. Früher hatte mich der Anblick lächeln lassen, war ein Quell

der Freude und der Erleichterung in meinem sonst grauen Alltag gewesen, doch gerade spürte ich nur eine einzige Emotion in mir hochkochen: Wut.
Wie konnte sie mir das antun? Uns allen? Waren wir ihr in Wahrheit so egal, dass sie uns von einer Sekunde auf die andere einfach im Stich ließ? Ohne jede Erklärung, ohne Abschiedsworte?
Ich glaubte ihr nicht, dass sie ihren Account nur wegen dieser Teeniegöre gelöscht hatte. Das Mädchen war krank im Kopf gewesen, hatte sich das ganz allein selbst zuzuschreiben. Nein, die Geschichte mit dem Selbstmord war nur eine faule Ausrede, dessen war ich mir inzwischen sicher. Etwas anderes steckte dahinter, etwas viel Größeres, und ich musste endlich herausfinden, was es war.
Doch dafür musste ich ihr erst näherkommen.
Viel näher.

6.

Kommentar von @groovingeddie: Also ich habe kein Mitleid mit der Bitch! Frauen wie die gehören auf den Strich und sonst nirgendwohin.

Den Rest der Nacht hatte ich damit verbracht, die Küchenschränke umzuräumen, meine E-Mails zu sortieren und den Flur zu wischen. Rastlos wie ein Gespenst war ich von Raum zu Raum gehuscht, ohne eine richtige Aufgabe für mich zu finden, ohne Sinn. Um halb sieben war es zumindest hell genug gewesen, dass ich mit Mokka eine Runde um die Nachbarschaft gehen konnte. Die kühle Morgenluft gemischt mit der gleichmäßigen Bewegung verschaffte mir etwas Ruhe. Eine Ruhe, die schlagartig wieder verschwand, als auf dem Rückweg das Handy in meiner Jackentasche vibrierte.

Der Blick auf das Display ließ mich innerlich aufstöhnen. »Linda, es tut mir so leid. Gestern war bei mir die Hölle los. Ich habe völlig vergessen, anzurufen.«

Ein hohes Räuspern ertönte. »Keine Umstände. Ich wollte nur nachfragen, ob bei Ihnen alles in Ordnung ist.«

»Alles gut, bloß das übliche Chaos. Wie geht es meiner Mutter?«

Linda war die Pflegerin, die sich tagsüber um meine Mutter kümmerte. Esther war zwar erst siebzig und keinesfalls gebrechlich, aber seit ihr Mann vor zwei Jahren verstorben war, hatte sich ihre Demenz stark verschlimmert. Sie vergaß, die Türen zu schließen und den Herd auszuschalten. Einmal hatte sie sich sogar verlaufen, als sie bloß eine Straße weiter spazieren gegangen war, und hatte von einer Nachbarin nach Hause gebracht werden müssen, weil sie allein nicht mehr zurückgefunden hatte.

Da hatten Raphael und ich gewusst, dass wir endlich eingreifen mussten, und Linda angestellt, um auf meine Mutter aufzupassen. Bislang hatte das auch wunderbar funktioniert, die Haushaltsunfälle wurden weniger, und die Routine, die Linda in ihren Alltag brachte, schien Esther gut zu tun. Seit ein paar Wochen verschlechterte sich ihr Zustand allerdings wieder. Linda berichtete mir, dass Esther immer öfter aggressiv wurde und neuerdings sogar ins Bett nässte. Sie machte absichtlich Sachen kaputt und kratzte Linda, wenn diese ihr beim Anziehen und beim Baden helfen wollte. Normalerweise rief ich immer abends gegen sechs an, um mich nach Esthers Zustand zu erkundigen, aber die Sorge um Vicki und das Auftauchen des Pakets hatten mich diesen Anruf ganz vergessen lassen.

»Esther geht es gut so weit«, antwortete Linda in ihrer schrillen Stimme, die mich immer an Mäusefiepen erinnerte. »Sie hat bloß wieder einen Teller zu Boden geworfen.«

»Wollten Sie das Porzellan nicht gegen Plastikgeschirr austauschen?«

»Ich habe es versucht, aber dann beschimpft sie mich wieder als Diebin. Das sollten vielleicht besser Sie übernehmen.«

»Sie haben recht. Tut mir leid, dass Sie gerade so viel allein stemmen müssen. Ich weiß, dass es nicht einfach mit ihr ist.«

»Werden Sie denn bald wieder zu Besuch kommen?« Lindas Stimme klang hoffnungsvoll.

»Am Freitag wahrscheinlich«, sagte ich und ermahnte mich in Gedanken, den Termin nachher gleich in meinen Kalender einzutragen. Das Haus meiner Eltern lag über eine Stunde entfernt, weshalb ich es nicht öfter schaffte, nach Esther zu sehen, aber zumindest einmal die Woche versuchte ich, etwas Zeit mit ihr zu verbringen. Linda schwor, dass es meiner Mutter danach immer für ein paar Tage besser ging.

»Wunderbar, da wird sich Ihre Mutter bestimmt freuen! Vielleicht backen wir gemeinsam einen Kuchen für Sie, was meinen Sie, Esther?«, fragte sie an meine Mutter gewandt, die wahrscheinlich nicht weit von ihr saß, deren Antwort ich jedoch nicht hören konnte.

»Sagen Sie ihr, dass ich sie liebe und ihr wieder eine Flasche von ihrem Lieblingslikör mitnehmen werde.«

»Das werde ich, danke. Bis Samstag, Frau Rode.«

Als ich auflegte, hatte ich bereits wieder unsere Einfahrt erreicht, und Mokka zog mich zielsicher zur Haustür. Im Flur angekommen, lockte mich das mechanische Mahlen der Kaffeemühle in Richtung Küche. Raphael stand dort frisch geduscht und in einem glatt gebügelten Hemd vor der Anrichte und machte mir gerade Frühstück, das aus Espresso und einem ungesüßten Magerquark mit Blaubeeren und gehackten Nüssen bestand. Auf meinem Blog war es unter meinen Top-3-Fitnessfrühstücken verlinkt. #gesundabnehmen #fitnessmodel #bodygoals #lowcarbketo

Raphaels Blick war noch träge vom Schlaf, als er sich zu mir umdrehte. »Guten Morgen, wieder nicht geschlafen?«

»Es geht«, log ich und nahm die Espressotasse entgegen, die er mir über die marmorne Kücheninsel hinweg reichte. Schwarz. Keine Sahne, kein Zucker.

»Du siehst ziemlich blass aus.«

Der Espresso war zu heiß. Ich verbrühte mir die Lippen daran, doch verzog keine Miene, während ich die Tasse auf den Tresen zurückstellte. »Mir geht zurzeit einfach so viel durch den Kopf.«

Raphael nickte mitfühlend. »Wieso nimmst du nicht einfach die Tabletten, die der Arzt dir verschrieben hat?«

»Du weißt wieso«, erwiderte ich mit einem angestrengten Seufzer. »Sie machen mich ganz benommen, lassen mich nicht mehr klar denken. Außerdem helfen sie sowieso nicht. Ich werde dennoch mitten in der Nacht wach, bloß desorientierter.«

Raphaels Hände legten sich schwer auf meinen Nacken, drückten gegen die verspannten Muskeln, die durch Nächte ohne Schlaf und zu viele Grübeleien zu einem harten Knoten verkrampft waren. »Du musst aufhören, dich selbst zu quälen, damit ist niemandem geholfen. Komm, setz dich noch etwas zu mir. Iss etwas, danach wirst du dich besser fühlen.«

Der Quark schmeckte wie Kreide, doch weil Raphael zusah, aß ich dennoch auf. Er hatte ja recht. Das hatte er meistens, doch diesmal fiel es mir schwerer als sonst, seinen Ratschlägen zu folgen. Das tatenlose Abwarten und Ruhighalten nagte immer mehr an meinem Verstand, raubte mir die Substanz. Ich war es gewohnt, in Bewegung zu sein, Hunderten von Aufgaben gleichzeitig nachzugehen, doch nun lagen die Tage einfach bloß vor mir, und in der Leere keimten die Schuldgefühle nur noch stärker. Ich konnte so nicht mehr weitermachen. Zumindest das hatte Caro gestern richtig erkannt.

»Weißt du noch, als ich mit all dem angefangen habe?«, fragte ich, während ich mit der Löffelspitze über den leeren

Boden der Keramikschale kratzte. »Ich wollte eigentlich Schauspielerin werden. Die sozialen Medien hatten mir bloß dabei helfen sollen, mein Portfolio auszubauen und an Bekanntheit zu gewinnen. Doch dann ist alles so schnell gewachsen ... Ich hatte kaum noch genug Zeit, um dem Schauspielunterricht zu folgen, geschweige denn für Termine zum Vorsprechen und Proben.«

»Ich weiß, deshalb hast du dich dann am Ende dafür entschieden, der Schauspielerei den Rücken zu kehren.«

»Manchmal bereue ich das«, gestand ich.

»Wirklich?« Raphael schüttelte den Kopf, auf seinen Lippen ein nachsichtiges Lächeln. »Ein kleiner Rückschlag muss nicht gleich das Ende deiner gesamten Karriere bedeuten. Dafür hast du die letzten Jahre viel zu hart gearbeitet. Sieh dich nur an, und was du alles erreicht hast! Gerade denkst du nur an all das Schreckliche, das der kleinen Leonie passiert ist, aber sie war auch ein Mädchen, das dich geliebt und bewundert hat. Genau wie so viele andere.«

Mein Hals drückte sich zu, schnürte mir die Luft ab. »Sie war todunglücklich. Und ich habe sie im Stich gelassen.«

»Du bist nicht schuld an ihrem Tod. Sie hatte ihren Entschluss längst gefasst, sonst hätte sie die Tabletten nicht gesammelt.«

»Aber am Ende hat sie gezögert und mir diesen Kommentar hinterlassen. Ich hätte sie vielleicht umstimmen können.«

»Sarah ...« Raphael griff nach meiner Hand, wollte sie streicheln, doch ich entzog mich ihm. Das war nicht der Zeitpunkt für Trost und Mitgefühl. Nicht für mich. »Und jetzt ist Leonie tot, ein junges, unschuldiges Mädchen, für das ich hätte da sein sollen.«

»Du hast mehr als siebenhunderttausend Follower, wie stellst du dir das vor? Du kannst nicht für sie alle da sein.«

»Aber dann hätte ich auch nicht so tun dürfen, als könnte ich es!« Meine Augen begannen zu brennen, woraufhin ich die Lider fest zusammenpresste. »Ich kann einfach nicht so weitermachen, als wäre das nicht passiert. Als wäre ich nicht für ihren Tod mitverantwortlich.«

»Das verlangt doch auch keiner von dir«, antwortete Raphael mit sanfter Stimme. »Nimm dir die Zeit, die du brauchst. Mach eine Pause, und wer weiß, vielleicht ist das eine gute Gelegenheit, sich umzuorientieren. Du könntest in Gedenken an Leonie eine Reihe zum Thema Depressionen und Essstörungen veröffentlichen, wenn du magst. Body Positivity ist gerade ohnehin stark gefragt.«

Wieso musste Raphael nur aus allem immer ein Geschäft machen? Ich biss mir auf die Unterlippe. »Ich weiß nicht. Ich habe mehr das Gefühl, als sollte ich etwas ganz anderes machen. Deshalb habe ich ja wieder über die Schauspielerei nachgedacht. So schlecht war ich doch nicht, oder? Immerhin hast du mich ursprünglich deswegen unter Vertrag genommen.« So hatten wir uns kennengelernt. Ich war damals so jung gewesen, gerade erst zwanzig.

Eines Abends war ich ganz allein auf dem Wiener Prater unterwegs gewesen. Eine Freundin hatte mich versetzt, und statt heimzugehen, hatte ich beschlossen, eine Runde mit dem Kettenkarussell zu fahren. Aus einer Runde waren zwei geworden, dann drei. Wieder und wieder hatte ich mich in die Lüfte hinaufheben lassen, mit weit schwingenden Beinen, bestimmt fünf Runden hintereinander. Ich hatte die Augen geschlossen, die Arme zu beiden Seiten ausgestreckt und mir vorgestellt, ich könnte fliegen. Als wäre ich vogelfrei und müsste nicht gleich wieder nach Hause, zu einer Mutter, die ihren Kummer in Rotwein ertränkte, weil ihre älteste Tochter einfach abgehauen war, und einem Vater, der unfähig war, das Offensichtliche anzusprechen.

Irgendwann war mir aufgefallen, dass in der Menge unter mir ein Mann stand, der immer wieder zu mir hochsah, mich mit seinen Blicken geradezu fixierte. Als ich später vor einem Stand wartete, um mir gebrannte Mandeln zu kaufen, stand er plötzlich hinter mir. Ich hatte zu wenig Kleingeld dabei, und da streckte er seinen Arm an mir vorbei und bezahlte die Mandeln für mich. Eine flüchtige Berührung unserer Finger, ein Blick, ein Lächeln, und es war um mich geschehen. Er war fünf Jahre älter als ich und wirkte damals so viel reifer als die jungen, halbstarken Männer, die ich von meinem Studium kannte. Er erzählte mir von seiner Agentur, die er gerade erst gegründet hatte. Eine Agentur für Models und SchauspielerInnen.

Ich war fasziniert von seiner weltgewandten Art zu reden und geschmeichelt von seinen Komplimenten und seinem offensichtlichen Interesse an mir. Er hatte sogar eine Visitenkarte, eine schlichte, weiße Karte mit Prägedruck, die er mir am Ende unseres gemeinsamen Abends in die Manteltasche schob, während seine Lippen nahe an meinem Ohr darum baten, ihn anzurufen.

Bereits eine Woche später unterzeichnete ich meinen Vertrag bei ihm, und damit hatte alles angefangen. Meine Familie. Meine Karriere. Mein gesamtes Leben.

»Du warst großartig«, bestätigte Raphael, und vielleicht war es bloß die Erinnerung an unser Kennenlernen, aber sein warmes Lächeln ließ mich ebenfalls schmunzeln. »Und ich kann gut verstehen, dass du dir nach dem, was passiert ist, eine Veränderung wünschst. Aber ich glaube, du hast das nicht ganz zu Ende gedacht. Influencerin oder Schauspielerin, zwischen diesen beiden Rollen steckt gar kein so großer Unterschied. Du würdest trotzdem noch im Rampenlicht stehen und wärst dem Urteil anderer ausgesetzt. Ganz abgesehen davon …« Raphael beendete seinen Satz nicht, doch sein mitleidvoller Blick genügte, dass sich mir der Brustkorb zusammenschnürte.

Ich sah auf meine Hände hinunter, die sich in meinem Schoß ineinander verhakt hatten. »Keiner würde mich in meiner jetzigen Lage überhaupt nehmen, Raphael, ist es nicht so?«

Raphael schien nach den richtigen Worten zu suchen. »Ich meine, ich will dir das natürlich nicht abschlagen, wenn du es wirklich noch mal versuchen willst. Aber du bist schon ziemlich lange aus dem Geschäft draußen. Du müsstest erst wieder Unterricht nehmen, und wir müssten dein Portfolio komplett überarbeiten.«

Ich schwieg kurz, nagte mit den Zähnen an den Innenseiten meiner Wangen. »Caro meinte, ich könnte auch versuchen, zu schreiben.«

»Caro?« Raphaels hochgezogene Augenbraue verriet bereits, was er von einem Vorschlag hielt, der von meiner Schwester stammte. Obwohl er sie als meine Assistentin duldete, waren beide nie so wirklich miteinander warm geworden.

»Es war nur so ein Gedanke von ihr. Weil ich doch so gerne diese ganzen Blogartikel geschrieben habe.«

Raphael verschränkte die Arme vor der Brust. »Was meinst du damit? Möchtest du Journalistin werden?«

»Nein, das nicht, aber vielleicht könnte ich ein Buch schreiben. Ich habe die letzten Jahre so viel erlebt, das wäre doch bestimmt eine Geschichte wert.«

»Sicher, aber übernimmst du dich damit nicht ein bisschen? Ein paar Blogartikel ist etwas anderes, als ein ganzes Buch zu schreiben.«

Laut ausgesprochen klang mein Vorschlag tatsächlich ziemlich naiv, aber was für Optionen blieben mir denn noch? Wer war ich am Ende ohne meine Follower? Außer einem abgebrochenen Studium in Kommunikationswissenschaft hatte ich nicht einmal eine Form von Ausbildung vorzuweisen. Mit über dreißig hatte ich keinen Titel, keine nennenswerte Joberfahrung.

Ich war Content Creatorin. Ich wusste, wie man Menschen mit aufgehübschten Inhalten an sich band und begeisterte, ihr Vertrauen gewann und sogar ihre Freundschaft. Aber ohne all das? Ohne Filter und Hashtags, was blieb da noch von mir?

Raphael, der meine Niedergeschlagenheit zu spüren schien, kam um den Tisch herum, um mich in den Arm zu nehmen. »Du hast ja recht, Neues ausprobieren zu wollen, und ich werde dich wie immer in all deinen Plänen unterstützen. Wer weiß, vielleicht tut dir die Ablenkung auch gut. Schreib ruhig ein bisschen, arbeite die Vergangenheit auf, wenn du magst. In ein paar Wochen sehen wir dann weiter.«

Ich hatte mein Gesicht in seiner Halsbeuge vergraben, ließ mich von seinem Geruch und dem warmen Timbre seiner Stimme beruhigen. Ich wollte sagen: *Geh nicht, bleib noch eine Weile bei mir*, aber das wäre albern gewesen. Ich war eine erwachsene Frau, eine Mutter. Ich musste mich zusammenreißen.

»In Ordnung«, krächzte ich und rang mir ein Lächeln ab. Raphael hob mein Kinn an, damit ich seinem Blick begegnete. »Ich muss nun los. Tu mir einen Gefallen und sperr dich nicht wieder den ganzen Tag zuhause ein.«

Unsere Lippen trafen sich zu einem flüchtigen Kuss. »Mach dir keine Sorgen um mich.«

»Gehört zum Job.« Raphael sagte es mit einem Zwinkern, dennoch spürte ich dabei ein altbekanntes Ziehen in meiner Bauchgegend. Ich hasste es, wenn er mich nur wie sein Arbeitsprojekt behandelte. Durch unsere Zusammenarbeit fiel es manchmal schwer, die Grenzen zu ziehen, wo das Geschäftliche aufhörte und wo unsere Ehe begann.

Raphaels Abwesenheit ließ mich noch unruhiger zurück als vorher. Zwar hatte er es nicht ausgesprochen, aber ich wusste, dass er von mir erwartete, dass ich weitermachte. Nicht als Schauspielerin oder Autorin, sondern als Influencerin. Es wäre dasselbe Spiel, höchstens ein anderes Skript.

Allein beim Gedanken daran drehte sich mir der Magen um, und beim Gang die Treppe hoch wankten meine Beine unter mir. Mokka trabte neben mir die Stufen hinauf. Freudig hechelnd steuerte er zuerst Vickis Zimmertür an. Es war bereits nach acht, doch als ich die Tür öffnete, um ihn hineinzulassen, schlief sie noch tief und fest. Sie hatte die Decke eng um sich gewickelt und zuckte nicht einmal, als Mokka zu ihr hinauf aufs Bett sprang und sich neben ihren Beinen einrollte.

Ich sollte sie wecken. Bloß, weil sie vom Unterricht befreit war, hieß das nicht, dass sie die restliche Woche einfach blaumachen konnte. Ich sollte sie einen Strafaufsatz schreiben lassen oder zumindest einen Entschuldigungsbrief an Annika. Ich sollte ...

Lautlos drückte ich die Tür ins Schloss und entfernte mich wieder.

Leonie war fast genauso alt wie sie gewesen. Immer wieder musste ich daran denken. Wie Leonies Mutter sich fühlen musste. Wie ich mich fühlen würde, wenn mich hinter dieser Tür kein mürrischer, übermütiger Teenager mehr erwarten würde, sondern nur mehr Stille, endlose Stille. In manchen meiner Alpträume waren ihre Gesichter vertauscht, statt Leonie sah ich Vicki leblos am Boden aufprallen, während ihr anklagender Blick mich festhielt. Dann erwachte ich schreiend, geschüttelt von der tiefen Erkenntnis, dass ich das niemals überleben würde, dass keine Mutter das konnte.

Ich kniff die Augen zusammen und zwang mich, die Bilder und Gedanken abzuschütteln. Mein Körper vibrierte geradezu vor angestauten Emotionen. Ich tigerte im Flur auf und ab, die Hände zu Fäusten gekrümmt, bis ich es irgendwann nicht länger aushielt.

Ich rannte in mein Schlafzimmer und schlüpfte in das erstbeste Sportoutfit, das ich greifen konnte. Seit Wochen war ich nicht mehr laufen gewesen. Nicht seit ... Ich hatte es einfach nicht mehr über mich gebracht, doch jetzt übernahm mein Körper ganz von selbst die Führung. Es war keine Entscheidung, ob ich laufen wollte oder nicht. Ich musste laufen.

Noch an der Haustür sprintete ich los.

Normalerweise folgte ich bei meinen Trainings einem strikten Plan. Aufwärmen, langsames Einlaufen, dann kurze, kräftige Tempoläufe bei regelmäßiger Pulskontrolle. Nicht so heute. Mein Kopf schaltete sich aus, ich rannte einfach, ließ meine Füße über den Asphalt jagen und genoss das Hämmern meines Herzschlags, das jeden anderen Gedanken unter sich begrub. Jeder Schritt entfernte mich ein Stück mehr von mir selbst, meiner Angst, dem erdrückenden Gefühl der Schuld.

Häuser und Bäume flogen nur so an mir vorbei. Der Wind riss an meinen offenen Haaren, peitschte sie mir über Stirn und Wangen. Meine Beine brannten, gaben alles. Weiter, weiter, weiter und immer schneller, schneller, schneller.

Ich schaffte es bis zum Rande des Schlossparks, ehe meine Knie nachgaben. Ich taumelte seitwärts und übergab mich vor einer Buchenhecke, die Hände gegen meine zitternden Oberschenkel gestemmt. Mein Brustkorb stand in Flammen, und meine Beine ächzten vor Überanstrengung.

Dennoch fühlte ich mich besser. Fast hatte ich vergessen, wie befreiend Laufen sich anfühlen konnte, die eigenen körperlichen Grenzen zu sprengen, auch wenn ich es mit dem Tempo heute eindeutig übertrieben hatte. Den Rückweg bestritt ich dafür in Schrittgeschwindigkeit, sog mit jedem Atemzug neue Kraft und Klarheit in mich auf, während der Schweiß auf meiner Haut langsam abkühlte.

Noch im Gehen zog ich mein Handy aus einer Seitentasche und schrieb Raphael, was ich vorhin von Angesicht zu Angesicht nicht hatte in Worte fassen können. »Es ist vorbei, ich will das nicht mehr machen.«

Ich steckte es wieder ein, bevor er mir zurückschreiben konnte. Für unser nächstes Gespräch brauchte ich einen wachen Kopf und vor allem einen Plan, wie es weitergehen konnte. Einen richtigen Plan und nicht bloß die haltlosen

Schulmädchenträume, denen ich mit Anfang zwanzig nachgejagt war und mit denen Raphael mich niemals ernst nehmen würde.

Vielleicht würde ich endlich meinen Abschluss in Kommunikationswissenschaften nachholen. Ich kannte mich aus mit Marketing. Zwar würde ich damit deutlich weniger verdienen, aber es wäre zumindest ein Anfang, eine mögliche Richtung.

Als ich die Zufahrt zu unserem Haus erreicht hatte, war ich fast beschwingt. Mein Kopf schwirrte vor neuen Ideen, wie meine Zukunft ohne Social Media aussehen könnte, als ein ungewohnter Anblick vor meiner Haustür mich innehalten ließ.

Etwas stand dort auf meiner Fußmatte mit dem breiten Willkommensschriftzug und schimmerte hell im Schein der Mittagssonne. Es sah aus wie ein Präsentkorb. Buntes Obst unter einer kunstvoll verschnürten Zellophanfolie. Je näher ich kam, desto stärker wurde das Gefühl, dass etwas hierbei nicht stimmte. Es war der Geruch. Gärig, süßlich und so stark, dass er mir in der Nase stach und meinen Magen rebellieren ließ.

Dann blickte ich durch die Reflexionen der Folien, sah erst die Konturen der Äpfel, Bananen und Nektarinen, das weiche Stück Käse, das in der Sonne zu zerfließen schien. Dann den grauen Pelz, der die Lebensmittel befallen hatte, Würmer und Maden, die sich durch das matschige Innere wühlten.

Angewidert trat ich den Korb von meiner Fußmatte, hörte das Summen von Fliegen im Inneren und übergab mich fast ein zweites Mal.

Dann sah ich die Schleife. Silbern und leicht durchschimmernd.

Die gleiche Schleife wie auf dem hübsch verpackten Scherbenmeer, das ich gestern als Paket erhalten hatte.

++++

»Hast du jemanden gesehen?«

Als ich in unsere Küche stürmte, stand Caro gerade vor unserem Kühlschrank und räumte Lebensmittel aus einer prall gefüllten Einkaufstasche. Ihr Blick war ratlos.

»War da jemand in unserer Einfahrt?«, hakte ich nach, die Stimme schrill vor Aufregung. »Der Postbote oder sonst jemand – hat wer geklingelt?«

Verunsichert stellte Caro die Packung Mandelmilch, die sie eben hervorgeholt hatte, auf dem Küchentisch ab. »Nicht, dass ich wüsste. Ist alles in Ordnung?«

Ich führte Caro nach draußen, um ihr den vergammelten Präsentkorb zu zeigen, der vor unserer Haustür abgestellt worden war.

Der Geruch ließ Caro nach Luft schnappen. Sie wedelte mit der Hand vor ihrer Nase. »Komisch. Als ich vor zehn Minuten gekommen bin, war der noch nicht dort. Gehört habe ich auch nichts.«

Ich griff ihren Arm, um sie näher zu ziehen. »Siehst du die Schleife? Es ist die Gleiche wie bei dem zerbrochenen Paket gestern!«

»Findest du?« Caros Nase war gekräuselt. Ob aus Skepsis oder Abscheu war schwer zu sagen.

»Sieh es dir doch an!« Meine Fingerspitze, mit der ich auf

die faulende Masse zu meinen Füßen zeigte, zitterte hektisch. »Da will mir jemand offensichtlich Angst einjagen.«

»Könnte doch sein, dass der Präsentkorb einfach zu lange in einer Lagerhalle herumgestanden hat und die Sachen deshalb vergammelt sind. Es war ziemlich warm die letzten Tage.«

»Es ist doch nicht einmal ein Paketaufkleber zu sehen! Den hat jemand direkt und mit voller Absicht hier so abgestellt.«

Caro drückte gegen meine Schulter, um mich vom Korb abzuwenden. »Ich verstehe ja, dass dir das nahegeht, aber im Endeffekt ist doch nichts passiert. Das ist bloß etwas Müll, den ich gleich entsorgen werde. Setz dich doch schon mal in die Küche und mach dir einen Tee. Ich kümmere mich gleich um den Korb.«

Caros gefasste Reaktion ließ mich innehalten. Reagierte ich etwa grundlos über? Auch wenn jemand den Korb absichtlich hatte vergammeln lassen, im Grunde war es doch nicht mehr als eine weitere Hassbotschaft an mich. Von der Sorte hatte ich schon Tausende bekommen, ich sollte also daran gewöhnt sein. Bloß, dass ich diese nicht einfach löschen und ausblenden konnte. Diese Nachricht war mehr als ein digitaler Datensatz, sie stand hier direkt vor mir, war greifbar und riechbar und spuckte mir den Hass direkt ins Gesicht. Außerdem sendeten die Scherben und der Abfall noch eine ganz andere, viel direktere Nachricht an mich. Da war jemand, der mich nicht nur hasste, sondern der auch meine private Wohnadresse kannte, der vor nur wenigen Minuten bis zu meiner Haustür spaziert war.

Und der wollte, dass ich das wusste.

7.

Nachricht von @madi_s1: Kein Wunder, dass die Kleine sich umgebracht hat. Würde ich auch, wenn ich jeden Tag deine hässliche Visage sehen müsste.

Obwohl wir zum Abendessen zu dritt am Esstisch saßen, herrschte eine beklemmende Stille, die wie ein unsichtbares Gewicht auf meine Schultern drückte. Zwar tat ich mich schwer, es offen zu zeigen, aber ich war wütend auf Raphael, weil er meine Sorge wegen der Pakete überhaupt nicht ernst nahm. Genau wie Caro war er der Meinung, dass das Obst und der Käse von selbst vergammelt waren, und selbst wenn nicht, verstand er nicht, wieso ich mich davon bedroht fühlte.

Vicki wiederum war genervt, weil ich sie nicht mit ihrer Freundin ins Kino hatte gehen lassen und sie stattdessen zwang, hier bei uns am Tisch zu sitzen. Sie machte ihren Unmut deutlich, indem sie den Taboulehsalat auf ihrem Teller ignorierte und stattdessen unter dem Tisch auf ihrem Handy herumdrückte.

Gereizt senkte ich meine Gabel auf den Teller. »Vicki, nun leg doch endlich das Handy weg. Du hast noch überhaupt nichts gegessen.«

Vicki tippte weiter auf ihrem Bildschirm herum, ohne auch nur den Blick zu heben. »Ich mag aber keine Petersilie.«

»Wir haben auch noch Brot und Aufschnitt in der Küche, aber iss irgendwas.«

»Deine Mutter hat recht«, bemerkte Raphael. »Komm und leg das Handy weg.«

»Gleich!«, fauchte Vicki und drehte sich auf ihrem Stuhl zur Seite, so dass sie mit dem Rücken zu uns saß.

Raphael und ich wechselten einen besorgten Blick. Es sah Vicki überhaupt nicht ähnlich, einen von uns so anzufahren. Erst der Vorfall mit Annika, nun das. Lag das nur an einer spätpubertierenden Phase oder war es wieder wegen etwas, das ich getan hatte?

»Vicki …« Ich legte mein Besteck beiseite und ging um den Tisch herum, bis ich neben ihr stand. Erst als ich so knapp vor ihr war, fiel mir auf, dass ihre Hände zitterten und ihr Kiefer vor Anspannung verkrampft war. »Vicki-Schatz, was ist denn los?«

»Nichts.« Sie schaltete das Handydisplay aus, ehe ich mehr als einen flüchtigen Blick darauf erhaschen konnte. Wegen meines Berufs war ich immer sehr locker gewesen, was Vickis Umgang mit moderner Technik und den sozialen Medien anging. Wahrscheinlich zu locker. Zwar überprüften wir ihre Internetaktivitäten regelmäßig und hatten gewisse Apps und Inhalte auf ihrem Handy blockiert, dennoch gewährten wir ihr auch viel Freiraum. Ein Zeichen des Vertrauens, wie ich es mir gegenüber immer wieder rechtfertigte, doch als ich nun in die nervös umherhuschenden Augen meiner Tochter blickte, konnte ich das Gefühl nicht abschütteln, einen schweren Fehler begangen zu haben.

Ich senkte meinen Kopf zu ihr. »Hat wieder jemand was Böses über mich geschrieben?«, fragte ich im Flüsterton.

Vicki schüttelte den Kopf, doch ihr Blick wich meinem aus und verriet mir, dass sie etwas vor mir verbarg.

Seufzend streckte ich ihr meine offene Handfläche entgegen. »Gib mir dein Handy.«

Vickis Augen weiteten sich vor Empörung. »Das ist unfair! Das ist mein Handy und ich ...«

»Gib es mir!«, beharrte ich.

»Du hättest mir auch einfach sagen können, dass du einen neuen Account erstellt hast«, blaffte sie und drückte mir grob ihr Handy in die Handfläche.

Verwirrt drehte ich das Handy herum und entsperrte den Bildschirm. Wie vermutet war die Instagram-App geöffnet. Vicki hatte seit Kurzem einen eigenen Account, der jedoch auf privat gestellt und nur für ihre engsten Freunde einsehbar war. Einer davon hatte ihr einen Beitrag als Direktnachricht weitergeleitet. Ich war überrascht, mich selbst darauf zu sehen, eine Nahaufnahme von mir, wie ich mit ernstem Gesicht irgendwas in der Ferne fixierte.

Ich klickte auf das Foto, um den Text darunter lesen zu können, und dabei weiteten sich meine Augen vor Unglauben. »Hallo, Leute! Entschuldigt die lange Funkstille! Wie ihr alle wisst, habe ich ein paar ziemlich heftige Wochen hinter mir. Ich habe diese Zeit gebraucht, um mich zu sammeln und neu zu orientieren, jetzt bin ich aber endlich wieder da! Ihr habt mir ja so gefehlt! Mehr in Kürze!«

Ich schnaubte wegen der übertriebenen Schreibweise und der vielen Ausrufezeichen. Leider war die Kommentarfunktion deaktiviert, deshalb konnte ich nicht sehen, wie andere auf den Beitrag reagierten, aber die Anzahl der Likes ließ mich stutzen. Bereits über zweihundert, obwohl der Beitrag erst vor zwei Stunden online gegangen war.

Gab es etwa tatsächlich Leute da draußen, die glaubten

das wäre ich? Der Accountname darüber hieß @sarahrennt, nicht @sarahlaeuft. Nicht gleich, aber anscheinend ähnlich genug, um einige meiner Follower in die Irre zu führen.

Nervig vielleicht, doch kein Grund zur Beunruhigung. »Aber, Schatz.« Fast musste ich lachen, während ich sachte Vickis Schulter drückte. »Das bin nicht ich. Das ist bloß ein Fake-Account.« Inzwischen konnte ich gar nicht mehr aufzählen, wie viele solcher falschen Accounts in den letzten Jahren quer über die sozialen Medien aufgetaucht waren. Sie kopierten meine Fotos und manchmal sogar meine Texte und gaben sich als mich aus. Das war ab einem gewissen Bekanntheitsgrad nichts Seltenes. Ich meldete diese Accounts, wenn ich darauf aufmerksam wurde, und nach einer Weile verschwanden sie wieder ohne Nachwirkungen.

Ich wollte schon wieder weitertippen, aber etwas an dem Beitrag irritierte mich, ließ mich nicht ganz los. Vielleicht, weil das abgebildete Foto nicht zu meinen typischen Inhalten passte, dafür war die Bildqualität zu schlecht, waren die Farben zu matt. Das Licht war diffus und mein Gesichtston leicht gräulich. So hätte ich mich online niemals freiwillig gezeigt. Vielleicht handelte es sich um einen schlechten Presseschnappschuss? Das würde erklären, wieso mir das Foto so wenig bekannt vorkam, doch selbst die Presse hätte nie Fotos dieser geringen Qualität von mir veröffentlicht.

Dann sah ich genauer hin und spürte mein Herz wild aufschlagen. Dieser Pullover. War das nicht derselbe lavendelfarbene Pullover, den ich erst gestern angehabt hatte?

Ich zoomte ran und versuchte, etwas mehr vom Hintergrund zu erkennen, um herauszufinden, wo das Foto aufgenommen worden war, aber leider war die Umgebung zu unscharf. Ich sah nur verschwommene, graugrüne Flecken, die so gut wie alles abbilden konnten.

»Was soll denn nun die ganze Aufregung?«, fragte Raphael, der ebenfalls zu essen aufgehört hatte und mit der Hand ungeduldig über seinen Bartschatten rieb.

Wortlos schob ich ihm das Handy über den Tisch hinweg zu. Raphael klickte einmal kurz auf das Foto und tat es sogleich mit einem Achselzucken ab. »Ein Fake-Account, so etwas kennen wir doch schon. Einfach melden und ignorieren.«

Ich lehnte mich ihm entgegen und tippte mit dem Zeigefinger auf den Bildschirmrand. »Aber sieh mal genauer hin, das ist keines meiner Fotos. Und es sieht aus, als wäre es erst vor Kurzem aufgenommen worden. Den Pullover habe ich noch nicht lange.«

»Kann schon sein. Warst du nicht gestern in der Stadt unterwegs? Vielleicht hat dabei jemand ein Foto von dir gemacht. Wäre nicht das erste Mal.«

Resigniert sank ich in meinen Stuhl zurück. »Ja. Wahrscheinlich.« Ich musste wieder an die Frauen im Café denken, an die Handylinse, die auf mich gerichtet gewesen war. Womöglich hatte sich eine von ihnen einen Scherz mit mir erlaubt.

Es gab keinen Grund, wegen so etwas nervöses Bauchflattern zu bekommen. Es waren schon viel schlimmere Inhalte von mir im Netz verbreitet worden, ein einziger Schnappschuss sollte mich noch lange nicht beunruhigen.

»Wer hat dir diesen Account geschickt?«, fragte ich Vicki, nachdem ich ihr das Handy zurückgereicht hatte.

»Annika war das, aber ein paar aus meiner Klasse haben ihn ebenfalls gesehen.«

»Glaubt Annika etwa, dass ich das bin?«, hakte ich nach.

Vicki zuckte die Schultern. »Ich war mir erst auch nicht sicher.«

»Aber, Schatz, du kennst mich doch. Du weißt, was für eine Art Inhalte ich poste.«

Vicki verdrehte die Augen und stand mit ihrem unberührten Teller auf. »Du postest doch nie, was du willst. Du postest, was *die* wollen.«

Alarmiert richtete ich mich auf. »Hey, wohin gehst du?«

»Nach oben. Ich habe keinen Hunger.« Laut schnaubend drehte sich Vicki auf dem Absatz um.

»Warte, du kannst nicht einfach –« Doch Vicki hatte den Raum bereits verlassen, ehe ich meinen Satz beenden konnte. Fassungslos starrte ich ihr nach, sah zu Raphael, der die Stirn in Falten gelegt hatte. »Das gibt's doch nicht«, sagte ich an ihn gewandt.

»Ich rede nachher mit ihr, wenn du willst.«

»Nein, lass sie. Es war eine anstrengende Woche.« Erschöpft fuhr ich mit der Hand über meine Augenlider. »Für uns alle.«

»Ich weiß. Für dich noch viel mehr als für uns.« Raphael streckte den Arm über den Tisch, um meine Fingerknöchel zu streicheln. »Mach dir keine Gedanken wegen des Accounts. Das ist wieder nur ein dummer Scherz.«

»Genau wie die Pakete, meinst du?«, erwiderte ich mit einer ungewohnten Schärfe in der Stimme.

Raphael seufzte. »Tut mir leid, dass ich dich wegen der Pakete so abgewimmelt habe. Ich wollte dich bloß nicht weiter beunruhigen. Aber wenn es dir hilft, können wir Überwachungskameras in der Einfahrt installieren. Falls du dich sorgst, dass noch einmal jemand vorbeikommt, um so etwas abzugeben.«

Der Gedanke war mir noch überhaupt nicht gekommen, doch nun, da Raphael es sagte, spürte ich die Angst wie einen Vogel in meinem Brustkorb umherflattern. »Danke. Das würde mir tatsächlich helfen.«

»Gut. Ich rufe gleich morgen jemanden an, der sich darum kümmern wird.«

»Und Vicki? Ich mache mir Sorgen um sie.« Sonst war unsere Tochter so ein ruhiges, einfühlsames Mädchen. In letzter Zeit erkannte ich sie kaum wieder.

»Das legt sich wieder. Sie spürt wahrscheinlich bloß deine eigene Unruhe.« Raphael zog seine Hand zurück. »Und wegen dem, was du mir heute Vormittag geschrieben hast ...«

»Lass uns ein andermal darüber reden«, unterbrach ich ihn mit einem angestrengten Lächeln, das meine Lippen zu paralysieren schien. So hatte ich dieses Gespräch nicht führen wollen, nicht, wenn ich schon wieder emotional aufgelöst war und meine ausufernden Gedanken kaum bändigen konnte.

»Du hast recht.« Raphael nahm seine Gabel auf und fing wieder an, zu essen. »Du bist ja gerade kaum du selbst.«

Ich nippte an meinem Wasser, während Raphaels Worte in mir nachklangen. Mir war der Appetit vergangen.

War ich gerade wirklich nicht ich selbst, oder fühlte es sich bloß so fremd an, weil ich es die Jahre davor so wenig gewesen war?

Dabei hatte ich diese Fassade so satt. Das ständige Verstellen. All die Geheimnisse, die ich vor der Öffentlichkeit verstecken musste, um immerzu den Schein zu wahren.

Sogar vor Raphael.

8.

Kommentar von @david.k99: Arme kleine verwöhnte Göre. Muss nun endlich für ihr Geld arbeiten gehen.

Ich hatte mein Handy wieder eingeschaltet. Nicht das Steinzeitmodell, das ich erst seit Kurzem mit mir herumtrug, sondern mein echtes Handy mit all seinen Apps und neumodernen Funktionen. Der Fake-Account hatte mich einfach nicht mehr losgelassen. Die ganze Nacht hatte ich immer wieder an diesen ominösen Beitrag denken müssen und das Unwissen irgendwann nicht länger ausgehalten.

Mein Hauptaccount war zwar noch immer deaktiviert, doch ich besaß einen Zweitaccount, den ich verwendete, wenn ich inkognito unterwegs sein wollte, mit dem ich mich einloggte.

Seither ertappte ich mich immer wieder dabei, wie ich mich in halbdunkle Ecken zurückzog, um heimlich den Status des Fake-Accounts zu überprüfen. Seit gestern waren keine weiteren Beiträge mehr online gegangen, und wahrscheinlich würde es auch nur bei diesem einen bleiben. Wahrscheinlich machte ich mich mit meiner Überängstlichkeit bloß wieder selbst fertig, aber ich konnte den Gedanken nicht abschütteln, dass das alles irgendwie zusammenhing. Erst diese merkwürdigen Pakete, dann gestern der Fake-Beitrag, der in meinem Namen veröffentlicht worden war.

Wurde ich verrückt, oder hatte es tatsächlich jemand auf mich abgesehen?

Ich verbrachte den Vormittag damit, nach Onlinestudiengängen zu recherchieren, die ich von zuhause aus absolvieren könnte, jedoch war ich mit dem Kopf nicht ganz bei der Sache. Meine Gedanken drifteten immer wieder ab, weshalb ich erleichtert war, als es Zeit wurde, nach Langenlois zum Haus meiner Familie aufzubrechen, um wie versprochen nach Esther zu sehen.

Caro und Vicki begleiteten mich. Vor allem Vicki war wenig begeistert von unserem Ausflug, aber ich wollte verhindern, dass sie den Tag über bloß mit ihrem Handy im Bett herumlungerte. Außerdem war ich noch immer besorgt wegen ihres Verhaltens diese Woche. Die lange Fahrt würde mir zumindest Gelegenheit geben, sie im Auge zu behalten und vielleicht sogar ein wenig nachzuhaken, um herauszufinden, was wirklich mit ihr los war.

Das Haus meiner Familie lag hinter einem lichten Mischwald und bot von der Südseite einen wunderschönen Blick auf die umliegenden Weinberge. Als Kind war mir dieser Ort wie das absolute Paradies erschienen, und auch heute noch verspürte ich bei der Fahrt entlang der gewundenen Straßen ein Gefühl von Geborgenheit, das ich in meinem Erwachsenenleben häufig vermisste.

Ich hatte nie verstanden, was Caro an diesem idyllischen Ort so schlimm fand, dass sie es nicht hatte erwarten können, wegzukommen, aber sie war schon immer ein unruhiger Geist gewesen, der sich nach mehr sehnte. Mehr Partys, mehr Leben, mehr Welt. Bereits als Teenager war sie häufig über Nacht verschwunden gewesen, um bei irgendwelchen

Jungs zu übernachten oder um mit älteren Schulkids um die Häuser zu ziehen. Kaum war sie achtzehn gewesen, hatte sie dann vollends Reißaus genommen und war einfach eines Tages abgehauen, mit nicht mehr als einem dreizeiligen Abschiedsbrief auf ihrem Kopfkissen und dem Portemonnaie unserer Mutter in der Tasche.

Es dauerte Monate, bis wir wieder ein Lebenszeichen von ihr hörten und erfuhren, dass sie als Au-pair in England angeheuert hatte, und noch länger, bis wir an eine Telefonnummer gelangten. Unsere Eltern waren von Caros Verhalten so gekränkt, dass sie die Jahre nach ihrem Verschwinden kein einziges Wort mit ihr wechselten.

Ich war die Einzige, die noch sporadisch mit ihr Kontakt hielt und dafür sorgte, dass sie sich nach und nach wieder mit der Familie annäherte. Leider verstarb unser Vater, bevor sie sich gänzlich versöhnen konnten, doch zumindest mit Esther hatte sie wieder ein einigermaßen gutes Verhältnis, seitdem sie nach Österreich zurückgekehrt war. Ein Verhältnis, das jetzt, wo die Demenz Esthers Verstand mehr und mehr eintrübte, wieder zu bröckeln begann.

Caro tat sich noch schwerer als ich, mit dem geistigen Verfall unserer Mutter umzugehen. Sie sträubte sich gegen die Besuche und fand meist irgendwelche müden Ausreden, um nicht mitzumüssen, weshalb ich ihr dankbar war, dass sie am heutigen Tag so klaglos neben mir saß.

Linda erwartete uns wie immer bereits auf den Stufen zum Hauseingang, als wir mit dem Wagen in die Einfahrt bogen. Bei unserem Anblick erstrahlte ihr sonst so ernstes, von feinen Falten gezeichnetes Gesicht, und sie winkte uns energisch zu.

Caro winkte ebenfalls zurück, verzog aber die Mundwinkel,

als hätte sie Essigsäure geschluckt. »Ich hasse diese Frau. Wie hältst du sie nur immer aus?«

Der Kies knirschte unter den Autoreifen, als ich rückwärts entlang der Garagenmauer einparkte. »Sei nett«, schalt ich sie. »Es war nicht einfach, überhaupt jemanden zu finden, der bereit war, so weit rauszufahren.«

»Kann ich eine Runde spazieren gehen?«, fragte Vicki, kaum dass wir ausgestiegen waren, und deutete auf das Waldstück hinter dem Haus. In ihrem rechten Ohr steckte ein In-Ear-Bud, mit dem sie wahrscheinlich gerade wieder die neueste Folge ihres Lieblings-True-Crime-Podcasts hörte.

»Komm erst mal mit rein und sag deiner Oma hallo. Und tu die Kopfhörer raus, solange wir im Haus sind.«

Stöhnend schlurfte Vicki in Richtung Haus. »Die erkennt mich doch eh nicht mal.«

»Hallo!«, rief Linda uns von der Eingangstür entgegen. »Wie schön, dass Sie da sind. Esther freut sich bereits so auf Ihren Besuch.«

»Also hat sie heute einen guten Tag?«, fragte ich hoffnungsvoll, während ich aus den Ärmeln meiner Jacke schlüpfte.

»Sie war beim Frühstück etwas launisch, doch inzwischen hat sie sich wieder beruhigt. Gerade sieht sie sich ›Sturm der Liebe‹ im Fernsehen an, das hebt immer ihre Stimmung.«

Linda war gerade mal fünfzig, doch ihre gestelzte Art zu reden und die tiefen Falten um ihre Mundwinkel ließen sie deutlich älter erscheinen. Ihre Art, sich zu kleiden, unterstrich diesen Eindruck noch. Heute trug sie wieder einen langen, schwarzen Wollrock und dazu eine verwaschene, grüne Bluse, die zwei Nummern zu groß für ihren schmächtigen Körper war.

»Kommen Sie! Ich habe eine ganz köstliche Suppe auf dem Herd. Ich hoffe, Sie haben alle Hunger mitgebracht.«

Im Inneren des Hauses war es stickig und warm. In meiner Kindheit hatte es hier immer nach frisch gebackenem Brot und den Orchideen meiner Mutter gerochen, doch nun übertünchte der Gestank von Mottenkugeln und Orangenreiniger alle anderen Gerüche.

Esther saß im Wohnzimmer in dem ledernen Fernsehsessel, der früher einmal der Lieblingsplatz ihres Mannes gewesen war. Obwohl er schon seit zwei Jahren tot war, zeigte das Haus noch immer mehr Arnolds Spuren als ihre. Sämtliche Ecken und Regale waren vollgestellt mit hölzernen Skulpturen und filigranen, handbemalten Vasen. Er war ein Bewunderer von allem Fernöstlichen gewesen und hatte in seiner Freizeit Flohmärkte im ganzen Land abgeklappert, um verborgene Schätze aufzustöbern. Inzwischen waren diese Schätze verstaubt und mit abgebrochenen Kanten übersät, aber niemand brachte es über sich, sie zu entsorgen.

»Mama, hallo. Sieh nur, wer diesmal noch alles da ist.«

»Pssst.« Esther schlug mir auf die Finger, als ich Anstalten machte, mich zu ihr herunterzubeugen, um sie zur Begrüßung auf die Wange zu küssen. »Gleich bittet er sie um ein Rendezvous.«

Ihr Blick blieb starr auf den Fernseher gerichtet und schien direkt durch mich hindurchzugehen – als wären wir überhaupt nicht anwesend.

Caro trat mit verkniffenen Lippen den Rückzug an. »Ich bin in der Küche und helfe Linda beim Anrichten.«

»Ich komme mit!«, sagte Vicki hastig und eilte ihrer Tante hinterher.

Seufzend ging ich neben dem Sessel in die Hocke und breitete den Stoffbeutel, den ich mit hineingetragen hatte, vor mir aus. »Ich habe dir wieder Rotweinlikör mitgebracht und ein paar selbstgemachte Haferkekse – ohne Rosinen, genau so, wie du sie magst. Möchtest du einen probieren?«

Ich öffnete die Plastikbox, in der ich die Kekse verwahrt hielt, und hob sie zu ihrem Gesicht.

Vielleicht war es der Geruch, der zu ihrem Gehirn vordrang, aber in dem Moment sah Esther mich endlich an. »Arnold wird wütend sein. Er hasst es, wenn ich die Rosinen weglasse.«

»Keine Sorge, Mama, die hier sind nur für dich.«

»Wirklich?« Esthers Hände zuckten nervös in ihrem Schoß.

Ich hielt die Dose ein Stück höher und raschelte leise damit. »Na los, lang zu.«

»Aber nur einen«, sagte Esther. Sie nahm sich jedoch ihren Worten zum Trotz gleich drei auf einmal und biss die Hälfte vom größten Keks ab. »Oh, die sind köstlich!« Vor Verzückung wurden Esthers Gesichtszüge ganz weich, während buttrige Krümel in ihrem Pullover hängen blieben. »Diese furchtbare Frau in meinem Haus lässt mich nur noch fahle Suppen und weichgekochtes Gemüse essen.«

»Das ist Linda. Du weißt doch noch, dass ich sie angestellt habe, damit sie sich um dich kümmert.«

»Linda, sagst du? Ach ja.« Nachdenklich knabberte Esther an ihrem zweiten Keks. »Hast du was von Caro gehört? Ich würde ihr so gerne eine Geburtstagskarte schicken, aber niemand kann mir ihre Adresse sagen.«

»Caro ist hier. Du kannst ihr gleich selbst hallo sagen. Sie hilft Linda in der Küche.«

»Caro?« Esthers Augen weiteten sich plötzlich vor Schreck. Der letzte Keks zerkrümelte zwischen ihren Fingern. »Nein, Caro kann nicht hier sein.«

»Doch, sie ist gleich ...«

»Sie kann nicht hier sein!« Esthers Arm schlug plötzlich aus. Dabei traf sie die Plastikdose, riss sie mir aus der Hand und verteilte Kekse und Krümel quer über mir und auf dem Teppich zu meinen Füßen.

»Mama, was soll denn das?« Fluchend fuhr ich mir über Arme und Brust, um die verstreuten Krumen abzuschütteln, während Esther über mir zu wimmern anfing.

»Es tut mir leid. Es tut mir so leid.«

»Kein Problem, ist doch nichts weiter passiert.« Beschwichtigend tätschelte ich ihr Knie und bückte mich, um die zerbröselten Keksstücke aufzuheben. Erst nachdem ich mich wieder aufgerichtet hatte, bemerkte ich Esthers qualvoll verzogenes Gesicht, die Augen schimmernd, als wäre sie den Tränen nah.

Vor Überraschung wäre mir die Dose fast ein weiteres Mal aus der Hand geglitten. »Mama, was ist denn los?«

Doch Esther schien mich kaum noch wahrzunehmen. Ihr vom Alter getrübter Blick ging direkt durch mich durch, doch als ich ihre Hand ergriff, drückte sie sie fest, so dass meine Knöchel schmerzhaft aufeinander rieben.

»Es tut mir leid«, wiederholte sie. »Bitte vergib mir.«

»Aber was denn, Mama? Es sind doch bloß ein paar Kekse.«

»Alles in Ordnung?« Linda war mit einem Geschirrtuch über der Schulter in der Tür erschienen und blickte besorgt zwischen mir und Esther hin und her.

Als wäre sie aus einem bösen Traum erwacht, entspannte

sich Esthers Gesichtsausdruck sogleich wieder. Peinlich berührt sah sie auf die Keksreste hinab. »Oh, habe ich die fallen lassen? Entschuldige bitte, ich bin im Moment so ungeschickt.«

»Das Essen ist fertig«, warf Linda dazwischen. »Brauchen Sie Hilfe?«

»Sehe ich aus, als wäre ich bettlägerig?«, maulte Esther und stemmte sich gegen die Armlehnen, um sich hochzuhieven. »Ich kann selbst zu Tisch gehen.«

Während des Essens war Esther fast wieder die Alte. Sie löffelte zufrieden ihre Suppe und fragte Vicki nach ihrem Schulalltag, ihren Freundinnen und ihren Noten aus. Trotz ihres merkwürdigen Verhaltens von vorhin war sie sogar zu Caro wieder normal, reichte ihr das Salz und lächelte ihr mehrmals über den gedeckten Tisch hinweg zu. Seit Arnolds Tod passierte es immer häufiger, dass Esther die Zeiten durcheinanderbrachte, und Caros Verschwinden damals war sehr traumatisch für sie gewesen. Noch immer konnte ich ihr ersticktes Schluchzen vor mir hören, wenn sie nachts heimlich Kinderfotos von uns ansah und dabei ein Glas Rotwein nach dem anderen trank, bis unser Vater endlich heimkam und sie zu Bett zerrte.

Erst beim Nachtisch kam es wieder zu einem kleinen Tumult.

Linda servierte einen selbstgebackenen Gugelhupf, doch als Esther um einen Espresso bat, verwehrte Linda ihn ihr. Auf Anweisung des Arztes, wie sie sagte. Esther jaulte laut auf und warf aus Trotz ihr Wasserglas um, so dass sich eine Pfütze über Teller und Tischtuch ergoss.

Linda sprang erschrocken zurück, doch bevor die Situation

noch weiter eskalieren konnte, schob ich sie behutsam zur Seite. »Alles in Ordnung«, sagte ich beschwichtigend. »Machen Sie ihr ruhig einen Kaffee. Caro und ich kümmern uns um das Chaos hier.«

Unsicher knetete Linda ihre Hände. »Aber der Arzt hat gesagt …«

»Eine Tasse Espresso wird meine Mutter schon nicht umbringen. Gönnen Sie ihr die Freude.«

»Wenn Sie das sagen.« Während Linda den Tisch abräumte, zogen Caro und ich das Tischtuch ab und trugen es eingeschlagen in die Waschküche hinüber. Ich wollte es gleich in die Maschine werfen, um Linda etwas Arbeit abzunehmen, und stöberte in dem Schrank unter dem Waschbecken nach einem passenden Waschmittel.

»Da drüben«, sagte Caro und deutete auf das Regal über mir.

»Danke.« Ich griff nach der Flasche.

Caro tat, als würde sie den Inhalt des Wäschekorbs betrachten. »Hast du schon etwas vom Altersheim gehört?«

»Nicht wirklich«, entgegnete ich zögerlich. »Esther befindet sich zwar auf der Warteliste, aber von der Priorität her ist sie ganz unten angesiedelt. Sie ist zu gesund, um sofort aufgenommen zu werden, heißt es.«

»Sie ist nicht gesund. Du siehst doch, wie es ihr geht.«

»Ich weiß.« Die Tür zur Waschtrommel klemmte etwas, so dass ich einmal mit der Faust dagegenschlagen musste, damit sie im Schloss einrastete. »Es macht mich nur traurig. Wir müssten das Haus verkaufen, und das würde Esther bestimmt das Herz brechen. Sie lebt hier schon seit Jahrzehnten.«

»Wenn sie es dann überhaupt noch mitbekommt.«

Mit einem rasselnden Quietschen setzte sich die Waschtrommel in Bewegung. »Sei nicht so zynisch! Dir mag das hier nie viel bedeutet haben, aber mir schon.«

»Darum geht es doch gar nicht. Sieh sie dir doch an!« Caro schwenkte ihren Arm in Richtung Esszimmer. »Die meiste Zeit weiß sie nicht einmal mehr, wer ich bin.«

»Vielleicht wüsste sie es, wenn du nicht jahrelang fort gewesen wärst.« Sekunden später bereute ich die Worte bereits und verzog die Mundwinkel zu einer Grimasse. »Tut mir leid, das war unnötig.«

»Nein, schon gut«, erwiderte Caro, doch ihre abgewandte Schulter sagte etwas anderes. »Du solltest über all das entscheiden, nicht ich. Du bist ihre Tochter.«

»Das bist du auch!«

»Nein. Nicht so wie du, und das weißt du.« Caro hielt sich selbst am Arm und kratzte unruhig über ihren Ellenbogen, während ihr Blick haltlos umherstrich. Etwas an dem Haus ließ sie immer jünger, zerbrechlicher erscheinen, als wären wir wieder Kinder. Obwohl Caro die Ältere von uns beiden war, weckte es den tiefen Instinkt in mir, sie zu beschützen.

Ich erinnerte mich noch so gut an den Tag, als ich sie das erste Mal gesehen hatte. Ich war acht gewesen, Caro zehn. Bis zu dem Tag waren wir Fremde gewesen, dennoch hatte ich sie vom ersten Augenblick an geliebt wie eine richtige Schwester. Dass wir nicht blutsverwandt waren, hatte für mich nie eine Rolle gespielt und für Arnold und Esther ebenfalls nicht.

»Caro …«

Ich trat auf sie zu, doch bevor ich sie erreichen konnte, hatte Caro sich schon wieder umgedreht und hielt ein frisches Tischtuch zwischen uns. »Komm, lass uns reingehen.«

Im Esszimmer herrschte wieder Frieden, nachdem Esther ihren Espresso bekommen hatte, dennoch konnte ich das Engegefühl in meiner Brust nicht mehr abschütteln. Hatte Caro womöglich recht? Schadete ich Esther mehr, als dass ich ihr half, indem ich sie im Haus behielt? Linda war nur tagsüber bei ihr und konnte nicht jede Minute auf sie aufpassen. Was, wenn sie sich einmal selbst verletzte?

Mein Kopf rauschte, doch zumindest war ich so abgelenkt, dass kaum ein anderer Gedanke mehr Platz hatte. Meine Sorge wegen der Pakete erschien plötzlich übertrieben und unwirklich. Nicht einmal der Fake-Account interessierte mich noch groß, so dass ich mir sogar vornahm, mein Handy wieder in meiner Nachttischschublade zu verstauen, sobald wir nach Hause zurückgekehrt waren.

Erst auf dem Rückweg wagte ich einen kurzen Blick darauf, als wir an einer Tankstelle anhielten und ich für einen kurzen Moment allein war, während ich an der Kasse anstand. Die Instagram-App schien sich fast von selbst zu öffnen. Manche Gewohnheiten waren schwer abzuschütteln. Ich scrollte kurz durch meinen Hauptfeed und lud dann die Seite des Fake-Accounts, um ihn auf neue Beiträge zu prüfen.

Ich sah wieder mich, mein Gesicht und einen Teil meines Körpers, doch alles war leicht verschwommen, die Konturen unscharf und von hellen Flecken überlagert. Bis ich begriff, dass es daran lag, dass das Foto durch ein Fenster aufgenommen worden war. Und nicht irgendein Fenster. Das Küchenfenster in Esthers Haus, vor dem ich noch vor einer Stunde gestanden hatte, als ich das schmutzige Essensgeschirr unter dem dampfenden Wasserhahn vorgespült hatte.

»Sorry, Leute, gerade herrscht absolute Hektik in meinem

Leben. Heute helfe ich meiner Mutter etwas im Haushalt, während ich darauf warte, dass endlich ein Platz im Altersheim für sie frei wird. Offen für Empfehlungen!«, lautete die Unterschrift. Dazu ein Augen- und ein Herz-Emoji.

9.

Nachricht von @nischatravels: Ist an dir überhaupt irgendetwas echt, oder war alles nur gelogen?

Es fing an zu regnen, kurz bevor wir zuhause ankamen. In Sturzbächen trommelte das Wasser gegen die Karosserie und die Windschutzscheibe, bis meine Sicht gemeinsam mit dem Chaos meiner Gedanken von einem dichten Schleier ertränkt wurden. Der kurze Sprint die Einfahrt entlang reichte, damit Vicki und ich in Sekundenschnelle nass bis auf die Haut waren.

Ich schickte sie nach oben, um ein Bad zu nehmen und sich aufzuwärmen. Im Grunde wollte ich sie jedoch einfach weit genug weg wissen, damit ich mit Raphael offen über meine Ängste reden konnte, ohne sie zu belasten.

Erst als meine Tochter die Treppe hinauf verschwunden war, fiel mir ein, dass sie selbst einen Instagram-Account besaß und den Beitrag womöglich längst gesehen hatte.

»Schatz?« Raphaels Stimme ertönte aus dem Wohnzimmer.

Ich war erleichtert, dass er heute einmal früher nach Hause gekommen war. Er trug zwar noch seine Büroklamotten, hatte es sich aber auf dem Sofa gemütlich gemacht. Er las die Tageszeitung auf seinem Tablet, und auf dem Beistelltisch stand ein Glas seines Lieblingswhiskys.

Erst lächelte er, doch als er mein Gesicht sah, wurde seine Miene schlagartig ernst. »Was ist denn los?« Raphael legte sein Tablet weg und rutschte zur Seite, um mir Platz zu machen.

»Sieh selbst.« Ich öffnete den Beitrag auf meinem Handy und streckte es ihm entgegen. Mein Herz pochte noch immer wie wild, seit ich das Foto vorhin an der Tankstelle gesehen hatte. Gespannt suchte ich in Raphaels Augen nach dem gleichen Entsetzen, das ich in dem Moment gefühlt hatte. Diesmal war es unmöglich, dass er mich einfach abwimmelte. Diesmal musste er die Gefahr, die von den Beiträgen ausging, genau wie ich erkennen.

»Wieder dieser Fake-Account?«, fragte er nach einem schnellen Blick auf mein Handy. Er wirkte irritiert, ein wenig beunruhigt vielleicht, doch das erwartete Entsetzen blieb aus.

Energisch stieß ich mit dem Zeigefinger gegen die Bildschirmmitte. »Das Foto wurde vor Esthers Haus aufgenommen. Genau zu der Zeit, als ich heute dort war! Wer auch immer diesen Account betreibt, er verfolgt mich.«

»Bist du dir sicher?« Stirnrunzelnd studierte Raphael das Foto eingehender.

»Ja, und sieh nur, was er darunter geschrieben hat!«

»Altersheim«, las Raphael laut. »Das ist aber kein wirkliches Geheimnis, oder? Du hast mit vielen Menschen über die Probleme mit deiner Mutter geredet.«

»Trotzdem«, widersprach ich. »Um das herauszufinden, müsste man schon ein wenig mehr als Google benutzen. Das sind wirklich intime Details aus meinem Leben!«

»Womöglich hat derjenige Kontakte?« Raphael schlang seinen Arm um meine Hüfte, zog mich neben sich aufs Sofa, so dass ich mich setzen musste. »Vielleicht tröstet es dich, dass ich heute eine Sicherheitsfirma wegen eines Überwachungssystems angerufen habe. Sie kommen noch diese Woche, um alles zu installieren.«

Nichts tröstete mich, solange ich nicht wusste, wer mich plötzlich verfolgte und wieso. »Findest du nicht, dass wir irgendetwas unternehmen sollten?«

»Was willst du denn machen? Die Polizei verständigen? Solange kein richtiges Verbrechen vorgefallen ist, können die überhaupt nichts tun.«

Ja, was? Aber war nicht alles besser als dieses stille Abwarten, was als Nächstes kam? »Ich könnte denjenigen einfach mal anschreiben. Fragen, was er oder sie will.«

Raphael schüttelte vehement den Kopf. »Nein, auf gar keinen Fall. Was denkst du denn, wieso diese Person den Account überhaupt betreibt? Einzig und allein, um deine Aufmerksamkeit zu erregen, und das ist ihm bislang ja wunderbar gelungen. Glaub mir, je mehr du ihn ignorierst, desto eher wird er verschwinden. Das war bei den ganzen Internettrollen doch bislang auch so. Das hier ist nichts anderes.«

Meine Nackenhaare sträubten sich. »Das ist weit mehr als nur ein Troll, der mich in meinen Kommentaren beschimpft! Er ist uns bis nach Langenlois gefolgt! Ich hatte Vicki dabei – was, wenn er uns angegriffen hätte?«

»Aber, Schatz, wenn er dir wirklich etwas antun wollen würde, würde er dich doch nicht extra vorwarnen.« Raphaels Stimme wurde ganz sanft und leise, während seine Hand meine Hüfte knetete. »Ich verstehe ja, dass dich das aufwühlt. Mich stört es doch auch, dass dich da jemand heimlich zu beobachten scheint, aber gerade weiß ich leider wirklich nicht, was wir sonst noch unternehmen könnten, außer das Haus zu beobachten, und das habe ich bereits veranlasst.«

»Und einfach hoffen, dass das ausreicht und derjenige irgendwann das Interesse verliert?«

»Halte die nächsten Tage einfach die Füße still. Mache keine großen Ausflüge, dann kann er dir auch nirgendwohin folgen. Und wenn es dir hilft, werde ich ebenfalls versuchen, mehr zuhause im Homeoffice zu erledigen.«

»Danke.« Ich kämpfte um ein Lächeln, doch mir gelang bloß ein müdes Zucken der Mundwinkel. »Das würde mir tatsächlich helfen.«

Raphael strich über mein Haar. »Und Caro ist auch die meiste Zeit hier. Du brauchst also wirklich keine Angst zu haben.«

»Ich weiß. Das alles ist einfach nur so verrückt.« Vor Erschöpfung verbarg ich mein Gesicht in den Händen und lehnte meine Schulter an Raphael an.

»Du wirst sehen. Alles wird gut werden. Vertrau mir. Ich lasse nicht zu, dass dir etwas geschieht.« Raphaels Lächeln konnte hypnotisierend sein, warm und einnehmend und von einer glühenden Intensität, so dass man gar nicht anders konnte, als es zu erwidern.

»Versprochen?«, fragte ich.

Raphael legte meinen Kopf zurück. Ich musste zu ihm aufsehen. »Versprochen«, flüsterte er und besiegelte seine Worte mit einem Kuss.

Raphael war ein guter Küsser. Es war eines der ersten Dinge an ihm, in die ich mich verliebt hatte. Er ließ sich Zeit, liebkoste erst sanft meine Lippen und setzte dann immer mehr seine Zähne ein, bis wohlige Schauer meine Wirbelsäule entlang jagten.

Plötzlich lag ich rücklings auf dem Sofa, Raphael über mir,

während seine Hand zwischen uns fuhr, um den Reißverschluss meiner Hose zu öffnen.

»Du bist einfach zu gestresst«, hauchte er an meinem Hals, seine Stimme genauso rau wie sein Bartschatten. »Es ist wichtig, dass du dich mal entspannst.«

»Das ist leichter gesagt als …« Die restlichen Worte blieben mir in der Kehle stecken. Raphaels Finger waren in meine Hose und unter meinem Slip geglitten.

»Entspann dich«, wiederholte Raphael wie ein Mantra über mir, während er sich einen Weg meinen Oberkörper hinabküsste. »Lass los.«

Ich entließ einen langsamen, rasselnden Atemzug, die Hände in Raphaels Schultern gekrallt, der immer tiefer und tiefer wanderte, bis sein Kopf zwischen meinen Schenkeln versank.

»Warte«, krächzte ich, während ich ihn meinen Worten zum Trotz näher zog. Aber ich wusste nicht, ob ich das jetzt konnte. Mein Kopf war so voll. Mein Herz kalt vor Angst.

Bis der erste Kontakt seiner Zunge mir zeigte, dass ich es doch konnte. Ich bog den Rücken durch, die Zähne in der Unterlippe versunken, um ein Stöhnen zu unterdrücken.

Für einen kurzen Moment vergaß ich dann tatsächlich. Mich selbst und alle Ängste, die mich quälten, bis es nur noch das hier gab. Raphael und mich und die Hitze, die er mit seinen geschickten Bewegungen in meinem Körper entstehen ließ.

Und dieses Vergessen war süßer als jeder Orgasmus.

++++

»Möchtest du einen Tee?«

»Was?« Fast wäre ich auf dem Sofa eingedöst. Ich rieb über meine Augenlider, um wieder zu mir zu kommen. Raphael stand wieder vollständig angezogen über mir und strich liebevoll meine Beine entlang. »Ich gehe kurz in die Küche. Soll ich dir etwas mitbringen?«

»Danke. Eine Tasse Tee klingt großartig.« Etwas, das mich wärmte. Nun da Raphaels Körper von mir verschwunden war, kroch wieder diese bleierne Kälte in meine Knochen, die ich aus Langenlois mitgeschleppt hatte.

Und mit der Kälte kamen auch wieder die anderen Gefühle zurück. Allen voran Unsicherheit und Zweifel.

Raphael war schon fast an der Tür, als ich ihn zurückrief.

»Eines noch ...« Mein Herz hämmerte in meiner Kehle. Fast traute ich mich nicht, zu fragen, aber ich musste es einfach wissen. »Während wir weg waren, ist da zufällig noch mal ein Paket für mich gekommen?«

»Nein.« Raphael lächelte. »Alles in Ordnung.«

»Zumindest etwas.« Ich tat erleichtert, doch etwas an Raphaels gespielter Gelassenheit ließ mir keine Ruhe. Selbst wenn noch mal ein Paket aufgetaucht wäre, würde er es mir wirklich sagen?

Der Gedanke ließ mir keine Ruhe. Während ich Raphael in der Küche hantieren hörte, schlich ich mich in die Diele.

»Weißt du was? Ich gehe noch schnell mit Mokka vor die Tür, bis du fertig bist.« Mein Ton war möglichst beiläufig, aber die Worte reichten aus, dass Raphael mit einem zweifelnden Gesichtsausdruck aus der Küche kam.

»Wirklich?«, fragte er und sah zum Fenster hinaus, das von

Regentropfen verschleiert war. »Nach allem, was passiert ist? Und bei diesem Wetter?«

»Es muss sein. Der Hund war heute nur einmal draußen, und ich gehe auch nur kurz ums Haus mit ihm.«

»In Ordnung. Aber zieh dich warm an und ... pass auf dich auf, ja? Bleib in der Nähe.«

»Natürlich. Ich bin sofort wieder da.«

Ich wartete, bis Raphael erneut in der Küche verschwunden war, dann schnappte ich mir einen Schirm und eine wasserdichte Jacke, und führte Mokka an der Leine nach draußen. Vor Aufregung zerrte Mokka mich die Einfahrt entlang und war wenig begeistert, als ich ihn zwang, vor den Mülleimern neben der Garage stehen zu bleiben. Begleitet von lautem Gebell klemmte ich den Regenschirm unter meinem Ellenbogen ein und hob vorsichtig den Mülldeckel an.

Wasserpfützen tropften vom Rand des Deckels auf meine Schuhe und meine Hosenbeine. Wegen des starken Regens konnte ich kaum etwas sehen, doch die Papierschnipsel lagen zum Glück ganz oben auf, so dass sie kaum zu übersehen waren.

Ich hätte sie dennoch einfach für Müll gehalten, wenn die silberne Schleife nicht gleich daneben gelegen hätte.

Erst beim zweiten Hinsehen erkannte ich, dass es sich nicht einfach nur um Papierschnipsel handelte. Es waren Fotoreste, die von einem Schredder in feine Streifen geschnitten worden waren. Ich zog ein paar davon hervor und beleuchtete sie mit meiner Handylampe.

Da ein halber Mund, hier ein Teil einer Hand, Streifen von Grün und Gelb und etwas, das so aussah, als würde es zu einem Laufschuh gehören.

Ich kannte die Fotos, die zu diesen Schnipseln gehörten, wusste, wie sie im Ganzen aussahen, bevor sie jemand zerstört hatte, denn ich hatte sie selbst gemacht. Es waren Fotos meines alten Instagram-Accounts, die jemand ausgedruckt, geschreddert und mir hübsch verpackt als Paket vor die Tür gestellt hatte.

++++

3.15 Uhr.
Wieder lag ich wie gelähmt in meinem Bett und konnte nicht schlafen. Meine Augen brannten vor Müdigkeit. Jeder Muskel, jedes Körperglied fühlte sich schwer und ausgelaugt an. Einzig meine Gedanken waren quicklebendig, kreisten gleich einem Wirbelsturm unaufhaltsam durch meinen Kopf, verhinderten jede Ruhe und jeden Schlaf. Heute waren es jedoch nicht Gedanken an Leonie und ihr unglückliches Ende, die mich wachhielten.

Ich musste an die Pakete denken, an zerrissene Fotos und dunkle Schemen, die hinter Fenstern und Türen lauerten.

Es fiel mir schwer, Raphaels Rat zu befolgen und dem Fake-Account nicht einfach eine Nachricht zu schreiben. Ich wollte endlich wissen, wer dahintersteckte, und vor allem, wieso derjenige mich auf diese Weise belagerte. Aber im Grunde wusste ich die Antwort längst, ich hatte sie bislang bloß nicht wahrhaben wollen. Doch jetzt, hier um drei Uhr nachts, schien die Wahrheit unausweichlich und hing wie ein Damoklesschwert über meinem erschöpften Körper.

Nur eine Person hatte Grund genug, mich so sehr zu hassen, dass sie all diesen Aufwand betreiben würde, um mir Angst einzujagen.

Leonies Mutter.

Eine Mutter, die ihr eigenes Kind hatte begraben müssen, der ich alles genommen hatte. Das würde jeden Verstand in den Wahnsinn treiben, war es also ein Wunder, dass sie mir diese merkwürdigen Pakete schickte und mir auflauerte?

Der Teil von mir, der selbst Mutter war, konnte sie sogar verstehen, doch damit blieb mir nur eine einzige Möglichkeit, wie ich all dem endlich ein Ende bereiten konnte. Ich musste mich Leonies Familie stellen und dadurch auch dem, was ich ihr angetan hatte.

10.

Sarahs Leben enttäuschte mich etwas. Ich hatte es mir glamouröser, lebendiger und vor allem freudvoller vorgestellt. Das Leben, wie ich es aus ihren Instagram-Stories kannte. Umgeben von anderen schönen, top gestylten Frauen, strahlend von innen und außen, perfekt geschminkt und immer mit einem breiten Lächeln auf den glänzenden Lippen.
Stattdessen wirkte Sarah müde, erschöpft, ungepflegt.
Ich konnte sie hauptsächlich nachts beobachten, doch wann immer ich einen Blick auf sie erhaschte, schien sie bloß irgendwie herumzulungern. Auf dem Sofa. Im Bad. Auf der Sitzbank in ihrer Küche mit dem Handy in der Hand. Immer in denselben ausgeleierten Leggins, das Haar lieblos zu einem losen Pferdeschwanz gebunden, der am Ansatz ölig schimmerte, weil sie sich seit Tagen nicht mehr das Haar gewaschen hatte.
Kein einziges Mal sah ich sie Sport machen oder eine andere sinnvolle Tätigkeit ausüben. Keine selbstgemixten Smoothiebowls oder kreativen Dehnübungen. Nicht einmal um ihre Tochter schien sie sich richtig zu kümmern. Die hing selbst die meiste Zeit allein in ihrem Zimmer herum und wischte mit verkniffener Miene über ihren Handybildschirm.
Dennoch versuchte ich, nicht allzu streng mit Sarah zu Gericht zu gehen. Sie machte gerade eine schwere Zeit durch, und jeder Mensch hatte einmal eine Pause verdient. Zugleich wünschte ich mir, ich könnte sie irgendwie wachrütteln. Der Mensch, den ich hier sah, das war schließlich nicht sie. Ob Sa-

rah das ebenfalls begriff, oder begann sie bereits, sich selbst zu vergessen?

Dennoch tat ich mein Bestes, Sarah im Kleinen zu helfen, ganz gleich, ob sie es mitbekam oder nicht. Ich goss den vertrockneten Kräutergarten unter ihrem Küchenfenster, dessen Existenz ihr offensichtlich entfallen war. Ich schnitt ihre Blumen, spielte mit ihrem Hund und entsorgte den Karton mit den Fotoschnipseln im Müll, damit es Sarah nicht wieder so aufwühlen würde wie die anderen Pakete.

Dabei summte ich glücklich, wenn ich mir vorstellte, wie ich Sarah einmal von all dem Guten erzählen würde, das ich in dieser schweren Phase für sie getan hatte. Dann sah ich sie in Gedanken wieder genauso strahlen wie früher. Ein Strahlen der Dankbarkeit und der Freude, das nur mir galt.

Allein der Gedanke ließ mich lächeln, und ich summte weiter, während ich mein kleines Fernrohr erneut auf ihr Fenster richtete.

11.

Kommentar von @flowing.elly: Ich bin so froh, dass @sarahlaeuft endlich weg vom Fenster ist. Sie war ein furchtbares Vorbild und hat total unrealistische Erwartungen geweckt. Hat man am Ende ja gesehen, was ihr Einfluss alles angerichtet hat.

Ich erzählte niemandem etwas von meinem Plan. Raphael sagte ich, dass mich die vielen Menschen im Haus nervös machten und ich die nächsten Stunden im Day Spa verbringen wollte, bis alles erledigt war. Die Sicherheitsfirma war wie angekündigt mit drei Männern am Vormittag erschienen, um Kameras und Bewegungsmelder rund ums Haus zu installieren. Raphael war zu beschäftigt damit, Anweisungen zu geben und alles zu überwachen, um meinen Worten zu misstrauen.

Erst war ich erleichtert, dass ich so einfach davongekommen war, doch auf der Autobahn in Richtung Oberösterreich kamen die ersten Zweifel auf. Alle paar Minuten ertappte ich mich dabei, wie mein Blick über den Rückspiegel glitt. Suchend. Spähend. Nach den Ereignissen der letzten Tage hatte es etwas Beklemmendes, so ganz allein zu sein. Bei jedem Fahrzeug, das hinter mir fuhr, fragte ich mich, ob ich es nicht schon einmal gesehen hatte, ob es nicht schon zu lange die Spur hielt oder meinem Wagen ungewöhnlich nah auffuhr.

Obwohl ich die Klimaanlage voll aufgedreht hatte, war ich unter meiner Bluse nach nur wenigen Kilometern nassgeschwitzt.

Was sollte ich denn überhaupt tun?

Und vor allem – was sollte ich sagen?

Wie ein Zombie fuhr ich weiter die A1 entlang, die Hände krampfhaft um das Lenkrad geschlossen, mein Puls rasend und stockend zugleich.

Es war bereits kurz vor zwölf, als ich in Linz ankam und in die kleine Straße voller Einfamilienhäuser am Rande des Industriegebiets einbog.

Weil Samstag war, hoffte ich, dass jemand zuhause sein würde, doch von der Straße aus war das schwer zu sagen. Ein Teil von mir wettete gegen mich und wünschte sich, dass mir niemand öffnen würde und ich dieses Gespräch nicht führen müsste. Noch nicht.

Als Leonies Beerdigung stattfand, hatte ich erst unbedingt hingehen wollen, doch Raphael hatte mich davon abgehalten. Er war der Meinung gewesen, dass das unpassend sei und die Familie bloß aufwühlen würde. Natürlich hatte er damit recht gehabt, aber ich wäre dennoch gerne dabei gewesen, um Leonie Lebewohl zu sagen und mich bei ihr zu entschuldigen. Für die achtlosen Floskeln und verpassten Gelegenheiten. Für ... alles.

Raphael hatte stattdessen geschmackvolle Kränze schicken lassen. Sie waren abgelehnt und wieder zurückgeschickt worden.

Kurz darauf hatte ich ohne Raphaels Wissen noch einen Brief an die Familie geschrieben, in dessen Zeilen ich mein ganzes Herz ausgeschüttet hatte. Er ging ebenfalls wieder ungeöffnet zurück. Danach hatte ich mich nicht mehr getraut, den Kontakt zu suchen.

Bis heute.

Meine Schritte erstarrten, als ich das Gesicht zu Leonies ehemaligem Zuhause hob. Es war ein schönes Haus mit einem liebevoll angelegten Garten voll blühender Blumensträucher und einem grün gestrichenen Holzzaun um das Grundstück herum. Auch ohne einen Blick auf die Hausnummer zu werfen, wusste ich sofort, dass es Leonies war. Ich hatte es mir schon oft auf Google Maps angesehen, genauso wie ihre Schule und die Nachbarschaft, in der sie aufgewachsen war.

Bloß im Vorbeigehen hätte niemand vermutet, was den Menschen im Inneren Grauenvolles widerfahren war. Es waren die Details, durch die die Trauer der Hinterbliebenen nach außen durchsickerte. Der überfüllte Briefkasten. Das Gras, das um ein paar Zentimeter zu hoch wuchs. Die zugezogenen Jalousien vor den oberen Fenstern.

Ich brauchte mehrere Anläufe, ehe ich es schaffte, zu klingeln. Drei Male, die ich wieder zurück zu meinem Wagen floh und mich fast auf dem Asphalt übergab. Erst beim vierten Mal gelang es mir, den Klingelknopf durchzudrücken.

Ich hatte erwartet, den Vater oder die Mutter zu sehen, hatte meinen lahmen Begrüßungssatz während der Autofahrt bereits akribisch einstudiert, doch stattdessen öffnete mir ein junges Mädchen, vierzehn, fünfzehn Jahre alt, mit langen, dunklen Haaren und einer zarten Stupsnase.

Fast wäre ich auf der Treppe wieder rückwärts gestolpert. Dieses Gesicht. Die wachen Augen.

Das Mädchen sah aus wie Leonie.

»Hallo.« Ich krächzte, als hätte ich den Hals voller Scherben. »Ich bin –«

»Ich weiß, wer Sie sind.« Die Kälte in dem Blick des Mädchens durchbohrte mich wie geschliffener Stahl.

»Natürlich. Entschuldigung.« Ich wollte lächeln, doch meine Lippen waren wie steif gefroren. »Sie sind Lola, nicht wahr?« Auf Instagram hatte Leonie immer wieder Fotos von ihnen beiden gepostet. Im Park beim Rollerbladen oder mit einer Schüssel Popcorn zwischen sich, während sie im Kino für den neuesten Avengers Film anstanden. Damals war mir gar nicht aufgefallen, wie ähnlich sie sich sahen.

»Ja«, erwiderte Lola kühl und verschränkte die Arme vor der schmalen Brust. »Ich bin Leonies Schwester.«

»Genau.« Meine Zunge war wie betäubt, unfähig, einen ganzen Satz zu formulieren, während Lolas starrer Blick auf mich niederstach. All die spontanen Livevideos, die ich gedreht hatte, in denen ich nie um Worte verlegen gewesen war, und jetzt war mein Geist so leer, wie ausgeknipst.

»Was wollen Sie hier?«

Vorsichtig spähte ich in den Flur hinter Lola, doch alles, was ich sah, war eine weiße Wand und ein hölzerner Dielenschrank. »Ist Ihre Mutter hier? Ich hätte gerne mit ihr gesprochen.«

Lola schnaubte verächtlich. »Sie sind echt der letzte Mensch, mit dem sie reden möchte. Außerdem ist die nicht da. Sie hatte einen Nervenzusammenbruch und wurde eingeliefert. Raten Sie mal wieso.«

Ich schluckte trocken. Spätestens jetzt war mir klar, dass ich einen entsetzlichen Fehler begangen hatte. Ich hätte niemals herkommen dürfen.

Ich war kurz davor, mich einfach umzudrehen und wegzulaufen, als sich eine zweite Stimme hinter Lola erhob.

»Hat wer geklingelt? Wer ist da?« Kurz darauf erschien Herr Berger hinter Lola und legte eine schützende Hand auf die Schulter seiner Tochter. Ich erkannte ihn von den Fotos in den Zeitungen, in denen er nach Leonies Tod gemeinsam mit seiner Frau abgelichtet worden war, auch wenn der Mann vor mir zehnmal älter und zehnmal gepeinigter aussah.

Bei meinem Anblick verdüsterte sich sein Gesicht noch mehr. »Geh nach oben«, sagte er zu Lola und schob sie hinter sich. »Ich kümmere mich darum.«

»Aber ...«

»Sofort.«

Schmollend wandte Lola sich um, jedoch nicht, ohne mir vorher noch einen giftigen Blick über ihre Schulter zuzuwerfen.

Herr Berger machte einen Schritt auf mich zu, zwang mich, die Treppe wieder eine Stufe hinabzusteigen. »Sie haben Nerven, hier aufzukreuzen. Was zum Teufel wollen Sie?«

»Gar nichts. Ich wollte nur ...« Meinem Mund entkam kaum mehr ein Stammeln. Ich wusste nicht mehr, wohin mit mir, meinen Händen, meinen Worten.

Die Pakete und alles, was damit zusammenhing, kamen mir plötzlich zu lächerlich vor, um sie zu erwähnen. Eine Lappalie im Vergleich zu dem Grauen, das dieser Familie widerfahren war.

»Meine Frau ist in einer Klinik«, zischte Herr Berger durch seine Zähne. »Wussten Sie das? Sie hat sich solche Vorwürfe wegen Leonie gemacht, dass Sie kurz davor war, ebenfalls Selbstmord zu begehen! Wir mussten sie einliefern lassen.«

Meine Wangen entflammten vor Scham. »Es tut mir leid. Sie haben ja recht. Ich hätte nicht herkommen dürfen. Ich wollte nur schon so lange mit Ihnen reden und mich entschuldigen. Leonie war …«

Herr Berger stieß mir seinen Zeigefinger fast ins Gesicht, sein Unterkiefer bebte vor Wut. »Wagen Sie es nicht, mit uns über Leonie zu reden! Sie wissen gar nichts, absolut gar nichts über sie. Und jetzt verschwinden Sie endlich von meinem Grundstück!« Das gesagt warf Herr Berger die Tür mit einem lauten Knall vor meiner Nase zu.

Ich zuckte zusammen, als wäre ich geohrfeigt worden, und floh so schnell, dass ich auf dem Weg zum Auto beinahe über meine eigenen Füße stolperte. Mein Atem ging röchelnd, und meine Hände bebten wie unter Strom gesetzt, so dass ich Schwierigkeiten hatte, den Schlüssel in der Zündung zu drehen.

Was hatte ich mir nur dabei gedacht, herzukommen? Im Grunde war es doch völlig egal, ob Leonies Familie mich verfolgte und mir Hassbotschaften schickte.

Ich hatte das und viel Schlimmeres verdient.

12.

Kommentar von @citygal00: Ich fasse es nicht, dass so jemand so viele Follower erreichen konnte. Nur hirnloses Rumgehampel und nichts dahinter. Wie bescheuert seid ihr eigentlich?

Ich ließ mir Zeit auf dem Rückweg, fuhr gerade noch innerhalb der Mindestgeschwindigkeit, obwohl Raphael bereits dreimal angerufen hatte. Ich ging nicht ran, ließ das Handy auf dem Beifahrersitz vibrieren. Mir war nicht nach Gesprächen und noch weniger nach Erklärungen.

Zumindest waren die Techniker verschwunden, als ich am Nachmittag wieder zuhause ankam. Die Kamera oberhalb der Haustür schien mich direkt anzublicken, und noch bevor ich den Schlüssel ins Schloss stecken konnte, schwang bereits die Haustür auf.

»Na endlich.« Raphaels gerunzelte Stirn verriet seine Gereiztheit, bevor seine Worte es konnten. »Wo warst du so lange? Ich habe mir Sorgen gemacht.«

»Tut mir leid. Ich bin im Ruheraum eingeschlafen.« Eine schwache Ausrede, wenn man meine Schlafprobleme bedachte, aber entweder hatte Raphael keine Lust auf Diskussionen, oder er war zu sehr mit sich selbst beschäftigt, um meine Worte anzuzweifeln.

»Komm schon rein. Die Sicherheitsfirma ist eben fertig geworden. Ich will dir endlich alles zeigen.«

Die Männer hatten Kameras und Sensoren an allen Türen und Fenstern und dem Tor unserer Einfahrt installiert. Raphael zeigte mir eine App auf meinem Handy, von der aus ich jederzeit die verschiedenen Sichtwinkel überwachen konnte. Mein Kopf war viel zu voll, um ihm richtig zuzuhören, also nickte ich bloß, während er sprach, und tat, als würde ich verstehen, was für Tasten und Funktionen er mir zeigte.

»Ich muss noch mal kurz ins Büro. Fühlst du dich sicher genug, um mit Vicki allein im Haus zu bleiben? Sonst kann ich Caro anrufen und sie bitten, herzukommen.«

»Nein, es geht schon.« Caro hatte an den Wochenenden frei, außerdem war mir gerade nicht nach Gesellschaft. Raphael mochte ich vielleicht etwas vormachen können, aber Caro kannte mich schon viel länger. Ein Blick würde genügen, und sie würde sofort wissen, was in mir vorging.

»Wie du meinst. Ruf mich aber jederzeit an. Und nun weißt du zumindest, was zu tun ist, falls dich irgendetwas beunruhigen sollte.«

Tat ich nicht, aber das spielte keine Rolle mehr. Ich setzte eine gespielt fröhliche Miene auf. »Danke, dass du dich so schnell darum gekümmert hast.«

»Du weißt doch, ich tue alles für dich.« Wir küssten uns zum Abschied, mein Mund fühlte sich jedoch taub an, mein Herz war wie stillgefroren. Minuten später stand ich immer noch an derselben Stelle und starrte die Tür an, durch die Raphael verschwunden war.

Erst die Vibration meines Handys in meiner Hosentasche riss mich aus meiner Starre. Womöglich der Fake-Account? Fast hatte ich ihn vergessen, doch als ich den Bildschirm entsperrte, öffnete sich lediglich die App unseres neuen Überwachungssystems auf meinem Handy. Es war eine Fehlermeldung. Eine der Kameras zeigte eine Störung und sendete nicht mehr. Wahrscheinlich sollte ich Raphael deswegen Bescheid geben, aber in meinen Gedanken war gerade kein Platz für Technikgeplänkel. In ein paar Stunden würde das bestimmt auch noch Zeit haben.

Ich wischte die Meldung beiseite und ging die Treppe hoch. Bei dem Gedanken, dass Vicki dort oben war, kehrten wieder etwas Leben und Wärme in meinen Brustkorb zurück. Seit der Begegnung mit Leonies Familie hatte ich nur mehr einen einzigen Wunsch: meine Tochter ganz fest zu umarmen und ihr zu sagen, wie sehr ich sie liebte.

»Ich bin beschäftigt!«, rief sie, noch ehe ich an ihre Tür klopfen konnte.

Vorsichtig schob ich sie dennoch einen Spalt auf. Sofort klemmte Mokka seine Schnauze dazwischen und begann in hohen Tönen zu winseln. »Ich wollte nur kurz hallo sagen.« Vicki saß am Schreibtisch und hatte ihren Schullaptop aufgeklappt, den wir ihr während der Homeschooling-Zeit in Corona gekauft hatten. »Machst du Hausaufgaben?«

»Ja«, erwiderte sie, wechselte jedoch in die Desktopansicht, bevor ich sehen konnte, was sie wirklich getrieben hatte.

»Ich dachte ...« Ich wusste nicht, was ich dachte. Ich wusste nur, dass ich gerade nicht allein sein wollte. »Hast du nicht Lust, gemeinsam einen Film zu schauen? Ich könnte uns Kartoffelchips machen.«

Vicki verzog irritiert das Gesicht. »Seit wann isst du Chips? Aber ich kann nicht. Ich muss das hier noch fertig machen.« In gespielter Ungeduld klickte sie mit der Maus über ihren blanken Bildschirm.

»Okay.« Mein Fuß verharrte auf ihrer Türschwelle. Mokka kratzte mit der Pfote über mein Hosenbein als Aufforderung, ihn zu streicheln, und trottete zu Vicki zurück, als ich nicht reagierte. »Dann später vielleicht. Ich koche uns auf jeden Fall gleich was. Hast du auf irgendwas Bestimmtes Lust?«

Vicki hatte sich bereits wieder ihrem Laptop zugewandt. »Pa hat Pizza bestellt. Im Esszimmer müsste noch etwas sein.«

»Oh. Verstehe.« Ich versuchte mir meine Enttäuschung nicht anmerken zu lassen. »In Ordnung. Dann lasse ich dich in Ruhe weitermachen.«

»Ist gut«, gab Vicki murmelnd zurück.

Erst als ich die Tür zu ihrem Zimmer wieder hinter mir geschlossen hatte, merkte ich, dass ich zitterte. Obwohl es im Haus über zwanzig Grad warm war, war mir kalt. Eiskalt. Eine Kälte, die von innen kam und meinen gesamten Körper verkrampfen ließ.

Ich beschloss, eine Dusche zu nehmen. Das Wasser drehte ich so heiß auf, dass sich meine Haut beim ersten Kontakt rot färbte. Dennoch zitterte ich weiter, zitterte so lange, bis ich den Tränen endlich freien Lauf ließ, die sich seit dem Besuch bei Leonies Familie in mir angestaut hatten. Stille Tränen, die sich mit den Wassertropfen auf meiner Haut mischten und spurlos den Abfluss hinabrannen. Fort, fort, für immer fort.

Genau wie Leonie.

++++

Ich blieb fast eine halbe Stunde unter dem heißen Wasserstrahl stehen. So lange, bis ich endlich wieder frei atmen konnte und das Zittern verschwunden war.

Danach war ich noch immer aufgekratzt, fühlte mich aber schon wieder mehr wie ich selbst. Nur in einen Bademantel gewickelt, betrat ich die Küche und trank fast einen halben Liter Orangensaft direkt aus dem Karton. Der Zucker kribbelte angenehm auf meiner Zunge, brachte Klarheit in meine Gedanken und Kraft in meine Glieder.

Mein Handy vibrierte schon wieder. Ich erwartete eine weitere Meldung der Sicherheitsapp zu sehen, diesmal jedoch war es etwas anderes. Eine Instagram-Benachrichtigung ploppte auf meinem oberen Bildschirmrand auf. Der Fake-Account hatte einen neuen Beitrag veröffentlicht. Zu meiner Überraschung war ich mehr genervt als verängstigt. Fast wollte ich den Beitrag gar nicht öffnen. Bis ich die Fotovorschau sah.

Und da konnte ich spüren, wie das Blut aus meinen Wangen wich.

Beim Draufklicken wollte ich es noch gar nicht richtig begreifen. Wollte nicht wahrhaben, dass mir das marmorierte Fliesenmuster bekannt vorkam, dass das mein mintgrüner Bademantel an der Wand war und meine Silhouette, die sich hinter dem beschlagenen Glas der Duschwand abzeichnete. Ich zoomte rein, zoomte raus, verschob den Bildausschnitt, aber das Ergebnis war immer dasselbe.

Das war ich.

Unter der Dusche.

Vor noch nicht einmal fünf Minuten.

Und jemand hatte mich dabei fotografiert.

++++

Sofort rannte ich zurück ins Bad, in dem noch immer ein leichter Dunstnebel von meiner ausgedehnten Dusche hing. Mein Puls raste so stark, dass mir schwindlig wurde, während ich über die feuchten Fliesen in Richtung Fenster schlich. Es war nach oben hin gekippt und zeigte den Blick Richtung Garten. Außer Sträuchern und Rasen war für mich dort unten nichts zu erkennen, dennoch konnte ich das Gefühl nicht abschütteln, beobachtet zu werden.

Mit zitternden Händen öffnete ich die Sicherheitsapp auf meinem Handy. Ich wollte prüfen, ob die Kameras etwas aufgefangen hatten. Raphael hatte davon geredet, dass Bewegungen automatisch aufgezeichnet wurden, doch statt eines Videos bekam ich zwei weitere Fehlermeldungen. Die Kamera im Garten und die neben der Garage waren ebenfalls ausgefallen.

Meine Wange schmerzte, weil ich die Zähne fest in die Innenseite geschlagen hatte. Der Geschmack von Blut füllte meinen Mund. Noch immer mit dem Handy in der Hand sank ich unterhalb des Fensters zu Boden und öffnete meine Kontaktliste. Mein erster Instinkt war wie immer, Raphael anzurufen und ihn um Hilfe zu bitten, doch dann verharrte mein Daumen vor seinem Namen, zögerte.

Nach mehreren Sekunden schaltete ich wieder zurück und wählte stattdessen eine andere Nummer.

Die Nummer der Polizei.

13.

Kommentar von @sasha.69: Habt ihr schon die neuen Fotos von @sarahlaeuft gesehen? Ohne Filter hat sie gleich zehn Kilo mehr. Echt eklig.

Mein Handybildschirm leuchtete auf, als Raphael zum wiederholten Male anrief. Wahrscheinlich hatte er die Polizisten auf den Aufnahmen der Sicherheitsapp gesehen und wollte fragen, was los war. Die Kamera oberhalb der Haustür funktionierte noch. Ob die anderen Kameras aufgrund eines Installationsfehlers defekt oder absichtlich manipuliert worden waren, konnten mir die Beamten nicht sagen. Sie waren keine Techniker. Um das herauszufinden, müsste ich die Sicherheitsfirma befragen.

Generell zeigten sich die beiden Polizisten, die auf meinen Anruf hin bei mir aufgetaucht waren, wenig begeistert über meinen Notruf. Der ältere der beiden, Herr Jansen, hatte sich nach meiner ersten Schilderung der Begebenheiten sogleich wieder nach draußen verzogen. Um die Umgebung auszukundschaften, wie er behauptete. Aber durchs Fenster konnte ich sehen, wie er eine Zigarette nach der anderen auf der Terrasse rauchte und dabei gelangweilt auf seinem Handy herumtippte.

Zurück blieb sein junger Kollege, ein Mann mit weißblonden, gegelten Haaren, der aussah, als hätte er gerade erst seine Ausbildung beendet. Er schrieb fleißig mit, während ich ihm von dem Fake-Account und den Paketen erzählte, schien allerdings genauso wenig überzeugt zu sein, dass hier ein echter Notfall vorlag.

»Aber Sie sind so etwas wie eine Berühmtheit, sagen Sie? Ist so etwas schon öfter vorgekommen, dass Menschen Sie ohne Ihr Wissen fotografiert haben?«

»Schon, ja. Auf der Straße vielleicht, aber sie haben mich nicht verfolgt, und schon gar nicht haben sie mir in meinem eigenen Haus aufgelauert!«

Der Mann wischte sich über die Nase. Sie war gerötet und sah aus, als brütete er einen Schnupfen aus. »Es ist auch kein Geheimnis, wo Sie wohnen, oder?«

Vor Nervosität begannen wieder meine Arme zu jucken. Ich druckste herum. »Es steht nicht auf meiner Website, nein, aber es stimmt, viele meiner Kooperationspartner kennen die Adresse.«

»Verstehe …«, entgegnete der Mann schniefend, während er erneut etwas auf seinem Block notierte.

Plötzlich ging die Haustür auf. Raphael trat ein, hinter ihm Herr Jansen, der seine Raucherpause anscheinend beendet hatte. »Wieso hast du mich nicht angerufen?«, rief Raphael durch den Flur. »Ich versuche schon seit einer Stunde, dich zu erreichen!«

Weil du mich nicht ernst nimmst, wollte ich sagen. *Weil du mich wieder nur abgewimmelt hättest.*

»Ich hatte Angst«, antwortete ich stattdessen, was ebenfalls der Wahrheit entsprach.

»Pack deine Sachen«, sagte Herr Jansen zu seinem jüngeren Kollegen. »Wir sind hier fertig.«

»Warten Sie!« Meine Stimme überschlug sich fast, als ich

Herrn Jansen zur Tür nacheilte. »Wollen Sie mir sagen, Sie können nichts, absolut gar nichts für mich tun?«

»Was wollen Sie denn? Dass wir Ihr Haus beschatten? Dafür fehlen uns die Einsatzkräfte. Rufen Sie an, sobald Sie etwas Verdächtiges sehen, und schalten Sie die Alarmanlage auch tagsüber ein. Wenn jemand versucht, sich gewaltsam Zutritt zu verschaffen, werden wir automatisch verständigt. Und was ungewollte Spanner betrifft …« Der Polizist ließ seinen Blick durch den Flur schwenken, während seine wulstigen Lippen sich kräuselten. »Besorgen Sie sich blickdichte Vorhänge.«

++++

3.15 Uhr.

Mein Blick glitt ganz automatisch zur Uhrzeitanzeige, doch diesmal war ich längst wach, hatte mich die ganze Nacht nur herumgewälzt, bis ich den Kampf schließlich aufgegeben hatte. Meine Augen brannten vor Müdigkeit und dem grellen Bildschirmlicht meines Handys, das ich unter dem Schild der Bettdecke nur wenige Zentimeter vor mein Gesicht hielt.

Ich sah mir wieder das Duschfoto an. Zum hundertsten Mal, seitdem der Schnappschuss gestern online gegangen war. Jedes Mal bildete ich mir ein, wieder neue Details zu erkennen, die mich dem Urheber ein Stück näher brachten. Das Licht, der Fokus, der diffuse, gräuliche Filter, der über das Bild gelegt worden war.

Die Unterschrift bestand nur aus einem einzigen Hashtag: #ComingClean. Im ersten Schock hatte ich ihn noch nicht einmal wahrgenommen. Sich reinwaschen. Die ganze Zeit schon grübelte ich über seine Bedeutung nach. Sollte es eine Anspielung auf Leonies Selbstmord sein? Hatte ich mich womöglich zu schnell von meiner Schuld lähmen lassen und hätte den Bergers gegenüber standhafter auftreten sollen?

Nach meinem Besuch hätte Leonies Vater noch leicht Zeit gehabt, mir zurück nach Vösendorf zu folgen und dort aufzulauern. Grund genug, mich zu hassen, hatte er, aber was war sein Ziel? Mich einfach leiden zu sehen? Oder steckte mehr dahinter?

Ein metallischer Geschmack füllte meinen Mund. Meine Unterlippe blutete. Ohne es zu merken, hatte ich mich wieder selbst gebissen.

»Sarah?« Raphaels Hand tastete im Dunkeln nach mir. Hastig löschte ich das Displaylicht und glitt unter der Decke hervor. »Schläfst du wieder nicht?«

»Alles in Ordnung.« Flüsternd streichelte ich über seinen Handrücken. »Ich muss nur kurz ins Bad.«

Als ich aufgestanden war, schien Raphael bereits wieder eingeschlafen zu sein. Ich bemühte mich dennoch, möglichst leise zu sein, während ich barfuß ins Badezimmer hinüberschlich. Mein Handy hielt ich fest umklammert. Die Jalouise im Bad war hinuntergezogen, genauso wie bei allen anderen Fenstern im Haus, dennoch machte ich beim Eintreten einen großen Bogen darum und öffnete sicherheitshalber die Liveaufnahmen der Sicherheitsapp. Bis auf den kurzen Aussetzer gestern funktionierten die Kameras wieder. Raphael machte einen Netzwerkfehler für den Defekt verantwortlich. Nach einer Erstinstallation könnte so etwas schon mal vorkommen, meinte er. Womöglich war unser WLAN nicht ausreichend, er würde das erneut prüfen lassen.

Mit nervös zuckenden Fingern klickte ich mich durch die verschiedenen Bildausschnitte. Kamera 1, Kamera 2, Kamera 3. Auf allen Aufnahmen herrschte Stillstand, Garten und Einfahrt lagen verlassen. Ich atmete auf. Dennoch konnte ich die App noch nicht gleich schließen. Noch ganze drei Mal musste ich mir die verschiedenen Livebilder ansehen, bis ich wirklich glaubte, dass gerade niemand da draußen auf mich lauerte.

Ich schämte mich selbst für mich, wie ich da verängstigt auf dem Badezimmerboden kauerte und jeden Schatten fürchtete. Ich wollte nicht wahrhaben, dass das in Zukunft mein Leben sein sollte, dass sie mich tatsächlich so weit getrieben hatten.

Am liebsten hätte ich mein Handy einfach weit von mir geschleudert und es nie wieder angefasst. Ich hasste es genauso sehr, wie ich davon abhängig war, doch da erstarrten meine Finger auf dem Display.

Ein Lichtpunkt, wo keiner sein sollte. Ein kurzes Aufblinken. Da, hinter dem Lorbeerstrauch, hatte sich da etwas bewegt? Meine Atmung stockte. Ich zoomte näher, doch in der Dunkelheit schien alles zu einer grauschwarzen Pixelmasse zu verschwimmen. Fast unmöglich, irgendwelche Details auszumachen. Es war die Aufnahme von Kamera 2, die Kamera vor der Terrassentür, direkt unterhalb vom Bad, direkt unter mir.

Meine Nackenhaare sträubten sich, dennoch zwang ich mich, langsam zum Fenster zu gehen und meine Finger zwischen die Lamellen der Jalousie zu schieben. Erst sah ich nichts als Dunkelheit. Dann zeichneten sich erste Konturen ab, die Schatten der Bäume und die Spiegelung des Nachbardachs auf der anderen Straßenseite. Und ein Licht. Das Licht, das mir bereits auf der Kameraansicht aufgefallen war. Es war nur ein kleines Licht, wahrscheinlich kaum größer als meine Handfläche.

Wie das Licht eines Handybildschirms.

»Raphael!«, rief ich, während ich hektisch zurück ins Schlafzimmer stolperte. Energisch rüttelte ich an seiner Schulter, um ihn wachzukriegen.

»Was? Was ist los?«

»Da, sieh nur!« Ich hielt ihm die Liveaufnahme von Kamera 2 vors Gesicht.

Raphael blinzelte angestrengt und rieb sich mit den Fingerknöcheln über die Augenwinkel. »Was soll das sein? Ich sehe nichts.«

»Ein Licht! Jemand steht da unten in unserem Garten mit seinem gottverdammten Handy und versucht wahrscheinlich, noch mehr Bilder von mir zu schießen.«

Raphael kniff die Augen zusammen. »Da ist kein Licht.«

Ich zog das Telefon wieder an mich, um näher zu zoomen und ihm zu zeigen, was ich gesehen hatte, doch ich zoomte nur in die Dunkelheit hinein.

Raphael hatte recht. Das Licht war verschwunden.

Ich fluche so laut, dass Mokka im anderen Raum zu bellen begann.

Raphael schob sein Kissen zurück, um sich im Bett aufzurichten. »Sarah, nun beruhige dich. Was ist passiert?«

»Da war ein Licht, ich schwöre es! Jemand ist da unten und beobachtet mich.«

Raphaels Blick wurde weich, während er den Arm nach mir ausstreckte. »Liebling, komm wieder ins Bett. Ich weiß, es war ein furchtbarer Tag für dich, aber ...«

»Nein!« Ich entzog mich seinem Griff. »Verstehst du denn nicht? Die Person, die das Duschfoto gemacht hat, sie ist immer noch da!«

»Niemand ist da. Du siehst es doch selbst. Auf der Kamera ist nichts. Und die Alarmanlage ist auch aktiviert. Du bist in Sicherheit.«

War das wirklich Sicherheit, wenn man zur Gefangenen in seinem eigenen Haus wurde? »Ich beweise es dir!«

Noch ehe Raphael protestieren konnte, war ich erneut aufgesprungen und rannte die Treppe nach unten. Ich ignorierte Raphaels Rufe und meine eigene Angst, die mich zwingen wollten, stehen zu bleiben, umzukehren, bloß nicht nach vorne zu gehen, zur Terrassentür, und diese zu öffnen, doch alles war besser als dieses stille Warten, immer in Furcht vor der nächsten Katastrophe zu sein.

Es wurde Zeit, mich endlich zu wehren.

»Wo bist du?«, schrie ich in den dunklen Garten. »Ich weiß, dass du da draußen bist!«

Mein Herzschlag donnerte so laut, dass meine Schläfen pulsierten. Ich hatte im Vorbeigehen eine schwere Keramikvase von der Kommode gegriffen, die ich wie eine Waffe neben mir hochhielt. So als könnte sie mir wirklich helfen, sollte ich angegriffen werden. Aber hier ging es nicht darum, mich zu verletzen, nicht körperlich. Dazu hätte derjenige bereits Gelegenheit gehabt. Das war der einzige Grund, weshalb ich in dem Moment genug Mut fand, weiterzugehen, über die Türschwelle und in den Garten hinaus.

Niemand antwortete.

Nichts rührte sich.

Hatte ich es mir am Ende doch nur eingebildet? Das Licht könnte in Wahrheit alles Mögliche gewesen sein. Vielleicht war es sogar das Fenster eines Nachbarn gewesen, und ich hatte mich bloß in der Entfernung verschätzt.

Je weiter ich ging, desto unsicherer wurde ich mir dessen, was ich wirklich gesehen hatte. Feuchtes Gras schmiegte sich an meine nackten Fußsohlen. Ich fröstelte.

Ich war nun fast bei den Lorbeerbüschen angelangt, wo ich geglaubt hatte, das Licht zu sehen, doch hier war nichts. Mein Blick glitt nach oben zum Badezimmerfenster, wo ich noch vor wenigen Minuten gestanden hatte. Von hier aus hatte man einen guten Blick darauf. Zwar konnte ich nur die verschlossenen Jalousien sehen, aber dennoch kam mir etwas merkwürdig vor. Ich wollte mich an einem Ast nach oben ziehen, um mein Blickfeld zu erweitern, als sich feste Finger von hinten um meine Schultern schlossen.

Ich schrie auf. Vor Schreck ließ ich die Vase fallen, die mit einem dumpfen Ton auf dem Erdboden aufkam.

»Was machst du hier draußen?«, zischte Raphael. Genau wie ich war er barfuß und nur in seinen Schlafklamotten in den Garten hinausgetreten. Ein tiefer Schatten lag über seinen verkniffenen Augen.

»Ich dachte, ich hätte etwas gesehen. Genau hier.« Ich deutete auf die Stelle zwischen den Lorbeerbüschen. Die Stelle, die offensichtlich leer war. Immer mehr bekam ich das Gefühl, als hätte ich das alles bloß geträumt.

»Und da fällt dir nichts Besseres ein, als allein in deinem Nachthemd durch den Garten zu schleichen? Wieso hast du nicht auf mich gewartet? Was, wenn hier draußen wirklich irgendein Verrückter gelauert hätte?«

Mein Mund wurde trocken, wollte keinen Ton mehr hergeben. Raphael hatte ja recht. Ich hatte viel zu überstürzt gehandelt und die Gefahren nicht richtig abgewogen. Ich hatte Glück gehabt, dass ich mich getäuscht hatte. So großes Glück ...

Als würde mein Körper erst jetzt die Kälte der Nachtluft spüren, fing ich plötzlich an zu zittern.

Raphaels Arme zogen mich an seine Seite. »Sarah, ich mache mir wirklich Sorgen um dich. Du musst ...«

Weiter kam er nicht. Seine Lippen bewegten sich zwar, wurden aber von einem ohrenbetäubenden Kreischen übertönt, das mir durch Mark und Bein ging. Hinter der offenen Küchentür blinkte ein rotes Licht.

Die Alarmanlage, schoss es mir durch den Kopf, als wir gemeinsam ins Haus rannten.

Ich hatte vergessen, sie auszuschalten.

14.

So nah war sie mir gewesen. Meine Haut prickelte immer noch vor Aufregung. Sarah hatte fast direkt vor meinem Versteck gestanden. Für eine Sekunde hätte ich bloß den Arm ausstrecken müssen, um sie zu berühren. Es war meine Schuld gewesen. Das Licht meines Handys hatte sie hergelockt, weil ich wieder nicht hatte widerstehen können, mir ihre Fotos anzusehen.

Vielleicht hatte ich es auch absichtlich getan, sie absichtlich im Dunkeln der Nacht zu mir gerufen, um einmal wieder ihr Gesicht aus der Nähe zu sehen. Ein törichtes Wagnis, aber das Glühen in meinen Gliedern verriet mir, dass es das wert gewesen war. Doch nun, da überall Kameras im Garten installiert waren, musste ich vorsichtiger werden.

Sie reizten mich, diese Kameras. Dabei waren sie genauso nutzlos wie lästig. Es gab so viele Winkel, die sie nicht sahen, so viele Schleichwege, die ich immer noch nehmen konnte, um mich unentdeckt über das Grundstück zu bewegen.

Wie Sarah so vor mir gestanden hatte, war ich kurz versucht gewesen, mich ihr zu enthüllen. Wäre endlich aus dem Schatten getreten, in den ich mich selbst verbannt hatte, und hätte ihr alles gesagt, was mir schon so lange auf der Zunge brannte. Aber ich hatte mich gezwungen, stillzuhalten. Ihr verschreckter Blick hatte mir gezeigt, dass sie noch nicht so weit war. Und dann war ihr Mann aufgetaucht, ihr leidiger Schatten, der sie nie aus den Augen zu lassen schien.

Er konnte nicht immer hier sein, um auf sie aufzupassen. Schon bald würde unsere Zeit gekommen sein.
Und so lange würde ich hierbleiben. Geduldig. Wachsam. Und den richtigen Augenblick abwarten.

15.

Kommentar von @gymfee99: Dass sie ihren Account einfach deaktiviert hat, ist so was von feige von ihr. Ich meine, nicht mal eine lahme Entschuldigung? Ich bin wirklich enttäuscht von @sarahlaeuft!

»Sarah? Sarah!«

Die Stimme schien gleichzeitig sehr nah und sehr weit weg zu sein. Wie Wasser, das unter einer schweren Tür hindurchsickerte, drangen die Worte langsam zu mir durch. Sarah. Das war mein Name. Ich sollte antworten, aber nichts gehorchte mir. Mein Mund nicht. Meine Augen nicht. Und meine Gedanken auch nicht.

»Sarah.« Ich kannte die Stimme. Sie wurde lauter, kam näher.

»Caro?« Ein dünnes Krächzen entrang sich meinen Lippen. Ich klang so fremd, dass ich mich selbst kaum erkannte.

Caros Hand legte sich sanft auf meine Wange. »Entschuldige. Hätte ich dich noch schlafen lassen sollen? Aber es ist schon nach zehn.«

Nach zehn? Unmöglich, dass ich so lange geschlafen hatte. Verwirrt wollte ich nach meinem Handy greifen, schaffte die Bewegung aber nur zur Hälfte, bevor ein heftiger Schwindel mich wieder in die Matratze zurückdrückte. Ich keuchte vor Anstrengung. Was war nur los mit mir?

Lose Bruchstücke setzten sich in meinen Gedanken zusammen. Licht hinter dunklem Glas. Das Badezimmerfenster. Feuchtes Gras unter meinen Füßen, die schwere Vase in meiner Hand. Das Schrillen der Alarmanlage.

Raphael hatte mit der Sicherheitsfirma telefoniert und ihnen gesagt, dass es bloß ein Fehlalarm gewesen war. Wir hatten gestritten und uns kurz darauf wieder versöhnt. Ich erinnerte mich noch vage daran, dass er mir kurz vor der Morgendämmerung Schlaftabletten gegeben hatte, damit ich zumindest noch etwas Schlaf fand. Die Dosis war so hoch gewesen, dass ich augenblicklich eingenickt war. Offensichtlich zu hoch. Ich schaffte es kaum, die Augen offen zu halten, während Caro mit mir sprach.

»Raphael hat mich gebeten, herzukommen und nach dir zu sehen. Sieht aus, als hättest du eine harte Nacht hinter dir. Soll ich dir einen Kaffee machen?«

Ich nickte ermattet. »Danke. Kaffee wäre großartig.«

Während Caro nach unten in die Küche ging, versuchte ich erneut, mich aufzuraffen. Arme und Beine fühlten sich träge und taub an, wie Fremdkörper, die nicht ganz zu mir gehörten. Am liebsten hätte ich mich abgeduscht, um das Gefühl zu vertreiben, aber ich hatte gerade genug Kraft, um mich zum Waschbecken zu schleppen und mein Gesicht mit eiskaltem Wasser zu benetzen.

Ich sah aus wie eine Leiche. Rote, trübe Augen und ein Hautton wie Asche, aber am schlimmsten war mein Blick. Leer, wie ausgehöhlt.

#nofilter #instagood #mirrorselfie

Die Ironie ließ mich grinsen, was den Anblick noch gespenstischer machte, dann bespritzte ich mein Spiegelbild mit Wasser, um es nicht länger ansehen zu müssen.

Ich fand nicht mehr viel an mir, das Likes verdiente, andererseits hatte das Bild von mir unter der Dusche gestern eine ganze Menge Likes bekommen. Über tausend, obwohl die Kommentarfunktion nach wie vor deaktiviert war.

Augenblicklich glitt mein Blick zum Badezimmerfenster. Die Jalousie war nach wie vor heruntergelassen, doch so eingestellt, dass durch die Lamellen Licht fiel und den Garten dahinter enthüllte. In meinen trägen Gedanken fügten sich noch mehr Bruchstücke der gestrigen Nacht zusammen.

Mit gerunzelter Stirn trat ich näher an das Fenster heran und zog die Jalousie hoch, um die Stelle zwischen den Lorbeersträuchern besser sehen zu können, von wo aus ich gestern noch hierher hochgeblickt hatte. Die Vase lag noch immer dort, wo ich sie hatte fallen lassen, halb verdeckt von den Bodenästen der Sträucher. Dann trat ich wieder zurück, sah zur Dusche, zum Fenster, immer wieder hin und her, bis es endlich klick machte.

Plötzlich war ich ganz klar im Kopf, der Schwindel wie weggefegt.

Ich griff mir meinen Bademantel vom Türhaken und rannte die Treppe hinunter. Konnte es tatsächlich sein, dass …? Um meine Vermutung zu bestätigen, trat ich noch mal mit nackten Füßen in den Garten hinaus, lief zu den Lorbeersträuchern und umrundete die umliegende Grasfläche, immer mit dem Blick nach oben gerichtet, zum Badezimmerfenster, zur Dusche.

Nach ein paar Minuten holte Caro mich ein. »Sarah? Ist alles in Ordnung?«

»Nein, nicht wirklich. Das Duschfoto …«

»Raphael hat es mir gezeigt. Es tut mir so leid, dass dir so etwas passiert ist. Ich hätte gestern schon kommen sollen und für dich da sein.«

Ich hob die Hand, um sie zu unterbrechen, und zeigte stattdessen auf das Badezimmerfenster über uns. »Ich dachte, das Foto wäre vom Garten aus aufgenommen worden, aber sieh nur. Egal, wie ich mich bewege, der Blickwinkel stimmt nicht überein. Vom Garten sieht man immer nur einen Teil der Dusche, doch nie die Ganze, es ist nie so wie auf dem Foto.«

»Was meinst du damit? Dass dich einer der Nachbarn in den umliegenden Häusern fotografiert hat?«

Ich schüttelte den Kopf. »Dafür stehen zu viele Bäume zwischen unseren Grundstücken. Nein. Das Foto wurde überhaupt nicht von draußen durch das Fenster aufgenommen, sondern von drinnen.« Ich schwenkte meinen ausgestreckten Finger, bis er nicht mehr auf das Badezimmerfenster zeigte, sondern auf den schmalen Schatten dahinter, den Türspalt, der vom Bad in unser Schlafzimmer führte.

»Er war im Haus«, erklärte ich zittrig. »Wer auch immer das Foto gemacht hat, war bei mir im Haus.«

++++

Caro zwang mich, mit hereinzukommen und erstmal Ruhe zu bewahren, obwohl ein Teil von mir einfach nur laut losbrüllen wollte.

»Noch mal ganz in Ruhe«, sagte Caro, nachdem sie eine dampfende Tasse Kaffee vor mir auf dem Küchentisch abgestellt hatte. »Als das Foto gemacht wurde, da warst du allein im Haus, richtig?«

»Nur ich und Vicki«, bestätigte ich.

»Hast du mit Vicki darüber gesprochen? Vielleicht hat sie irgendwas gehört oder gesehen.« Caro blies in ihre Tasse, bevor sie selbst einen Schluck nahm. Ihre Lippen waren rot geschminkt und hinterließen einen verschmierten Farbabdruck am Tassenrand. Sie trug wieder ihren Jeans-Minirock und dazu eine halbtransparente Bluse mit Stickmuster. Raphael hasste dieses Outfit und fand, dass ihr freizügiger Kleidungsstil ein schlechtes Vorbild für unsere pubertierende Tochter war. Er hatte schon oft angedeutet, dass ich mit Caro deswegen reden sollte, und ich hatte stets angedeutet, dass ich das machen würde, hatte es aber nie getan.

Weil ich fand, dass sie großartig aussah, und für Caro würde es ohnehin keine Rolle spielen. Sie würde weiterhin anziehen, was ihr gefiel, und dafür bewunderte ich sie. Ihr war es schon immer egal gewesen, was andere von ihr dachten. Etwas, das ich selbst nie geschafft hatte. Ich schaffte es ja nicht einmal, mir selbst oder meiner Familie gegenüber ehrlich zu sein.

»Ich habe Vicki nicht alles gesagt, was gestern vorgefallen ist«, fuhr ich fort. »Ich wollte sie nicht weiter beunruhigen.« Im Nachhinein betrachtet eine ziemlich dämliche Entscheidung. Alle ihre Freunde waren auf Instagram. Wenn sie das Duschfoto nicht selbst gesehen hatte, dann hatte es ihr einer von ihnen geschickt.

»Und ein paar der Kameras hatten zu genau dem Zeitpunkt einen Defekt? Jemand hätte also unerkannt in das Haus eindringen können, während du in der Dusche warst?«

»Die Haustür war abgeschlossen, aber kann sein, dass die Küchentür offen war. Du weißt doch, wie das mit Hunden ist. Vicki macht sie oft nicht richtig zu, weil Mokka ständig rein und raus will. Also ja, möglich wäre es.« Ein Schauer durchschüttelte mich. »Soll ich noch mal die Polizei verständigen?«

»Die Idioten, die dich gestern schon nicht ernst genommen haben?« Caro schnaubte verächtlich. »Ohne Beweise wird das wahrscheinlich nicht viel ändern.«

»Aber was soll ich denn machen? Du siehst doch, dass es nicht aufhört! Was, wenn der Einbrecher Vicki etwas getan hätte?« Allein der Gedanke sandte schmerzvolle Stiche durch meinen Unterbauch. »Ich muss mit ihr reden. Wo ist sie?«

»Wahrscheinlich noch in ihrem Bett. Teenager sind echt unglaublich. Mokka hat minutenlang in ihrem Zimmer gejault, aber das Mädchen macht keine Regung, wenn sie schläft.«

»Und Raphael?« Sonntags blieb er normalerweise immer bei der Familie. Es kam mir merkwürdig vor, dass er nach den gestrigen Ereignissen einfach wegfahren würde.

»Raphael wollte sich mit irgendeinem Internetspezialisten treffen, um zu sehen, ob sich dieser Fake-Account zurückverfolgen lässt. Deshalb wollte er auch unbedingt, dass ich herkomme und mich um dich kümmere, solange er fort ist.«

»Geht denn so etwas?«

»Mit der richtigen Technik? Wer weiß, aber es ist zumindest ein Ansatz. Raphael macht sich große Sorgen um dich«, sagte sie ernsthaft. »Und ich mir auch.«

Meine Mundwinkel zitterten beim Lächeln. »Eigentlich ist es ganz schön absurd, oder? Mich so über ein paar Fotos von mir im Internet aufzuregen, nachdem ich jahrelang alles Mögliche von mir geteilt habe.«

»Es ist nicht absurd. Das ist Stalking, und du weißt schließlich nicht, was für Intentionen der- oder diejenige hat.«

Nein, das wusste ich nicht, und genau das machte mir die meiste Angst. »Ich sehe mal nach Vicki, ob sie schon wach ist.«

»In Ordnung. Soll ich uns Frühstück machen? Du siehst aus, als könntest du es vertragen.«

»Gern«, sagte ich, obwohl ich mir nicht vorstellen konnte, wie ich nur einen einzigen Bissen herunterbekommen sollte.

Ich war schon bei der Treppe, als Caro mir nachlief. »Warte! Bevor ich es vergesse. Ich habe noch etwas für dich. Für dich und Vicki.« Caro öffnete ihre Handtasche und zog zwei Dosen heraus, die sie mir in die Hand drückte. Sie waren pink und besaßen einen gesicherten Sprühaufsatz.

»Was ist das?« Leicht verwirrt drehte ich die Dosen hin und her, bis ich die Aufschrift las. »Ist das Pfefferspray?«

»Sie gehören eigentlich ohnehin dir. Es waren Promotionsartikel, die du geschenkt bekommen hast. Wir haben nie wirklich Verwendung dafür gefunden, aber heute Morgen habe ich sie aus einem Karton ausgegraben. Ich dachte, gerade jetzt könnte es nicht schaden, welche sicherheitshalber griffbereit zu haben.«

»Wahrscheinlich nicht.« Ich schloss die Finger darum und lächelte Caro an. »Danke. Ich werde eins Vicki gleich geben.«

Vickis Tür war angelehnt, dennoch schlief sie noch immer, als ich eintrat. Sie lag auf ihrem Bauch, die Arme seitlich von sich gestreckt, genau wie früher, als sie noch ein Baby gewesen war. Die entspannten Augenlider ließen sie jünger erscheinen, und für einen Moment konnte ich kaum glauben, wie schnell die Zeit vergangen war. Die letzten Jahre hatte ich immer so viel gearbeitet, dass ich kaum mitbekommen hatte, wie mein kleines Mädchen zum Teenager herangewachsen war.

Vickis Schlaf war so friedvoll, dass ich ihn nicht stören wollte. Ich ging nur an ihre Bettseite, um das Pfefferspray auf ihrem Nachttisch zu platzieren. Ganz still, weil ich sie nicht stören wollte. Dabei sah ich, wie ihre Lippen sich sachte bewegten. Sie schien im Schlaf irgendetwas zu murmeln, zu leise, um sie wirklich verstehen zu können. Als ich mich zu ihr beugte, leuchtete ihr Handy neben ihrem Kopfkissen auf. Der Ton war ausgeschaltet, doch in der Vorschauleiste konnte ich die eingegangene Textnachricht sehen.

»Danke noch mal. Du hast mir sehr geholfen.«

Normalerweise hätte ich auf so eine Nachricht nichts gegeben und hätte Vickis Privatsphäre respektiert, wäre da nicht der Absender gewesen. Er blinkte nur eine Sekunde auf, bevor der Bildschirm wieder schwarz wurde, dennoch hatte ich ihn deutlich lesen können, und der Name ließ mich erstarren.

Es war @sarahrennt gewesen.

Der Fake-Account.

16.

Kommentar von @mini_ver: Ich konnte ihr dämliches Gesicht eh nicht mehr sehen. Alles so fake. Und ihr Körper war offensichtlich gephotoshoppt. Zoomt mal in ihren Livevideos näher ran, dann seht ihr wie viel Cellulite sie in Wirklichkeit hat.

Eine halbe Stunde später saß ich mit Raphael auf unserem Bett und konnte es immer noch nicht glauben. Ich zeigte Raphael, was ich selbst kurz zuvor auf Vickis Handy entdeckt hatte, nachdem ich es an mich genommen hatte. Die Nachricht des Fake-Accounts war nur die Spitze des Eisbergs gewesen.

Ich hatte Fotos von mir unter der Dusche gefunden, nicht nur eines, sondern eine ganze Serie, bestimmt zwanzig an der Zahl in verschiedenen Posen und Ausschnitten. Darunter auch das eine, das sie am Ende dem Fake-Account geschickt hatte und das auf Instagram veröffentlicht worden war.

Den Nachrichtenverlauf hatte sie leider gelöscht, weshalb ich nicht sehen konnte, was vor der Dankesnachricht zwischen den beiden geschrieben worden war, dennoch war leider ziemlich offensichtlich, was passiert sein musste. Kein unbekannter Einbrecher hatte diese Fotos von mir geschossen. Es war Vicki gewesen. Meine eigene Tochter. Doch egal wie verzweigt ich versuchte zu denken, ich fand einfach keinen Grund, wieso.

Raphael scrollte schweigend und mit ernstem Blick durch

Vickis Bilderbibliothek, bis er ihr Handy schließlich mit einem schweren Seufzer beiseitelegte. »Lass mich zuerst mit ihr reden«, bat er.

»Allein? Aber es sind meine Fotos! Ich muss wissen, wieso sie das getan hat!«

»Eben. Du bist viel zu aufgebracht. Vielleicht gibt es eine plausible Erklärung für das Ganze. Gib mir einfach eine Minute mit ihr. In Ordnung?«

Ich biss mir auf die Unterlippe, unfähig, etwas zu erwidern. Das Onlineleben hatte mich rasch gelehrt, dass niemand wirklich mein Freund war. Ich war es gewohnt, von Menschen enttäuscht und benutzt zu werden, aber hier ging es schließlich nicht um irgendwen, sondern um Vicki. Meine Vicki.

Der Schmerz saß wie ein Messer in meiner Brust und ließ mich nach Atem ringen.

Wahrscheinlich war es wirklich besser, wenn Raphael das Gespräch begann. Gerade wüsste ich ohnehin nicht, was ich zu ihr sagen sollte. Mein Kopf war voll und leer zugleich, unfähig, einen klaren Gedanken zu formen.

Ich verkroch mich in der Küche, während Raphael oben bei Vicki war. Caro hatte mir ein Eiweißomelette gemacht und versuchte, mir gut zuzureden, aber ich nahm ihre Worte nur am Rande wahr. Der Teller blieb unangerührt vor mir stehen. Immer wieder sah ich diese Fotos vor mir, stellte mir vor, wie Vicki sie aufgenommen hatte, wie sie mehrere Minuten im Türrahmen verharrte und die Handykamera drehte, um die verschiedenen Blickwinkel einzufangen.

Was hatte sie dabei gedacht, als sie den Auslöser betätigt hatte? Was hatte sie gefühlt? Doch vor allem: Wieso hatte sie diesen intimen, schutzlosen Moment mit jemandem geteilt? Und dann ausgerechnet mit jemandem, von dem sie wusste, dass ich ihn fürchtete?

Ich verstand es einfach nicht.

Aus einer Minute wurden schnell zehn, und als schließlich eine Viertelstunde ohne einen einzigen Laut von oben vergangen waren, hielt ich es nicht mehr länger aus.

Raphael musste meine Schritte bereits auf der Treppe gehört haben, denn er kam mir mit erhobenen Händen aus Vickis Zimmer entgegen. »Hey, hey.«

Die beschwichtigende Geste reizte mich. Als wäre ich ein wildes Tier, das es zu besänftigen galt.

»Was soll das?«, fragte ich. »Glaubst du etwa, ich tue ihr etwas? Ich will nur mit ihr reden.«

»Natürlich, aber lass Vicki erklären. Sie sagt, sie sei erpresst worden.«

»Erpresst?« Ich sah zu unserer Tochter, die mit scharlachrotem Kopf hinter Raphael erschienen war.

Sie nickte abgehakt, während sie mit dem Ärmel ihres Pyjamaoberteils über ihre laufende Nase wischte. Es war offensichtlich, dass sie geweint hatte. »Er sagte, er würde von mir sonst auch einen Account anlegen. Er hat sich irgendwie durch einen Link in mein Handy gehackt und einige Fotos runtergezogen, die er veröffentlichen wollte.«

»Was für Fotos?«, hakte ich nach.

Vickis Stimme wurde leiser, während ihre Gesichtsfarbe noch leuchtender wurde. »Fotos, wie ich mit Annika rumgemacht habe. Nur so zum Üben. Es war nicht echt, aber es wäre megapeinlich gewesen, wenn die veröffentlich worden wären. Ich meine, das verstehst du doch, oder? Bei deinem

Duschfoto hat man kaum was gesehen, keine Brüste oder so. Darauf hatte ich extra geachtet und sogar noch einen verschwommenen Filter drüber gelegt.«

»Nein, ich verstehe nicht!«, erwiderte ich aufgebracht. »Ich verstehe vor allem nicht, wieso du nicht sofort zu uns gekommen bist. Wir hätten gemeinsam eine Lösung finden können!«

»Aber er sagte, das würde er herausfinden, und dann würde er erst recht die Fotos von mir veröffentlichen.«

Ich zwang mich, einen tiefen Atemzug zu nehmen. »Weißt du, dass es ein Er ist? Hat er dir seinen Namen verraten?«

»Nein, keine Ahnung.« Vickis Augen huschten fahrig umher, blieben überall hängen, nur nicht bei mir. »Er hat mir überhaupt nichts gesagt. Ich dachte nur, weil die meisten Spinner im Netz Männer sind, aber es könnte auch eine Frau gewesen sein. Wir haben sonst nichts miteinander geschrieben.«

Hinter meinen Schläfen pochte es. »Vicki, du musst jetzt wirklich ehrlich mit mir sein. Was genau hat er dir geschrieben? Hast du den Verlauf noch irgendwo gespeichert?«

»Ich habe alles gelöscht, und ich habe sonst nichts gemacht, ehrlich nicht! Er wollte nur diese bescheuerten Fotos, sonst nichts.« Vicki nahm eine abwehrende Haltung ein und verschränkte die Arme vor der Brust. »Es tut mir leid, doch ich kapier echt nicht, wieso das so eine große Sache ist. Du hast schon tonnenweise Fotos im Sportdress veröffentlicht, wo deutlich mehr zu sehen war.«

»Ich habe nie …«

»Ganz ruhig.« Raphael fasste mich am Ellenbogen. An Vicki gewandt sagte er: »Geh zurück in dein Zimmer. Wir reden später weiter.«

»Aber ...« Ihr Blick glitt zu seiner Hosentasche. »Mein Handy ...«

»Dein Handy behalten vorerst wir.«

Sichtbare Tränen schossen in Vickis Augen, sie war allerdings zu stolz, um sie zuzulassen. »Ich habe doch schon gesagt, dass es mir leidtut! Ich hatte keine andere Wahl!«

»Man hat immer eine Wahl«, erwiderte ich. »Ich bin wirklich enttäuscht von dir.«

»Oh, du hast gut reden!«, fauchte Vicki zurück. »Wenigstens hat sich meinetwegen keiner umgebracht!«

Die Worte trafen mich mit der Härte eines Faustschlags, drückten sämtliche Luft aus meinen Lungen und ließen mich atemlos zurück. »Vicki, du denkst doch nicht wirklich ...« Aber Vicki hörte mir bereits nicht mehr zu. Ich war noch mitten im Satz, als sie mit zusammengebissenen Zähnen herumwirbelte und ihre Zimmertür hinter sich zuknallte.

++++

Raphael hatte mir ein Glas Rotwein eingeschenkt, das ich wie einen Rettungsring umklammerte. Ich trank allein im Wohnzimmer, während er im Nebenraum mit der Polizei telefonierte. Er wollte sie dazu bringen, den Fake-Account endlich sperren zu lassen, aber seiner Stimmlage nach zu urteilen, lief es nicht sonderlich gut.

Zumindest war niemand bei uns eingebrochen, sollte mich das nicht erleichtern? Tatsächlich wären mir ein ganzes Dutzend Einbrecher lieber gewesen, als von meiner eigenen Tochter hintergangen zu werden.

Wie hatte das passieren können? Wann hatten wir uns nur so voneinander entfernt? Früher hatte Vicki bei Problemen immer als Erstes mich um Rat gefragt. Ich hatte über alles Bescheid gewusst, was sie beschäftigte, egal, wie banal es war. Und nun war da diese Mauer zwischen uns. Es war, als würde ich mit einer Fremden unter einem Dach leben.

Der Vibrationston meines Handys ließ mich zusammenzucken. *Sieh einfach nicht hin*, riet ich mir. *Schmeiß es weg.*

Das Ganze konnte mich nur so stark verletzen, weil ich diesem Gerät immer noch so viel Macht über mich gab. Ich wusste, es würde aufhören, wenn ich einfach nicht mehr reagierte, aber ich war wie eine ferngesteuerte Marionette, meine Hand fand wie von selbst das Telefon, entsperrte den Bildschirm, öffnete die Instagram-App.

Es war ein älteres Foto. Genau dreizehn Jahre alt, um genau zu sein. Darauf war ich mit Vicki im achten Monat schwanger. Ich lag auf einem Gartenstuhl in der Sonne und hatte meine Hände um meinen prall gespannten Bauch gelegt. Keine Filter, keine kunstvoll inszenierten Posen oder Hintergründe. Nur ich, mein ungeborenes Baby und all die Hoffnungen an die Zukunft, die ich in diesem Moment empfunden hatte.

Das Foto war lange vor meiner Instagram-Karriere entstanden und war auch nie in den sozialen Medien veröffentlicht worden. Es war immer nur für mich selbst bestimmt gewesen, eine schöne Erinnerung, die mir nun genommen und als Waffe gegen mich gerichtet wurde. Denn mehr noch als der Fotodiebstahl bereitete mir der Text darunter Übelkeit.

»Heute schwelge ich in Erinnerungen. Bricht es einem nicht das Herz, wenn sich ausgerechnet die Menschen gegen einen wenden, die einem am meisten bedeuten?« #lovehurts #motherspain

Eine Minute später stand bereits Raphael vor mir, der sein eigenes Smartphone in der Hand hielt. »Alles in Ordnung? Ich habe es eben gesehen.« Inzwischen war auch er Follower des Fake-Accounts.

»Nicht wirklich«, murmelte ich verstört, während ich so fest auf den Bildschirm starrte, dass meine Augen zu brennen anfingen. »Ich verstehe das nicht. Woher hat der Account dieses Foto? Ich habe das nie veröffentlicht.«

Raphael kam näher und blickte über meine Schulter. »Nirgendwo? Auch nicht auf Facebook?«

»Nein, ich habe es nicht einmal herumgeschickt. Ich habe es nur für mich aufgenommen.«

Nachdenklich verzog Raphael die Augenbrauen. »Nun, es könnte natürlich sein … Vicki sagt, ihr Handy sei gehackt worden. Womöglich hat der Fake-Account dadurch nicht nur Zugriff auf ihre persönlichen Fotos, sondern auf unsere gesamte Familien-Cloud erhalten.«

Mein Magen verkrampfte sich. Der Rotwein stieß mir sauer in der Kehle auf. »Du meinst, er hat jetzt Zugriff auf all unsere Fotos?«

»Zumindest die, die wir in der Cloud gespeichert haben. Ich werde den Zugriff von Vickis Handy gleich sperren, aber gut möglich, dass wir zu spät sind und er bereits alles runtergeladen hat.«

»Scheiße nochmal.« Vor Ärger kniff ich die Augenlider zusammen. Was mochte er dabei noch alles an Fotomaterial geklaut haben, das bald meine Timeline überfluten würde?

»Was hat denn die Polizei gesagt? Bitte sag mir, dass sie irgendeine Spur haben.«

»Leider nein. Der Anruf war ein absoluter Reinfall. Ich habe den Fehler gemacht und zugegeben, dass unsere Tochter das Foto von dir geschossen hat. Jetzt wollen die uns bloß an eine Familienberatungsstelle weiterleiten und keinen Fall eröffnen.«

»Ich verstehe das nicht. Da stalkt jemand unsere Familie und bedroht mich. Wieso nimmt das keiner ernst?«

»Mach dir keine Sorgen, Liebling, ich bleibe dran. Wir finden schon eine Lösung.« Raphael tippte auf mein leeres Glas. »Soll ich dir Nachschub holen?«

Ich hatte gar nicht gemerkt, dass ich bereits ausgetrunken hatte. Alkohol machte mich meist nur noch aufgekratzter, dennoch nickte ich und hielt ihm mein Glas entgegen. »Ja. Bitte.«

Während Raphael in die Küche ging, wollte ich mich in unsere Cloud einloggen, um zu überprüfen, was wir darin noch alles gespeichert hatten, als mein Handy erneut vibrierte. Diesmal war es keine Instagram-Meldung, sondern eine WhatsApp-Nachricht, dennoch blieb mir beim Lesen der Atem weg.

»Sexy. Ich vermisse deine kleinen, festen Brüste. D.« Dazu ein Screenshot von dem Duschfoto auf der Seite des Fake-Accounts.

Vor Schreck stieß ich beinahe das Rotweinglas um. Sofort fiel mein Blick zur Tür, halb in Angst, Raphael dort stehen zu sehen, doch ich war allein. Was sollte das? D. – das konnte nur für David stehen, aber ich hatte ihn doch blockiert? Hatte er eine neue Nummer?

David war ebenfalls Influencer und ein erfolgreiches Fitnessmodel. Wir hatten ein paar Kampagnen für einen Hersteller von Sportschuhen miteinander gedreht. Eine davon hatte einen Trip nach Mallorca beinhaltet. Fast eine Woche hatten wir gemeinsam auf der Insel verbracht, und an den Abenden an der Hotelbar waren wir uns nähergekommen. Das war vor über zwei Jahren gewesen, zum Höhepunkt meiner Karriere, als ich vor lauter Stress immer mit einem leichten Gefühl der Panik herumgelaufen war. David war es mit seiner lockeren, fröhlichen Art gelungen, mir das Gefühl zu geben, ich könnte alles schaffen.

Dennoch hatte ich unsere gemeinsame Nacht sofort bereut und David gleich nach unserem Trip auf all meinen Kanälen blockiert. Wir hatten uns seitdem nie wieder gesehen, und inzwischen hatte ich unser kurzes Intermezzo so gut verdrängt, dass ich ihn fast vergessen hatte.

Wieso schrieb er mir ausgerechnet jetzt? Wusste er etwa mehr als ich, oder war es wirklich nur Zufall gewesen, dass er auf Instagram über das Duschfoto gestolpert war?

Mein erster Impuls war, ihn wieder zu blockieren, doch nach kurzem Zögern schrieb ich ihm stattdessen zurück. »Woher hast du das?«

Das blaue Häkchen erschien noch in derselben Sekunde. Kurz darauf vibrierte mein Handy bereits mit Davids Antwort. »Du scheinst in Schwierigkeiten zu stecken. Brauchst du Hilfe?«

»Was ist los? Sag bloß, es ist noch ein Beitrag erschienen?«

Raphael stand mit der Rotweinflasche und einer Packung Reiswaffeln in der Tür und blickte mich abwartend an. Bei seinem Anblick zuckte ich so stark zusammen, dass mir das

Handy aus der Hand rutschte und mit dem Display nach unten aufs Sofakissen fiel.

»Ist etwas passiert?«, fragte er erneut, während er den Couchtisch umrundete, um sich neben mich zu setzen.

»Nichts, nichts.« Ich lächelte nervös und rieb mir über die vor Müdigkeit geschwollenen Augenlider. »Ich habe mir bloß die Fotos in der Cloud durchgesehen, damit ich schon mal weiß, was mich die nächsten Tage erwartet. Ich bin nervlich einfach am Ende. Ich weiß nicht, wie lange ich das noch durchstehe.«

»Schon gut, komm her.« Raphael stellte die Weinflasche ab und drückte mich an sich. »Das war alles ganz schön viel. Für die gesamte Familie. Ich habe nachgedacht. Wenn dich das Ganze so mitnimmt, wieso reaktivierst du nicht deinen Instagram-Account und postest eine kurze Stellungnahme? Nur ein ganz kurzes Video, in dem du die Leute aufklärst, dass das nicht du, sondern irgendein Onlinespinner ist, der diese Beiträge teilt.«

Vor Anspannung verhärtete sich mein gesamter Körper. »Nein, auf gar keinen Fall!«

»Wieso nicht? Du könntest dich reinwaschen, und der Fake-Account würde vielleicht das Interesse verlieren.«

»Wenn ich eine Stellungnahme über den Fake-Account mache, dann müsste ich auch etwas zu Leonie sagen, und das kann ich nicht. So weit bin ich noch nicht.«

»Ich verstehe. Tut mir leid, ich wollte dich nicht aufwühlen.« Raphael griff nach der Rotweinflasche, um mir großzügig nachzuschenken. Ein herber, erdiger Duft stieg zwischen uns auf und kratzte an meine Kehle. »Ich dachte bloß, es würde dir helfen, dich zu erklären.«

Wann hatte sich das Internet je für Rechtfertigungen interessiert? Ich nahm das Glas in die Hand, doch statt daraus zu trinken, starrte ich bloß in die sich kräuselnde Oberfläche. »Denkst du wirklich, dass die Leute glauben, das könnte ich sein, die das postet?«, fragte ich nachdenklich.

»Ich weiß nicht. Schon möglich.« Raphael strich mit einer sanften Berührung die Haare in meinem Nacken zurück. »Die Leute hinterfragen leider selten, was sie online sehen.«

Das stimmte. Das hatte ich daran gemerkt, wie schnell ich fallen gelassen und verteufelt worden war. Aber sollten sie doch glauben, was sie wollten. Ich merkte, dass mir das inzwischen völlig egal geworden war. Was mir nicht egal war, war, dass man mir und meiner Familie auflauerte und nun sogar meine Tochter bedroht hatte. Das war inakzeptabel. Dagegen würde ich mich mit aller Macht wehren, mit oder ohne Hilfe der Polizei.

Mit einem Seufzer lehnte ich mich in Raphaels Hand. »Ich habe solche Kopfschmerzen. Kannst du mir ein paar Ibuprofen von meinem Nachttisch holen?«

Raphael streichelte beim Aufstehen mein Knie. »Natürlich. Ich bin gleich wieder bei dir.«

Die Kopfschmerzen waren gelogen, aber ich brauchte diese kleine Auszeit, um noch einmal in Ruhe Davids Nachricht lesen zu können. Wahrscheinlich sollte ich sie einfach löschen, doch dann sah ich, dass eine weitere Nachricht von ihm eingegangen war, während ich mit Raphael geredet hatte, und die Antwort ließ meinen Atem stocken.

»Ich weiß, wer @sarahrennt ist.«

17.

Nachricht von @urbangypsy12: Wie kannst du überhaupt noch mit dir leben? Scheißheuchlerin.

Bestimmt log David mich an. Bestimmt nutzte er die Geschichte bloß als Vorwand, um mir wieder näherzukommen. Woher sollte er auch wissen, wer sich hinter dem Fake-Account befand, wenn nicht einmal ich die leiseste Ahnung hatte? Aber anscheinend schien David ohnehin einen Rückzieher zu machen. Ich hatte ihm gestern noch mehrmals geschrieben, hatte ihn gedrängt, mir alles zu sagen, was er wusste, jedoch keine Antwort erhalten.

Was für ein Feigling!

Daraufhin hatte ich die Konversation gelöscht, damit Raphael sie nicht aus Versehen las. Gerade hatten wir größere Probleme als einen verjährten Seitensprung, der niemandem etwas bedeutet hatte. Kein Grund, diese Ehe noch weiter unnötig zu belasten.

Dennoch plagten mich die ganze Nacht Gewissensbisse. Ich schlief wie immer kaum, und in den kurzen Stunden, in denen ich doch schlief, träumte ich schlecht. Ich träumte von David, und wie seine Hände meinen Körper entlangwanderten. Er kniete über mir und strich behutsam über meine Schenkel, meine Hüfte, meinen Bauch und den empfindlichen Bogen meiner Rippen. Seine Berührungen waren erst sanft, kaum spürbar, wurden kräftiger, je höher er wanderte, bis sich seine Hände plötzlich fest um meinen Hals schlossen.

Und zudrückten.

Ich bekam keine Luft mehr und fing an, unter ihm wild um mich zu treten. Ich bäumte mich auf, versuchte, ihn mit aller Kraft abzuschütteln, aber David war so unbeugsam wie eine Statue geworden und drückte nur noch fester, bis es irgendwann gar nicht mehr David war, der auf mir kniete, sondern ein kleines Mädchen mit Händen aus Stahl. Ich dachte erst, es wäre Leonie, aber dann veränderten sich die Züge des Mädchens wieder, wurden länger, ausgeprägter, bis es Vicki war, die mich würgte, während sie mir fest und mitleidlos in die Augen sah.

Ich erwachte mit einem tonlosen Schrei und setzte mich abrupt im Bett auf. Mein Atem ging rasselnd. Noch immer konnte ich Vickis Gesicht vor mir sehen, die Härte in ihrem Blick. Ich spürte einen Kloß im Hals.

Gestern hatten wir keine Gelegenheit mehr gehabt, uns auszusprechen, was ich nun bereute. Meine kleine Familie und vor allem Vicki bedeuteten mir alles. Ich durfte nicht zulassen, dass irgendetwas oder -jemand uns auseinanderriss.

Um sechs Uhr stand ich bereits fertig angezogen in der Küche und trank meine dritte Tasse Kaffee. Der bittere Geschmack vermischte sich mit meiner Anspannung und verstärkte sie noch.

Das Brummen eines Motors lenkte meinen Blick Richtung Haustür. Das klang so, als würde es direkt von unserer Einfahrt kommen. So früh konnte das nur Caro sein, die vorzeitig zur Arbeit erschienen war, weil sie sich um mich sorgte. Ich wollte ihr entgegengehen, um sie zu begrüßen, doch als ich die Haustür öffnete, war die Einfahrt leer.

Wobei das nicht ganz stimmte. Hinter dem Einfahrtstor war zwar kein Auto zu sehen, dafür ein anderer, deutlich kleinerer Gegenstand.

Ein Paket.

Mein Atem stockte. Es war noch viel zu früh für die Post. Es musste eben erst persönlich dort abgelegt worden sein, und das konnte nur eines bedeuten.

Wie ferngesteuert ging ich die Einfahrt hinunter. Kein Absender. Nicht einmal ein Poststempel, genau wie bei den anderen Paketen. Ich hob es hoch und war überrascht, wie leicht es war, obwohl es groß genug war, dass ich es mit beiden Händen fassen musste. Wie die Male davor war auch dieses Paket hübsch und aufwendig verpackt mit einer silbernen Schleife, und der Inhalt mit knisterndem Seidenpapier umwickelt.

Ich packte es bewusst langsam aus für den Fall, dass sich wieder Glasscherben oder andere scharfe Gegenstände im Inneren befanden, doch statt scharfer Kanten berührten meine Finger zarten Stoff.

Mein Herzschlag verlangsamte sich, als ich das Stoffstück zwischen dem Seidenpapier hervorzog und vor mir in der Luft ausbreitete. Es war eine schwarze Sportleggins. Sie sah wie neu aus, das Material war weich und schien von erstklassiger Qualität zu sein. Nichts war zerrissen oder beschädigt.

Doch das ergab keinen Sinn. Sollte das wirklich von demselben Absender wie die anderen Pakete sein, oder hatte ich diesmal tatsächlich ein ganz normales Promo-Paket erhalten? Aber wieso war dann nirgendwo ein beigelegter Brief oder

Flyer? Zumindest irgendein Logo, das auf den Absender hindeutete, aber die Adresszeile war leer.

In der Straße war es so früh am Morgen totenstill, dennoch war da irgendetwas, das mich innehalten ließ und dazu brachte, den Blick zu heben. Etwas bewegte sich im Schatten auf der anderen Straßenseite. Jemand stand dort halb versteckt unter einem dicht bewachsenen Baum, neben ihm ein Moped oder Motorrad. Die Person trug einen schwarzen Helm mit herabgelassenem Visier, und doch schienen wir uns eine Sekunde lang direkt anzusehen.

Ich war wie erstarrt, bis die Person die Hände um die Lenker schloss und das Brummen der Maschine die Straße erfüllte.

»Hey!« Ich ließ die Leggins fallen und rannte los. »Bleib stehen!«

Der Fahrer war losgefahren, bevor ich ihn erreichen konnte. Der Abstand zwischen uns vergrößerte sich schnell. Ich hatte kaum genug Zeit, mir Details einzuprägen. War es eine Frau, ein Mann? Die Statur war nichtssagend, und wegen des schwarzen Helms konnte ich kaum etwas erkennen, nicht einmal die Haarfarbe oder -länge. Ich hätte den Wagen nehmen können, aber bis ich die Schlüssel geholt und den Motor gestartet hatte, wäre der Fahrer längst fort.

»Hey!«, schrie ich wieder mit aller Kraft, als würde das irgendetwas nützen. Der Fahrer hatte bereits das Ende der Straße erreicht und war dabei, aus meinem Blickfeld zu verschwinden.

Ich wollte mir zumindest noch das Nummernschild einprägen und gab noch einmal alles.

Der Wagen tauchte aus dem Nichts auf. Hätte er keine

Vollbremsung gemacht, wäre ich frontal in ihn reingerannt. Ich stürzte dennoch, allerdings nicht schwer und konnte mich auf dem Asphalt abrollen. Als ich mich wieder aufrappelte, waren der Fahrer und seine Maschine verschwunden. Eine Frau kam aus dem stehengebliebenen Auto gesprungen. Erst als sie direkt vor mir stand, merkte ich, dass es Caro war. Sie war sichtlich aufgebracht und bebte am ganzen Körper. »Sarah? Bist du verrückt geworden? Ich hätte dich beinahe überfahren!«

»Das Moped!«, keuchte ich. »Hast du es gesehen? Konntest du den Fahrer erkennen?«

»Ein Moped? Nein, ich denke nicht, wieso denn?« Ein besorgter Ausdruck trat auf Caros Gesicht, bevor sie innehielt und meinen Arm fest packte. »Mein Gott, was ist denn mit deinen Händen passiert?«

Die Berührung war unerwartet schmerzhaft, so dass ich zischend zurückwich. »Nichts.« Aber wieso tat es dann so weh? Hatte ich mich beim Sturz aufgeschürft? Doch als ich an mir herabsah, konnte ich keine Kratzer feststellen. Stattdessen waren meine Hände rot verfärbt und bis über die Handgelenke mit kreisrunden, juckenden Pusteln übersät.

Es brannte wie Feuer.

»Bist du heute Morgen in einen Brennnesselbusch gefallen?«, fragte Caro, während sie meine Handflächen behutsam nach oben drehte, um den Ausschlag genauer zu betrachten.

»Nein, ich habe überhaupt nichts gemacht! Ich habe nur –« Dann schlucke ich. »Es ist wieder ein Paket angekommen. Ich glaube, diesmal habe ich gesehen, wer es gebracht hat. Er oder sie war auf einem Moped unterwegs. Ich bin ihm nachgerannt, bevor du mich erwischt hast.«

»Bist du dir sicher? Was war in dem Paket?«

»Etwas Harmloses. Ich dachte nur Stoff. Eine Leggins.« Mein Blick fiel wieder auf meine Hände, die inzwischen so stark schmerzten, dass sich meine Finger krümmten. Die Rötung war noch dunkler geworden und erstreckte sich bis zu meinen Ellenbogen. »Aber vielleicht habe ich mich geirrt«, wisperte ich schaudernd.

++++

Caro fasste das Paket nur mit Handschuhen an und warf alles in einen großen, schwarzen Müllsack, den sie doppelt verknotete, bevor sie ihn draußen entsorgte.

Den Ausschlag behandelte sie mit Aloe-Vera-Creme, die sie dick auf Händen und Unterarmen auftrug. Die Creme war angenehm kühl, dennoch half sie nur wenig gegen das Brennen und Jucken, das so stark war, dass ich mit den Zähnen knirschte.

»Das ist Körperverletzung«, schimpfte Caro und zog meine Hand weg, als ich wiederholt versuchte, mich zwischen den Fingern zu kratzen.

»Es ist halb so wild«, log ich, konnte jedoch ein Zittern nicht unterdrücken.

Caro schürzte die Lippen. »Ich verstehe nicht, wieso ihr nicht die Polizei alarmiert, um diesen Irren zu stoppen. Wie weit soll das noch gehen?«

Ich biss mir auf die Innenseite meiner rechten Wange, um mich von dem Jucken abzulenken. »So leicht ist das nicht. Wir haben es bereits versucht, aber sie nehmen uns nicht wirklich ernst. Vor allem nicht nach dieser Fotosache …«

Der Klingelton meines Handys ließ mich verstummen. Ich war immer noch so benommen, dass ich nicht einmal daran dachte, das Display zu überprüfen, ehe ich abhob. »Hallo?«

Erst hörte ich gar nichts, dann ein leises Schluchzen, gefolgt von einem langgezogenen Schniefen. Die Stimme war weiblich. Und sie weinte.

Meine Wirbelsäule versteifte sich. Besorgt drückte ich das Handy fester ans Ohr, um besser verstehen zu können. »Hallo? Wer ist da?«

Das Jaulen wurde lauter, schriller, dann endlich entkam der Stimme ein richtiger Ton, zwei Silben, die sich zu einem einzelnen Wort verbanden. »Sarah?«

Ein Schauer jagte meinen Rücken hinunter, als ich die Stimme endlich erkannte. »Mama?«, fragte ich mit klopfendem Herzen.

Wieder nur Schluchzen, dann ein Rauschen, bis ein höfliches Räuspern Esthers Wehlaute endgültig unterbrach.

»Entschuldigen Sie bitte die frühe Störung, Frau Rode«, antwortete Linda. »Ich hoffe, Esther hat Sie nicht gar sehr erschreckt. Ich fürchte, sie hat keinen allzu guten Tag.«

»Das höre ich. Was hat sie denn? Es klang, als hätte sie Schmerzen. Soll ich einen Arzt zum Haus schicken?«

»Nicht nötig. Gesundheitlich geht es ihr prächtig. Ihr macht vor allem ihr Geist zu schaffen. Vorhin ist sie das ganze Haus abgelaufen, weil sie nach ihrem Mann gesucht hat. Ich konnte sie gerade noch davon abhalten, die steilen Kellerstufen hinabzusteigen. Sie war ganz sicher, dass er irgendwo eingeschlafen sein müsste, und wahrscheinlich hätte ich sie einfach in dem Glauben lassen sollen, aber ich habe den Fehler gemacht, ihr zu sagen, dass Herr Wieser vor Jahren gestorben ist. Seitdem ist sie ganz aufgelöst und hört nicht mehr auf, zu weinen.«

»O Gott, das tut mir leid. Soll ich noch mal mit ihr reden? Vielleicht kann ich sie beruhigen.«

»Gerade konnte ich Esther etwas besänftigen, indem ich das Frühstück serviert habe. Vielleicht lenkt sie das genug ab, dass sie die Sache wieder vergisst. Ich rufe Sie aber gerne in ein paar Stunden wieder an, um Sie auf dem Laufenden zu halten.«

»Ja, bitte, tun Sie das!«

»Werden Sie diese Woche denn noch vorbeikommen?«, fragte Linda.

Bei allem, was aktuell vorfiel, sollte ich wahrscheinlich nein sagen, aber wie könnte ich, wenn meine Mutter offensichtlich litt? »Ich werde es versuchen«, antwortete ich zögerlich. »Vielleicht gegen Ende der Woche.«

Lindas Stimme hob sich. »Wie schön! Das würde Esther bestimmt aufmuntern.«

»Alles in Ordnung?«, fragte Caro, nachdem wir aufgelegt hatten.

»Ich weiß nicht.« Ich nagte an meiner Unterlippe. »Esther geht es wohl wieder schlechter. Linda sagt, sie hat nach Pa gesucht.«

Caros Schultern zuckten kaum merklich zusammen. »Ich sage es doch, sie verliert den Verstand.«

»Caro!«, entfuhr es mir erschrocken. »Sie ist deine Mutter.«

»Nur den Papieren nach, oder?« Doch nach einem kurzen Blick auf mein Gesicht glätteten sich ihre verhärmten Züge wieder, und sie strich mir über den Arm. »Tut mir leid. Ich weiß, für dich ist es anders, weil du eine ganz andere Bindung zu ihnen aufgebaut hast. Ich habe das einfach nie so geschafft.«

Ich nickte, als verstünde ich das. Doch in Wahrheit verursachten ihre Worte einen schmerzhaften Knoten in meiner Brust.

Wenn für Caro unsere Eltern nicht wirklich unsere Eltern waren, hieß das, dass sie mich auch nicht als ihre Schwester betrachtete?

»Hast du eigentlich ...« Ich wusste nicht ganz, wie ich den Satz beenden sollte, und drehte mein Handy unbeholfen hin und her. »Deine leiblichen Eltern. Du weißt schon. Ich habe mich immer gefragt, ob du sie ausfindig gemacht hast, nachdem du weggegangen bist.« Ob sie vielleicht sogar deshalb so überstürzt beschlossen hatte, uns alle hinter sich zu lassen.

»Die Menschen, die mich einfach so weggegeben haben?« Caros Kehle entkam ein kratziger Laut. »Nein, danke. Die sind für mich schon lange gestorben.«

»Es ist noch nicht zu spät, weißt du?«, sagte ich vorsichtig. »Esther liebt dich sehr.«

»Meinst du?« Caros Mundwinkel zuckten zu einem zynischen Lächeln. »Na ja, egal. Ich bin mir nur nicht sicher, ob sie es verdient hat, dass du dich so aufopferungsvoll um sie kümmerst, das ist alles.« Ein Ruck ging durch ihren Körper, als müsste sie sich von irgendetwas losschütteln. »Ich gehe kurz rauf und wecke Vicki für die Schule auf. Schaffst du es, so lange keine ominösen Pakete zu öffnen oder zwielichtigen Motorradfahrern hinterherzujagen?«

Ich lächelte schwach. »Ich werde es versuchen.«

»Und hör auf, an deinen Händen zu kratzen, das macht das Ganze nur schlimmer!«

Caro war eben erst zur Tür hinaus, als mein Handy in meiner Handfläche vibrierte. Zu meiner Überraschung wartete eine neue Nachricht von David auf mich. Meine Fragen hatte er ignoriert. Er hatte mir nicht einmal einen Text hinterlassen, sondern lediglich wortlos einen Standort geschickt. Ein Café, das laut Google Maps nur wenige Kilometer von mir entfernt war.

Sah aus, als ob David mich persönlich treffen wollte, um mir zu sagen, was er wusste.

Jetzt gleich.

18.

Kommentar von @wildandfree_feli: Ich hasse so Menschen, die sich nur hinter irgendwelchen Filtern verstecken und einen Scheiß vom echten Leben verstehen.

Ich hätte nicht kommen dürfen.
Das Café lag in der Nachbarortschaft und gehörte nicht zu meinen üblichen Aufenthaltsorten, dennoch war es riskant. Was, wenn mich jemand sah? Jemand erkannte? Oder noch schlimmer, wenn man mir bis hierher gefolgt war?
Ich hatte Caro gesagt, dass ich ganz dringend eine Runde laufen gehen musste, um den Kopf frei zu kriegen. Sie hatte Einwände dagegen erhoben, fand es in meiner derzeitigen Lage zu gefährlich, aber am Ende hatte sie mich nicht aufhalten können.
Ich war den ganzen Weg hergejoggt, fast doppelt so schnell, wie ich normalerweise laufen würde, und war deshalb noch immer außer Atem, als ich die Tür zum Café aufstieß.
Eine altmodische Ladentürklingel kündigte mein Eintreten an. Die Einrichtung war eine Mischung aus Shabby Chic und Retro Hipster, die gerade so in war. Früher hätte ich nicht widerstehen können und hätte vor dem abgenutzten Vintage-Holzregal mit den antiken Kaffeekannen sofort ein Selfie geschossen. #vintagelove #coffeeaddict
Doch diese Zeiten waren vorbei. Statt mich ins Rampenlicht zu rücken, gab ich mein Bestes, mich so unsichtbar wie

möglich zu machen, und hatte die Kapuze meiner Sweatjacke tief über meine Stirn gezogen. Ich schien Glück zu haben. So früh am Morgen war nur wenig los in dem Café. Bloß drei Tische waren besetzt. Außer mir waren nur noch ein Student und eine müde aussehende Mutter mit Kinderwagen anwesend. Beide waren in ihr Handy vertieft und hoben nicht einmal den Blick, als ich an ihnen vorbeiging.

Und dann war da noch David.

Er saß an einem Ecktisch im hinteren Ende des Lokals und beobachtete mein Näherkommen mit Adleraugen und einem süffisanten Lächeln, das ich nicht ganz deuten konnte.

Meine Kopfhaut prickelte. Es war zwei Jahre her, dennoch schien sich David kein bisschen verändert zu haben. Sonnengeküsste Wangen und strohblonde Locken, die so gegelt waren, dass sie ihm lässig ins Gesicht fielen. Er trug noch immer zu viele von diesen Lederbändchen, die ihm einen Alternativen-Look verliehen, und hatte noch immer diese Weichheit im Gesicht, als kenne er keine Sorge auf der Welt. Bloß das Tattoo, das sich unter seinem Jeanshemd hervorschlängelte und über seinen Handrücken verlief, das war neu.

»Sarah.« David stand auf, um mich zu begrüßen, doch ich ließ nicht zu, dass er mir näher kam, und setzte mich auf den Stuhl gegenüber von ihm, mit der Tischplatte zwischen uns.

»Ich will das hier kurz halten«, eröffnete ich brüsk. »Weißt du wirklich etwas über den Fake-Account, oder war das bloß ein Vorwand, um mich herzulocken?«

»Zählt beides?« David lächelte mich gewohnt heiter an und schien sich von meiner kühlen Art kein bisschen aus der Ruhe bringen zu lassen. »Ich wollte dich wirklich wiedersehen, aber ich habe auch Informationen gesammelt, die dich interessieren könnten. Hier.« David schob mir eine mintfarbene Porzellantasse entgegen, die von einer dicken Haube Schlagsahne bedeckt war. »Ich habe uns einen Kakao bestellt. Ich schätze, du kannst den Zucker gerade gut gebrauchen.«

Ich schob den Kakao beiseite und lehnte mich auf meine Ellbogen gestützt über den Tisch. »Was für Informationen?«

»Autsch.« Statt zu antworten, schielte David auf meine Arme hinab und atmete zischend durch die Schneidezähne aus. »Was ist denn mit deinen Händen passiert?«

»Nichts. Bloß ein Ausschlag«, erwiderte ich und versteckte meine Hände unter dem Tisch, ehe David nach ihnen greifen konnte. »Bleiben wir beim Thema.«

»Okay, ich verstehe, dass du gerade ziemlich durch den Wind bist, aber ich will dir nur helfen. Es tut mir echt leid, was dir passiert ist.«

»Schon gut. Es war meine eigene Schuld.«

»Das sehe ich anders. Ich habe das Ganze ein wenig über die sozialen Medien verfolgt und fand es echt unfair, dass du so durch den Dreck gezogen wurdest. Deshalb war ich dann auch perplex, als mir wer diesen Fake-Account gezeigt hat. Das Material sah zwar echt aus, aber ich wusste sofort, dass das auf keinen Fall du sein konntest. Es passt einfach nicht zu dir, solche Dinge zu posten. Vor allem nicht, nach dem, was mit dem Mädchen passiert war. Du warst in deiner Karriere immer zielstrebig, aber nie geschmacklos.«

Mein Blick wanderte unruhig durchs Lokal. »Und dann?«, hakte ich ungeduldig nach.

»Dann wurde dieses Duschfoto gepostet, und da wurde mir klar, dass du in ernsthaften Schwierigkeiten stecken musst. Also habe ich Nachforschungen angestellt ...«

Meine glühenden Hände pulsierten wie ein stetiges Warnsignal. »Du hast geschrieben, du wüsstest, wer @sarahrennt ist. Stimmt das?«

»Nicht ganz«, gab David zu. »Also nicht hundertprozentig, aber ich habe eine ziemlich gute Vermutung.«

Ein Seufzer entfuhr mir. Also hatte ich doch nur wieder meine Zeit verschwendet.

»Hör zu. Ich will es dir erklären.« David holte sein Handy hervor und legte es mit dem Bildschirm nach oben zwischen uns auf den Tisch, so dass ich einen guten Blick darauf hatte. »Du weißt so gut wie ich, dass das Internet ein echt kranker Ort sein kann. Die Leute posten allen möglichen Scheiß, wenn sie glauben, sie wären anonym, doch das sind sie meistens nicht. Sieh her!« David drehte den Bildschirm in meine Richtung. »Das ist ein Online-Forum zum Thema Fitness und Abnehmen. Normalerweise geht es dort hauptsächlich um Ernährungstipps und Workoutpläne, aber es gibt auch eine private Sektion, wo Mitglieder sich über alles Mögliche austauschen können. Leonies Selbstmord hat mehrere Threads bekommen. Darin wird auch viel über dich hergezogen. Vor allem ein Mitglied ist mir dabei aufgefallen, das sich mehrmals täglich die Zeit nimmt, um hasserfüllte Sachen über dich zu schreiben. Diese Frau hat deshalb schon mehrere Verwarnungen bekommen, dennoch werden ihre Hasstiraden immer beleidigender. In ihrem letzten Post hat sie geschrieben, dass sie herausgefunden hat, wo du wohnst und dich fertigmachen wird. Die Moderatoren haben sie blockiert und ihren Beitrag entfernt, aber ich konnte vorher noch einen Screenshot machen, und ihr Profil ist nach wie vor aufrufbar. Hier!«

»fr33spiritofthenight«, las ich vom Bildschirm ab. Das Profilbild neben dem Namen zeigte nichts außer einer hellblauen Blume im Mondschein.

»Und was soll mir das bitte schön sagen?«, fragte ich.

»Wahrscheinlich überhaupt nichts, doch ich habe den Nutzernamen durchs Internet gejagt, und anscheinend verwendet die Person ihn gerne häufiger. Die Schreibweise ist nicht immer exakt gleich, aber ich konnte Profile mit ähnlichen Benutzernamen auf Twitch, Steam und TikTok finden. Sie postet nicht viel, und wenn, ist nie das Gesicht zu sehen. Auf TikTok gibt es jedoch ein kurzes Video, nichts Besonderes, bloß ein Zusammenschnitt aus mehreren Naturfotos mit einem überdramatischen Hintergrundsong. Es hat kaum Likes, jedoch einen Kommentar, gepostet vor etwa drei Wochen, den ich sehr interessant fand.«

David rief die Kommentarseite des Videos für mich auf, damit ich sie lesen konnte. »Es tut mir so leid, was mit deiner Schwester passiert ist«, schrieb eine Person mit mehreren weinenden Smiley-Emojis. »Ich hoffe, die Schlampe brennt in der Hölle.«

»Das ist ...« Ich musste die Augen schließen, um mich zu sammeln. Dabei blitzte ihr Bild vor meinem inneren Auge auf. Dunkelbraunes Haar und feingezeichnete, zarte Züge, die den eiskalten Hass in ihrem Blick umso intensiver erschienen ließen.

»Lola«, ergänzte David für mich, da es mir die Sprache verschlagen hatte. »Leonies Schwester.«

++++

David hatte recht. Es war nur eine Vermutung, kein endgültiger Beweis, dass wirklich Lola hinter all dem steckte. Aber es ergab einen Sinn, oder? Wer sonst hatte ein stärkeres Motiv als sie, mich leiden zu sehen, nachdem ich ihr die Schwester genommen hatte? War ich nicht gerade deswegen nach Linz gefahren? Hatte ich es da nicht bereits innerlich gewusst, dass Leonies Familie darin verwickelt sein musste?

Andererseits hatte ich mir so sehr gewünscht, dass es jemand anderes wäre. Gerade konnte ich mir nicht vorstellen, Leonies Familie noch einmal zu konfrontieren. Nicht, nachdem ich den Verlust in ihren Augen erst vor Kurzem so direkt vor mir gesehen hatte. Egal, was sie mir antun mochte, noch war meine Scham größer als die Angst.

Und wenn es wirklich Lola war, gab es im Grunde nicht viel zu befürchten, oder? Egal, wie groß ihr Hass auf mich sein mochte, so war sie doch nur ein aufgewühltes Teenagermädchen, das gerade nicht wusste, wohin mit ihren überbrodelnden Gefühlen und sie deshalb an mir ausließ. Es war unwahrscheinlich, dass sie weiter gehen würde. Sollte sie ihre Fake-Postings machen und mir weiter Pakete voller Scherben und Müll schicken. Meine Karriere war mir gerade ohnehin nicht wichtig, und irgendwann würde sie schon das Interesse verlieren.

Vielleicht sollte ich dennoch noch mal mit ihrem Vater reden, auch wenn mir allein der Gedanke Magenschmerzen verursachte. Aber er sollte wissen, was für hasserfüllte Gedanken seine Tochter umtrieben, und mit ihr einen Therapeuten aufsuchen, wenn er das nicht schon tat.

David wollte weitere Recherchen anstellen und mit mir

im Kontakt bleiben. Nach unserem Gespräch war ich so zerstreut gewesen, dass ich sogar zugelassen hatte, dass er mich zum Abschied kurz umarmte. Noch immer schien etwas von der Wärme seines Körpers an mir zu haften.

»Sei vorsichtig«, hatte er mir dabei ins Ohr geflüstert.

Doch tatsächlich hatte mir die Aussicht, dass bloß Lola mich verfolgte, etwas von meiner Angst genommen. Das große Unbekannte hatte nun einen Namen, ein Gesicht, und es fiel mir schwer, ein traumatisiertes junges Mädchen zu fürchten, das kaum älter als meine eigene Tochter war.

Danach traute ich mich sogar auf dem Rückweg, die Kapuze meiner Sweatjacke herunterzunehmen, und anstatt wie verrückt zu laufen, nahm ich mir diesmal Zeit. Ich ging langsam, Schritt für Schritt. Es tat gut, zwischen all dem Wahnsinn einmal kurz durchzuatmen und die eigenen Gedanken zu sortieren. Zuhause hatte ich mich mehr und mehr wie in einem sich immer schneller drehenden Hamsterrad eingesperrt gefühlt. Hier draußen sah ich die Dinge klarer, und vor allem spürte ich, dass es Zeit war, mein Leben wieder in den Griff zu kriegen. Das schuldete ich nicht nur meiner Familie, sondern vor allem mir selbst.

Als ersten Schritt würde ich dem Fake-Account entfolgen.

Bislang hatte es mir nichts gebracht, außer dass mich die verstörenden Postings langsam, aber sicher in den Wahnsinn trieben. Ich hatte die Seite bereits aufgerufen, mein Daumen schwebte über dem Entfolgen-Symbol, bereit, den Fake-Account für immer aus meinem Leben zu verbannen. Nur ein Tippen, doch noch während ich zögerte, fiel mir der bunte Kreis um das Profilbild auf, der anzeigte, dass @sarahrennt vor Kurzem eine Story gepostet hatte.

Das war neu. Sonst hatte der Account immer nur Fotobeiträge veröffentlicht.

Ich sollte es einfach ignorieren, mit meinem Plan fortfahren, aber am Ende siegte meine Neugierde, und ich öffnete die Story.

Ich hatte erwartet, wieder mich selbst zu sehen. Ein Schnappschuss durchs Fenster oder gestohlenes Material von früher, doch ich wurde überrascht. Diesmal war ich überhaupt nirgendwo sichtbar, dafür zeigte die Story ein kurzes Video eines anderen Lebewesens, das mir nur allzu vertraut war. Den sprunghaften, leicht tollpatschigen Gang hätte ich überall erkannt.

Mokka.

Der Labradoodle rannte mit freudig erhobener Rute einen schmalen Spazierweg entlang. Dazwischen drehte er immer wieder den Kopf zurück und blickte zur Kamera, die Zunge hing ihm hechelnd aus dem Maul, und er bellte kurz.

Erst dachte ich mir nicht viel dabei. Das Video hatte der Fake-Account bestimmt von unserer Cloud gezogen, doch der Text, der darüber platziert worden war, stimmte mich nachdenklich.

»Man weiß nie, wann man etwas zum letzten Mal tut. Deshalb genießt die kleinen Dinge im Leben.« Daneben ein Herz-Emoji und ein lächelndes Smileygesicht, dem eine einzelne Träne im Augenwinkel hing.

Ich startete das Video von vorne. Am Rande des Bildschirms war ein grasumwuchertes Bachufer zu sehen. Wann war ich dort mit Mokka spazieren gewesen? Der asphaltierte Spazierweg und die Umgebung kamen mir absolut unbekannt vor. Das Video war kurz, dauerte nur knappe sechs Sekunden. Ich sah es mir wieder und wieder an, suchte nach vertrauten Details, aber am Ende fand ich nur eines: das rote Halsband um Mokkas Nacken, das Caro ihm samt Leine spontan an einem Flohmarktstand gekauft hatte, weil sie das Leder so schön weich fand. Das war vor nur wenigen Wochen gewesen, und plötzlich drehte sich mir schier der Magen um.

Was, wenn das keine gestohlene Aufnahme von früheren Tagen war, sondern ein Livevideo?

Ich war nur mehr wenige Meter von unserem Haus entfernt. Nun rannte ich doch. Bereits vor der Einfahrt fing ich an, lauthals seinen Namen zu rufen: »Mokka? Mokka!«

Raphaels Auto war verschwunden, Caros ebenso, wahrscheinlich befand sie sich noch auf dem Rückweg, nachdem sie Vicki zur Schule gebracht hatte.

Das Haus war leer, als ich eintrat. Keine Caro, keine Vicki, kein Raphael. Und vor allem – kein Mokka.

Ich rannte einmal durchs gesamte Erdgeschoss von Tür zu Tür und dann die Treppe hoch. Hatte Caro ihn womöglich mitgenommen? Wann hatte ich ihn zuletzt gesehen? Hatte ich ihn heute Morgen um sieben gefüttert wie sonst auch? Doch mein Gedächtnis war eine weiße Wand. Plötzlich konnte ich mich nicht einmal erinnern, Mokka heute überhaupt schon gesehen zu haben.

»Mokka!« Meine Kehle brannte vom lauten Rufen.

Vielleicht war er auch noch in Vickis Zimmer. Nachts schlief er meistens bei ihr. Vielleicht war sie heute überstürzt aufgebrochen und hatte Mokka dabei aus Versehen in ihrem Zimmer eingesperrt.

Ich stieß ihre Zimmertür auf, aber auch hier erwarteten

mich bloß gähnende Leere und Stille. Kein Pfotenschaben, kein freudiges Kläffen oder leises Winseln.

Ich war den Tränen nahe, als ich unten die Haustür aufgehen hörte. Sofort kam ich die Treppe heruntergestürmt. Caro stand in der Diele und war gerade dabei, ihre Schuhe zu verstauen, doch ein Blick in mein Gesicht reichte, dass sie alles stehen und liegen ließ. »Sarah? Was ist denn los? Ist irgendetwas passiert?«

»Es geht um Mokka«, krächzte ich. »Ich kann ihn nirgendwo finden! Hast du ihn gesehen?«

»Gerade nicht, aber der ist bestimmt irgendwo und schläft einfach. Er war noch hier, kurz bevor wir weggefahren sind. Komm, hast du schon im Garten nachgesehen?«

Caro lief mit mir in den Garten hinaus. Gemeinsam umrundeten wir das gesamte Grundstück und riefen uns die Kehlen wund. Das Gartentor war geschlossen, es gab keinen Weg, durch den Mokka hätte entwischen können. Außerdem sah es ihm überhaupt nicht ähnlich, einfach abzuhauen. Mokka war ein gemütlicher, anhänglicher Hund. Wenn er nicht gerade an Vickis Seite klebte, folgte er mir auf Schritt und Tritt durchs Haus.

»Hier.« Keuchend hielt ich Caro mein Handy unter die Nase. »Ich glaube, dass er entführt worden ist.«

»Stammt das vom Fake-Account?«, fragte sie, nachdem ich das Video dreimal hintereinander für sie abgespielt hatte.

Mein Hals schwoll zu, und mir gelang nur mehr ein Nicken. »Aber das bin ich nicht. Diesen Weg bin ich nie mit Mokka gegangen. Ich habe keine Ahnung, wo das ist oder wer das Video gemacht hat. Ob es ein altes Video ist oder …«

»Warte.« Caro griff mich am Arm. Ihr Gesicht war blass, während ihre Augen sich weiteten. »Ich glaube, ich weiß es. Ich kenne diesen Weg.«

++++

Keine zwei Minuten später saß ich bereits neben Caro im Wagen. »Ich bin den Weg schon öfter mit dem Fahrrad gefahren, wenn ich zu dir unterwegs war«, erklärte Caro, während sie mit doppelter Geschwindigkeit die Ortsstraße Richtung Siebenhirten entlangbretterte. »Die Stelle ist nicht weit von eurem Haus entfernt. Wer auch immer Mokka geschnappt hat, war wahrscheinlich zu Fuß unterwegs. Ich wette, sie sind sogar noch ganz in der Nähe.«

Caro schenkte mir ein aufmunterndes Lächeln, aber in dem Moment fiel es mir schwer, mich von ihren Worten beruhigen zu lassen. Nicht, bevor ich Mokka wieder fest in meine Arme geschlossen hatte.

Während Caro noch mal aufs Gas drückte, schrieb ich Raphael eine kurze Nachricht über das, was passiert war, und bat ihn, die Polizei zu rufen.

»Hier! Da hinter den Bäumen müsste es sein.« Caro bremste ruckartig ab und ließ den Wagen einfach am Straßenrand stehen. Von dort verlief ein Trampelpfad durch einen kleinen Park und endete in dem Spazierweg, den ich von dem Video wiedererkannte.

»Das ist der richtige Ort!« Aufgeregt rannte ich vor, bis ich mitten am Weg stand, links von mir ein schmaler Bach und rechts eine offene Wiese, hinter der sich eine Wohnsiedlung abzeichnete. Ich drehte mich mehrmals im Kreis und hielt nach Mokkas vertrauter Silhouette Ausschau, aber keine Spur von ihm. Bis auf einen Radfahrer und ein älteres Ehepaar, das in einiger Entfernung spazieren ging, war der Weg leer.

Mein Herz sank.

»Noch ein Stück weiter«, rief Caro und zog mich an der Hand mit sich. »Ich glaube, da vorne ist die Stelle aus dem Video.«

Ich holte mein Handy hervor, um die Umgebung besser vergleichen zu können. Caro hatte recht. Ich erkannte die Bank, an der Mokka in dem Video vorbeigelaufen war. Unter dem Mülleimer daneben lag eine zusammengequetschte Plastikflasche.

»Sarah.« Etwas an der gepressten Art, wie Caro meinen Namen aussprach, ließ mich sofort aufhorchen. Ihre Gesichtsmuskeln waren erstarrt. Die Wangen bleich vor Schreck, hielt sie etwas zwischen ihren Fingern hoch. Rotes Leder und goldene Metallringe.

Mokkas Halsband.

An der aufgerauten Unterseite haftete noch immer etwas von seinem lockigen Fell.

Ein Stöhnen entglitt mir. Ich griff danach und ließ das Halsband sofort wieder fallen, als meine Finger eine ungewöhnliche Kante im Leder ertasteten.

Eine Schnittkante.

Mokkas Halsband war in der Mitte einmal glatt durchtrennt worden.

++++

Nach meiner Nachricht war Raphael sofort losgefahren. Gemeinsam suchten wir den Rest des Weges ab, Raphael und ich von der einen Seite und Caro von der anderen. Unermüdlich riefen wir Mokkas Namen, krochen durchs Gebüsch und kletterten auf der Suche nach Spuren sogar das Bachbett hinab. Wir befragten jeden Passanten und hielten Rad- und Autofahrer an, ob sie irgendetwas gesehen hatten.

Am Nachmittag waren meine Arme und Knöchel zerkratzt, und meine Kehle war wund vom Rufen, doch von Mokka fehlte immer noch jede Spur.

»Man weiß nie, wann man etwas zum letzten Mal tut. Deshalb genießt die kleinen Dinge im Leben.«

Der Satz das Fake-Accounts hämmerte nach jedem Rufen noch tiefer in mich, bis ich wie ausgehöhlt war. Sollte ich wirklich zum letzten Mal mit Mokka spazieren gegangen sein? Zum letzten Mal seine feuchte Schnauze an meinem Handrücken gespürt haben, wenn er mich anstupste, um Streicheleinheiten oder Leckerlis zu erbetteln? Zum letzten Mal sein weiches Fell berührt haben?

Ich wollte es einfach nicht glauben. Ich sah ihn wieder als Welpen vor mir. Den Tag, als Raphael ihn einfach ins Haus getragen hatte. Er schien fast nur aus Fell zu bestehen und trug eine rote, kitschige Schleife im Nacken, die ihm ständig über seine viel zu großen Ohren rutschte.

Meine Follower waren wegen irgendetwas erzürnt gewesen. Eine falsche Deklarierung bei einer doch nicht so veganen Sonnencreme, die ich beworben hatte, oder etwas ähnlich Banales. Raphael hatte sie mit süßen Welpenfotos beschwichtigen wollen und hatte sich Mokka von einem Züchter geborgt. Nach einer Woche hätte er ihn wieder zurückgeben sollen, aber da wollten weder Vicki noch ich etwas davon wissen. Der kleine Mokka mit seinen treuen Augen und stürmischem Gemüt hatte längst unser Herz erobert. Von da an war er Teil unserer Familie gewesen.

Ich wusste längst, dass es hoffnungslos war, dennoch musste Raphael mich fast zum Auto schleifen, damit ich die Suche nach Mokka abbrach.

Zuhause überprüfte Raphael als Erstes die Überwachungskameras, konnte aber nichts Brauchbares entdecken. Man sah nur, wie Mokka zum offenen Einfahrtstor rannte. Er musste mit Futter dorthin gelockt worden sein und war einfach hinausspaziert. Außer einem vagen Schatten war jedoch nichts von der Person zu erkennen, die Mokka mitgenommen hatte. Als würde er genau wissen, wie weit die Kamera reichte, stand derjenige genau außerhalb des Aufnahmebereichs.

Das war gegen neun Uhr am Morgen passiert. Genau zu der Zeit, als ich mich mit David in dem Café getroffen und Caro Vicki zur Schule gefahren hatte. Als wir an dem Spazierweg eintrafen, war Mokka wahrscheinlich längst weit weggeschafft worden.

Aber was hatten sie mit Mokka gemacht? Einfach irgendwo ausgesetzt? Bei sich eingesperrt? Oder Schlimmeres?

Raphael telefonierte mehrmals mit der Polizei, doch trotz des durchgeschnittenen Halsbands wollten sie uns nicht glauben, dass Mokka entführt und nicht einfach entlaufen war. Sie rieten uns, Suchplakate aufzuhängen und die Tierheime der Umgebung abzuklappern.

Vor lauter Wut hätte ich am liebsten laut losgebrüllt, aber ich musste mich zusammenreißen. Vicki zuliebe. Vicki, die wegen Mokkas Verschwinden so aufgelöst war, dass sie sich mit Mokkas Lieblingsplüschspielzeug in ihrem Zimmer eingesperrt hatte. Sogar durch zwei Türen konnte ich sie noch weinen hören. Ein Laut, der mir das Herz zerriss.

Noch immer hielt ich Mokkas Halsband umklammert, ließ es immer wieder durch meine Finger gleiten, während ich auf seinen leeren Hundekorb im Wohnzimmer starrte. Mein Daumen berührte wieder die Schnittkante im weichen Leder. Das Material war dick und mehrfach vernäht. Nur ein besonders scharfer Gegenstand konnte es durchtrennt haben.

Der Schnitt war eine Botschaft an mich. Nur deshalb war das Halsband überhaupt zurückgelassen worden. Um mich zu warnen. Die Pakete und die Fotos waren erst der Anfang gewesen. Was hatte David in dem Forum gelesen? Dass Lola mich vernichten wollte? Genau so fühlte es sich nämlich an.

Raphael bemerkte, wie ich das Halsband umklammerte, und nahm es mir behutsam aus der Hand. Ich ließ es geschehen, fesselte Raphael aber mit ernstem Blick.

»Ich glaube, ich weiß, wo Mokka ist«, gestand ich. Mein Herz hämmerte. Wie viel konnte ich ihm sagen, ohne mich selbst zu verraten?

Raphael legte das Halsband hinter seinem Rücken außerhalb meiner Sichtweite ab. »Wir haben doch alles abgesucht. Wenn Mokka noch irgendwo in der Nähe von dem Bach wäre, hätten wir ihn längst gefunden.«

»Ich weiß, aber das meine ich gar nicht. Ich glaube, ich weiß, wer hinter dem Fake-Account steckt und wer Mokka hat.«

»Wirklich?« Vor Überraschung zog Raphael die Brauen hoch. »Wieso hast du nicht gleich etwas gesagt?«

»Weil ich nicht dachte, dass sie wirklich so weit gehen würde, aber anscheinend habe ich sie unterschätzt …«

»Sie?«

»Lola. Leonies Schwester«, enthüllte ich und zog eines der Sofakissen an meine Brust, um meine Arme darauf zu stützen. »Sie hat einige üble Dinge über mich im Internet verbreitet. Ich habe sie einmal aufgesucht, und du hättest sie sehen sollen. Wie sie mich angesehen hat, als ob sie mich am liebsten auf der Stelle erwürgen würde. Und es passt doch zusammen, oder? Sie gibt mir die Schuld am Tod ihrer Schwester. Natürlich will sie sich rächen.«

»Du warst dort? Bei Leonies Familie? Wieso weiß ich von alldem nichts?«

»Ich war mir nicht sicher und wollte mir erst mal selbst ein Bild der Lage machen.«

»Sarah.« Raphael klang betroffen. »Du bist meine Frau. Du musst mit mir über solche Sachen reden. Wie sonst soll ich dir helfen?«

»Deshalb rede ich jetzt ja mit dir«, erwiderte ich frustriert, während meine Hände das Kissen in meinem Schoß zusammendrückten. »Ich muss da noch mal hin, um nach Mokka zu suchen. Lola hat ihn, ich weiß es einfach.«

Raphaels Miene blieb skeptisch. »Lola ist was … fünfzehn? Glaubst du wirklich, sie könnte so etwas aushecken?«

»Sie hat in diesem Forum geschrieben, dass sie herausgefunden hat, wo ich wohne und mich fertigmachen will. Ist das nicht Beweis genug?«

»Sie ist ein Teenager, und noch dazu hat sie gerade ihre Schwester verloren. Natürlich ist sie aufgewühlt, aber das macht sie nicht gleich zu einer Kriminellen.«

»Wer sollte es denn sonst sein? Außer Leonies Familie hat niemand ein besseres Motiv.« Es machte mich wahnsinnig, dass Raphael das Offensichtliche nicht erkennen wollte. »Mir ist egal, ob du mir glaubst oder nicht«, fügte ich verärgert hinzu. »Aber ich fahre da heute noch hin und hole Mokka zurück.«

Ich schleuderte das Kissen beiseite und machte Anstalten, aufzustehen, doch Raphael zog mich aufs Sofa zurück. »Nun beruhige dich erst mal und lass uns in Ruhe über alles reden«, bat er und barg meine zitternde Hand in seiner. »Glaub mir, ich vermisse Mokka genauso sehr, aber es bringt nichts, jetzt etwas zu überstürzen.«

»Also willst du überhaupt nichts machen?« Ich hatte es so satt, immer nur herumzusitzen und darauf zu warten, was als Nächstes passierte. Ich wollte handeln. Ich wollte endlich, dass es aufhörte. Und vor allem wollte ich, dass man mich nicht länger mit diesem mitleidigen Blick betrachtete, wie es Raphael gerade wieder tat.

»Das habe ich nicht gesagt.« Raphael seufzte. »Wir könnten tun, was die Polizei vorgeschlagen hat. Flyer aufhängen und durch die sozialen Netzwerke schicken, und in den Tierheimen anrufen. Selbst wenn Mokka entführt wurde, wurde er vielleicht bloß ein paar Straßen weiter wieder ausgesetzt und von irgendwelchen Spaziergängern aufgegriffen. Wir müssen bloß nach ihm suchen.«

»Und wenn er es nicht ist? Wenn sie ihn irgendwo eingesperrt hat?«

»Wenn er in zwei Tagen noch nicht wieder aufgetaucht ist, können wir immer noch überlegen, Leonies Familie zu befragen«, schlug Raphael vor.

»Zwei Tage?« Mir wurde schlecht bei dem Gedanken, so lange in dieser Ungewissheit ausharren zu müssen. Zwei Tage waren eine Ewigkeit. Das ertrug ich nicht.

»Mokka ist doch gechipt, oder?«, fragte Raphael plötzlich. »Weißt du, wo wir seine Transpondernummer notiert haben? Dann kann ich eine Suchmeldung nach ihm schalten.«

»Die Nummer steht in seinem Ausweis«, antwortete ich nach kurzem Überlegen und rieb mir über meine pulsierenden Schläfen. »Der müsste irgendwo in meiner oberen Schreibtischschublade liegen.«

»Wer weiß, vielleicht machst du dich ganz umsonst verrückt, und Mokka wurde längst gefunden.« Raphael tätschelte meinen Oberarm und stand auf. »Ich sehe gleich nach.«

Während Raphael in mein Büro hinüberging, öffnete ich zum hundertsten Mal die Instagram-App, während ich abwesend über die Pusteln auf meinem Handrücken kratzte. Der Fake-Account erschien inzwischen ganz vorne in meiner Kontaktliste. Ein bunter Ring umschloss wieder das Profilbild von @sarahrennt, ein bekanntes Foto von mir, wie ich einen See entlangjoggte.

Der Account hatte eine neue Story veröffentlicht. Mein Herz pochte vor nervöser Erwartung.

Hieß das, es gab Neuigkeiten von Mokka? Ich betete, ihn noch einmal sehen zu dürfen, einen Beweis zu bekommen, dass er wohlauf war, doch ich wurde enttäuscht.

Die Story zeigte diesmal nur ein Foto, ein leicht verschwommener Schnappschuss von Mokkas knochenförmigem Halsbandanhänger in Großaufnahme, auf dem sein Name und unsere Adresse eingraviert waren. Der Entführer musste den Anhänger entfernt haben, bevor er das Halsband durchgeschnitten hatte. Dass er fehlte, wurde mir erst jetzt bewusst, als ich das Halsband wieder an mich nahm und den goldenen D-Ring betastete, an dem er sonst immer gehangen hatte.

»Für immer unvergessen«, stand in der Story unter dem Anhänger, daneben ein pulsierendes Herz-Emoji.

Nein, nein, nein. Eiseskälte überfiel mich und ließ meine Finger taub werden.

Hieß das, ich war zu spät? Hieß das, sie hatte Mokka irgendetwas angetan?

Von oben ertönte ein weiterer schriller Klagelaut, der mich zusammenzucken ließ. Wahrscheinlich hatte Vicki die Story soeben auch gesehen und ihre Schlüsse gezogen. Sie hatte Mokka wie einen besten Freund geliebt. Ihn zu verlieren würde ihr das Herz brechen.

Ich sprang sofort auf und wollte zu ihr hochlaufen, um sie zu trösten, doch im Flur blieb ich plötzlich stehen, drehte mich um und sah zur Haustür.

Konnten Worte allein Vicki in diesem Moment wirklich trösten? Oder sollte ich nicht besser alles Menschenmögliche versuchen, um Mokka wieder sicher nach Hause zu bringen?

Und bevor Raphael oder irgendjemand sonst mich aufhalten konnte, hatte ich meine Schlüssel geschnappt und rannte die Einfahrt hinunter zum Auto.

In meinem Magen loderte ein Feuer. Indem sie nicht nur mich, sondern meine Familie attackierte, hatte Lola eine Grenze überschritten. Das konnte ich nicht zulassen. Nicht, solange die geringste Chance bestand, dass Mokka noch lebte und wohlauf war.

Ich wusste, wo er war, und ich würde es beweisen!

Nachdem ich auf die Autobahn aufgefahren war, textete ich David eine schnelle Nachricht. »Ich fahre jetzt zu ihr. Ich hoffe, du hattest recht. Danke für alles.«

Dann schaltete ich mein Handy auf Flugmodus und trat auf das Gaspedal.

19.

Kommentar von @tanja_bewonder: Hat @sarahlaeuft jetzt echt einfach einen neuen Account gemacht und tut so, als wäre niemals etwas gewesen? Wie dumm und verlogen kann man bitte sein?

Ich hatte keine Ahnung, was mich erwartete, und ob es überhaupt richtig gewesen war, einfach so aufzubrechen. Ich wusste nur, dass ich es keine Sekunde länger zuhause ausgehalten hatte. Ohne Mokka. Mit Vickis Weinen, das von den Wänden widerhallte. Gefesselt von Angst.

Es war früher Abend, als ich in der Straße der Bergers eintraf. Wieder befiel mich diese Gänsehaut, während ich mich umschaute, als würde ich gleichzeitig einen Blick in die Vergangenheit werfen. Leonies Schatten haftete so lebhaft an allen Ecken dieses Ortes, dass ich sie fast direkt vor mir sehen konnte.

Hier die Straße, die sie jeden Morgen entlanggegangen sein musste, wenn sie zur Schule aufbrach. Hier der Blick durchs Küchenfenster, wo sie mit ihrer Familie gefrühstückt hatte. Die Reste eines Schaukelgerüsts, das über den Gartenzaun der Bergers ragte, das unter ihrem Schwung quietschte, während Lola sie anschob. Kinderlachen, gemischt mit Kinderweinen. Ein viel zu kurzes Leben, plötzlich vorbei.

Ich schüttelte die Vision von mir, zwang mich, weiterzugehen, die Stufen zur Haustür der Bergers zu erklimmen.

Die Schuld lag wie eine Klammer um meinen Brustkorb und erschwerte das Atmen, doch heute durfte ich mich nicht von ihr lähmen lassen. Egal, wie sehr ich Lola verletzt haben mochte, es gab ihr kein Recht, meine Familie zu bedrohen.

Auf mein Klingeln öffnete Herr Berger die Tür. Er sah noch mitgenommener aus als bei unserer letzten Begegnung. Die Augen lagen tief in den Höhlen, waren umrandet von dunklen Schatten, der Blick leer, ohne Glanz. Ein rauer Bartschatten überzog seine unrasierten Wangen. Die Lippen waren rissig und formten eine Grimasse, als er mich sah.

»Sie schon wieder!«, blaffte er. »Was wollen Sie hier?«

Mein erster Instinkt war, zurückzuweichen, zu fliehen vor der Wut und dem Hass in seinen Augen, aber ich blieb, wo ich war, presste die Fersen in den Boden, hob den Blick. »Es tut mir wirklich leid, aber es geht um Lola. Ich muss dringend mit ihr sprechen.«

»Wieso? Glauben Sie wirklich, ich lasse Sie noch mal in die Nähe einer meiner Töchter?«

»Es ist wichtig. Haben Sie einen Hund gesehen?« Ich hielt meine zitternde Hand einen Meter über dem Boden. »Etwa so groß mit goldbraunem, lockigem Fell. Hört auf den Namen Mokka.«

Herr Bergers Hand krallte sich am Türrahmen fest, als müsste er sich stützen. Aus seinem Mund strömte der Geruch billigen Whiskys. »Sind Sie verrückt geworden? Wieso sollte ich Ihren verfluchten Köter haben?«

»Es tut mir leid, aber ich glaube, Lola hat ihn. Können Sie bitte mit ihr reden oder sie holen? Bitte, ich flehe Sie an.«

»Verschwinden Sie!«, knurrte Herr Berger. »Auf der Stelle.

Oder ich rufe die Polizei und lasse Sie von denen fortschleifen. Sie gehören ohnehin längst eingesperrt.«

»Warten Sie. Ich will doch nur ...«

Herr Berger schlug die Tür so fest vor mir zu, dass der Rahmen bebte.

Ich wartete zwei Atemzüge, dann klingelte ich erneut, aber ich bekam keine Antwort mehr. Ich hatte es vermasselt. Es war dumm gewesen, so früh im Gespräch von Mokka anzufangen. Natürlich dachte Herr Berger, ich wäre verrückt, wenn ich mit solchen Anschuldigungen kam, aber was sollte ich denn sonst tun? Genau wie er wollte ich doch nichts anderes, als meine Familie zu beschützen.

Ich verharrte dennoch noch eine Weile am Rande des Grundstücks. Mokka hatte gute Ohren. Wenn er mich an der Tür gehört hätte, hätte er bestimmt gebellt, aber es sah nicht so aus, als ob Lola ihn hierher mitgenommen hatte. Vielleicht hatte sie ihn irgendwo versteckt oder sogar an einer Straße ausgesetzt. Ich musste unbedingt eine Gelegenheit bekommen, mit ihr zu reden, doch wie sollte das funktionieren, wenn ihr Vater mich nicht in ihre Nähe ließ?

Ich versuchte, in ihr Zimmer zu spähen, aber alle Vorhänge waren zugezogen. Unmöglich zu sagen, ob Lola heute überhaupt schon einmal hier gewesen war oder ob sie immer noch unterwegs war.

Als es immer dämmriger wurde, gab ich es schließlich auf und ging zum Auto zurück. Die Enttäuschung über den missglückten Ausflug drückte meine Stimmung. Ich hatte nur meine Zeit verschwendet und war Mokka keinen Schritt näher gekommen. Egal, was ich tat, es schien immer das Falsche zu sein.

Ich rollte den Wagen nur langsam an, um noch einen letzten Blick auf das Haus der Bergers werfen zu können. Und da sah ich es.

Es war von einem grauen SUV verdeckt gewesen, weshalb es mir erst jetzt auffiel. Ein schwarzes Moped mit weißen Streifen, das an der Garagenfront der Bergers lehnte, staubig von Straßendreck, als hätte es eine lange Fahrt hinter sich. Das Modell sah genau so aus wie das Moped, das ich heute in unserer Straße gesehen und verfolgt hatte.

Lolas Moped.

++++

Als ich den Streifenwagen in unserer Einfahrt sah, verspürte ich als Allererstes Erleichterung. Endlich war jemand gekommen, um uns zu helfen. Sie würden Mokka finden und Lola von meiner Familie fernhalten.

Ich konnte es gar nicht erwarten, auszusteigen, und parkte den Wagen hastig am Straßenrand.

Raphael stand neben dem Einfahrtstor und redete mit dem Älteren der beiden Polizisten. Ihr Gespräch verstummte, als ich mich näherte. Der grimmige Ausdruck in ihren Gesichtern ließ meine Zuversicht sinken. Meine Schritte stockten.

Raphael drehte mir den Rücken zu und trat mit den Polizisten neben sich einen Schritt beiseite. Sie steckten die Köpfe zusammen und senkten die Stimmen. Ich konnte meinen Namen aus Raphaels Mund hören, aber sonst nichts, und als sie fertig waren, stiegen beide Polizisten wieder in ihren Wagen und fuhren davon. Ohne mich auch nur eine Sekunde direkt angesehen oder angesprochen zu haben.

Was ging hier vor sich?

»Raphael? Was war das?«, fragte ich und ging ihm nach, während er schnellen Schrittes die Einfahrt zu unserem Haus durchquerte.

»Komm erst mal rein.« Raphael wich weiter meinem Blick aus. Das tat er immer, wenn wir Streit hatten.

Ich musste mich anstrengen, um Schritt zu halten. »Was wollte die Polizei hier? Gibt es irgendwelche Neuigkeiten?«

»Nein.«

Mein Herz sank. »Aber ich habe welche. Hör zu! Ich war bei den Bergers und …«

»Ich weiß, dass du bei den Bergers warst«, unterbrach Raphael mich brüsk, die Lippen zu einer harten Linie gepresst. »Leonies Vater hat die Polizei alarmiert und will eine einstweilige Verfügung gegen dich erwirken. Was glaubst du, weshalb die Streife hier war?« Kurz vor der Haustür drehte Raphael sich endlich zu mir um und sah mich an. Seine dunklen Augen waren verkniffen vor Zorn.

»Ich dachte, sie würden uns helfen, Mokka zu finden. Hast du ihnen nicht gesagt, dass Lola unseren Hund entführt hat?«

»Hörst du dich eigentlich noch selbst reden?« Raphael riss die Haustür auf und warf seine Jacke auf die Bank neben dem Dielenschrank. »Lola kann Mokka überhaupt nicht entführt haben. Die Überwachungskamera zeigt, dass es um kurz vor neun passiert ist. Um neun saß das Mädchen bereits in der Schule, was die Lehrerin bestätigen konnte. Sie war es nicht.«

»Nein, das stimmt nicht.« Kopfschüttelnd wich ich vor Raphael zurück. »Ich war dort. Ich habe ihr Moped in der Einfahrt der Bergers gesehen. Es war dasselbe Moped, das ich heute Morgen gegenüber von unserem Haus beobachtet habe, als das Paket abgeliefert wurde. Wegen des Helms konnte ich nicht viel erkennen, doch nun bin ich mir ganz sicher. Das muss Lola gewesen sein. Lola steckt hinter dem Fake-Account und diesen widerlichen Paketen. Und sie muss auch Mokka haben.«

»Und das glaubst du, weil du ein schwarzes Moped bei ihnen gesehen hast? Weiß du, wie viele es davon gibt?« Stöhnend legte Raphael die Hände zusammen wie zum Gebet. »Bitte, Sarah, nimm endlich Vernunft an! Ich will dir ja helfen, aber du machst alles immer noch schlimmer.«

»Wenn du mir nur endlich glauben und in Ruhe zuhören würdest …«

»Ich höre dir zu, und genau das ist das Problem. Du klingst wie eine Verrückte!«

Das letzte Wort brüllte Raphael fast; ich zuckte zusammen wie unter einer Ohrfeige. Ein paar Sekunden starrten wir uns an wie Opponenten auf einem Schlachtfeld, dann sackten Raphaels Schultern plötzlich zusammen, und die Härte in seinem Blick schmolz. »Tut mir leid«, sagte er, gefolgt von einem schweren Seufzer. »Das meinte ich so nicht. Ich habe mir nur große Sorgen um dich gemacht, als du so einfach verschwunden bist. Dein Handy war ausgeschaltet, und dann tauchen diese Polizisten hier auf und erzählen mir, dass du wieder zu den Bergers nach Linz gefahren bist. Ich musste ihnen versprechen, dass du Leonies Familie in Zukunft in Ruhe lässt, sonst wollen sie rechtliche Schritte gegen dich einleiten.«

Meine Unterlippe zitterte. »Ich bin nicht verrückt«, beharrte ich.

»Nein, natürlich nicht, aber es ist eine verrückte Zeit, oder?

Es ist ganz normal, dass dir das zusetzt.« Raphael legte seine Hände auf meine Schultern. Erst wollte ich vor der Berührung zurückweichen, doch dann ließ ich zu, dass er mich näher an sich heranzog. »Und ich verstehe, dass es in deinem Kopf sinnvoll erscheint, wenn Lola hinter dem Fake-Account steckt. Vielleicht glaubst du sogar, dass sie jedes Recht hätte, dir wehzutun, aber sie war es nicht. Sie hat unseren Hund nicht entführt. Und je eher du das einsiehst, desto eher kannst du Schritte unternehmen, die wirklich dabei helfen, Mokka aufzuspüren. Gerade fahren Vicki und Caro durch die Nachbarschaft und verteilen Flugblätter. Wieso hilfst du ihnen nicht dabei?«

Nun stieß ich Raphaels Hände doch von mir. »Glaubst du das wirklich? Dass Mokka einfach nur weggelaufen ist und auf diese Weise gefunden werden kann? Du hast das Video doch gesehen!«

»Das habe ich und ich ...«

»Wieso glaubst du mir dann nicht?« Tränen der Verzweiflung prickelten in meinen Augen, die ich wütend wegblinzelte.

»Ach, Sarah. Darum geht es doch gerade gar nicht.« Raphael zog mich zurück in seine Arme und legte seinen Daumen unter mein Kinn. »Sarah, sieh mich an. Ich bin nicht dein Feind, hörst du? Ich will genauso, dass das Ganze aufhört, wie du.«

Schluchzend lehnte ich meine Stirn gegen seine Schulter. »Ich kann einfach nicht mehr. Ich kann nicht länger so tun, als wäre alles normal. Auch wenn es nicht Lola war, aber jemand ist hinter uns her. Beunruhigt dich das kein bisschen? Das ist mittlerweile so viel mehr als bloß ein bisschen Cybermobbing. Mokka wurde entführt. Was kommt als Nächstes? Was, wenn jemand Vicki auflauert?« Allein beim Gedanken durchlief mich ein Schauer, der mich bis in meine Knochen gefrieren ließ. »Das muss aufhören. Das geht einfach zu weit.«

Raphaels Arme schlossen sich enger um mich. »Ich weiß, und ich habe nachgedacht. Was hältst du davon, wenn wir einen Privatdetektiv engagieren? Jemanden, der sich mit Internetkriminalität auskennt und den Ursprung des Fake-Accounts ausfindig machen kann?«

Nachdenklich hob ich den Kopf. »Das ist eine gute Idee, aber nicht genug. Es könnte Wochen dauern, bis dein Detektiv erste Hinweise findet. In der Zeit könnte alles Mögliche passieren. Ich meine, da ist jemand, der weiß, wo wir wohnen, der uns beobachtet und sogar verfolgt.«

»Was schwebt dir sonst vor?«, fragte Raphael.

»Ich will, dass wir wegfahren«, stieß ich plötzlich hervor und spürte meinen Herzschlag rasen. »Das hier ist kein sicherer Ort mehr für unsere Familie.«

»Wegfahren? Wohin?«

Mein erster Gedanke war das Haus meiner Mutter, aber dann fiel mir ein, dass man mir sogar dort schon aufgelauert hatte. »Ich weiß nicht. So weit weg wie möglich. Am besten mit dem Auto, das lässt sich weniger leicht nachverfolgen. Wir könnten einfach irgendwo mehrere Wochen Urlaub machen, bis sich die Lage beruhigt hat. Vielleicht findet dein Privatdetektiv in der Zwischenzeit irgendetwas heraus, aber bis dahin will ich mehrere hundert Kilometer zwischen unserer Familie und diesem Irren wissen.«

Raphael wirkte nach wie vor skeptisch. »Ich verstehe deinen Gedanken, doch denkst du wirklich, dass Flucht der richtige Weg ist? Sollen wir uns für den Rest unseres Lebens verstecken?«

»Ist mir egal, wie lang, aber es geht hier um unsere Familie!«, protestierte ich hartnäckig. »Denk doch an Vicki! Er hat sie bereits einmal bedroht. Willst du riskieren, dass er beim nächsten Mal weiter geht? Sie womöglich auch verschleppt und ein Video davon macht, um mich zu quälen?«

Raphael fuhr sich mit der Hand über das Gesicht, als müsste er den Gedanken von sich wischen. »Nein, du hast ja recht«, murmelte er zerstreut. »Du und Vicki, ihr seid mir das Wichtigste auf der Welt.«

»Also kommst du mit uns?« Ein Teil von mir hatte nicht wirklich daran geglaubt. Raphael sagte zwar immer, dass wir das Wichtigste für ihn waren, aber er hatte mir oft genug das Gefühl gegeben, dass die Arbeit für ihn über allem stand.

»Natürlich.« Raphael hauchte einen sanften Kuss auf meinen Mund, der meine Lippen kribbeln ließ. »Als könnte ich dich jemals alleinlassen. Ich kann allerdings nicht sofort losfahren. Ich muss die Arbeit organisieren und einige Anrufe tätigen. Doch gleich morgen früh brechen wir auf. Versprochen. Du kannst schon mal all unsere Sachen packen. So viel, wie in unseren Wagen passt.«

Vor Erleichterung sackten meine Schultern herab, und ich lächelte dankbar. »Ich werde gleich anfangen.«

20.

Sarah packte für eine längere Reise, das war nicht zu übersehen. Als ich bei meinem Versteck angekommen war, hatte sie bereits das halbe Auto mit Koffern und schweren Taschen beladen.

Die Vorstellung, sie könnte mich zurücklassen, machte mich so panisch, dass ich jede Vorsicht außer Acht ließ. Ich folgte Sarahs Silhouette von Fenster zu Fenster, beobachtete jeden ihrer Schritte in der Hoffnung, irgendeinen Hinweis auf ihre Pläne zu erhalten. Wohin wollte sie verreisen? Für wie lange? Und wieso?

Obwohl der Kofferraum bereits aus allen Nähten platzte, schien Sarah noch längst nicht fertig mit Packen zu sein. Im Minutentakt rannte sie zwischen Auto und Haustür hin und her. Sie wirkte unkonzentriert, gehetzt. Manchmal waren ihre Hände leer, manchmal trug sie auch nur ein Paar Schuhe oder ein Handtuch unterm Arm, die sie achtlos durch die geöffnete Heckklappe warf.

Einmal beobachtete ich sie dabei, wie sie den Hundekorb aus der Diele in den Fußraum der Rückbank zu stopfen versuchte, nur um ihn dann eine Sekunde später mit einem frustrierten Aufschrei zu Boden zu schleudern.

Trotz der quietschbunten Badesachen und den überquellenden Designerkoffern blieb Sarahs Miene grimmig. Es wirkte nicht so, als würde sie zum Vergnügen verreisen. Nein, das war kein spontaner Familienurlaub zu einem hübschen Feriendomizil.

Sarah wollte fliehen, mich verlassen, aber das konnte sie nicht. Das durfte sie nicht. Das würde ich mit aller Macht verhindern.
Und ich wusste auch schon, wie.

21.

Kommentar von @lara_vanlife4ever: Hier also ist der Beweis. @sarahlaeuft gibt einen Dreck auf ihre Follower. Wer immer noch an sie glaubt, ist echt bescheuert. Wacht endlich auf! Sie hat euch immer nur benutzt.

Um halb elf war das Auto voll beladen und fast alle Koffer gepackt. Nur einer fehlte noch. Als ich das nächste Mal an Vickis Zimmer vorbeiging, steckte ich vorsichtig den Kopf durch ihre Tür. Die Stimmung zwischen uns war noch immer angespannt, weshalb ich nie ganz wusste, was ich zu ihr sagen sollte. Ich hoffte, dass die Reise uns dabei helfen würde, endlich wieder richtig miteinander zu reden.

»Vicki? Bist du fertig?«

Doch ein Blick in ihr Zimmer genügte, um zu erkennen, dass sie noch nicht einmal angefangen hatte, zu packen. Ihr Koffer stand noch immer am Fußende ihres Bettes, wo ich ihn vor einer Stunde abgestellt hatte, und war leer.

Seufzend betrat ich den Raum. »Ich sagte dir doch, du sollst das noch vor dem Schlafengehen erledigen. Wir wollen gleich morgen früh losfahren.«

Vicki saß auf ihrem Bett, Laptop auf dem Schoß, eine offene Tüte Salzbrezeln neben sich, und bewegte ihre Maus klickend über den Bildschirm, ohne mich auch nur eines Blickes zu würdigen. »Ich komme nicht mit. Du kannst mich nicht zwingen.«

Ich stemmte die Hände in die Hüften und trat vor ihr Bett.
»Vicki, was soll das? Ich dachte, wir hätten darüber geredet. Hier ist es gerade nicht sicher für uns.«

»Du meinst, nicht sicher für dich, oder?«, erwiderte Vicki spitz, woraufhin sich mein Magen sofort wieder verkrampfte.

»Das stimmt so nicht. Ich mache mir um uns alle Sorgen. Ganz besonders um dich.«

Vickis Augen funkelten angriffslustig. »Ach ja? Was ist mit Mokka? Zählt er nicht mehr zur Familie? Willst du ihn so einfach im Stich lassen? Was, wenn er zurückkommt und niemand da ist, um ihn reinzulassen?«

»Caro ist hier. Sie wird ein Auge auf das Haus haben und weiterhin nach Mokka suchen.«

»Und die Schule? Die Zeugnisse stehen bald an, du weißt, dass ich nächste Woche einen Haufen Tests habe. Tests, für die ich verdammt viel gelernt habe!«

»Überlass das mir. Wir werden dich krankschreiben lassen, und die Tests kannst du bestimmt nachholen. Vielleicht sogar online.« Ich versuchte es mit einem aufmunternden Lächeln. »Wir wollen ans Meer fahren, freut dich das kein bisschen? Du liebst es doch zu schwimmen.« Zumindest war das früher so gewesen. Da waren wir die Sommer über immer nach Süditalien gefahren, und für mich hatte es nichts Schöneres gegeben, als Vickis begeistertem Kinderlachen zu lauschen, wenn sie sich voller Elan in die Wellen geworfen hatte. Glucksend, tobend, mit einem Strahlen im Gesicht, das meine ganze Welt erhellte. Doch diese Version von Vicki schien weit weg zu sein, genau wie das Band, das uns einmal verbunden hatte und durch das ich sie so mühelos hatte verstehen können.

»Hörst du mir nicht zu?«, schimpfte die Vicki von heute und durchbohrte mich mit einem hitzigen Blick. »Ich will nicht ans Meer. Ich will hierbleiben und nach Mokka suchen!«

»Schluss jetzt«, zischte ich und griff über den Laptop, um den Deckel zuzuklappen. »Wenn du nicht für dich packst, dann mache ich es eben, aber du wirst mitkommen, ob es dir passt oder nicht.«

»Das kannst du nicht machen«, kreischte Vicki. »Ich bin kein kleines Kind mehr!«

»Aber du bist noch ein Kind – mein Kind. Und ich bin für deine Sicherheit verantwortlich, also fährst du mit uns.«

»Du bist so eine Heuchlerin!« Vicki rutschte rückwärts vom Bett runter und schob dabei ihr Kopfkissen zu Boden. »Das alles hat doch überhaupt nichts mit mir zu tun! Das ist nur deinetwegen und wegen dieser dämlichen Influencersache. Du allein hast diesen Irren angelockt, der nun unser Leben zerstört!«

Mein Hals schnürte sich zu. »Das ist nicht fair, Vicki.«

Stöhnend fasste sich Vicki am Kopf und raufte sich durch die Haare. »Lass mich einfach in Ruhe!«

»Wenn du mir versprichst, endlich zu packen. Spätestens um Mitternacht landet dieser Koffer im Auto, hast du verstanden?«

»Ja! Jetzt geh endlich!«

Vicki drehte sich weg von mir, um mich nicht länger ansehen zu müssen. Das schmerzte noch mehr als ihre schroffen Worte, und wahrscheinlich hätte ich ihr das nicht durchgehen lassen sollen. So durfte sie nicht mit mir reden, aber mir fehlte die Kraft für Streitigkeiten. Ich wollte einfach nur in diesem Wagen sitzen und die Kilometer unter mir dahinrollen sehen. Erst dann würde ich wieder frei atmen können. Und erst dann würde ich dazu fähig sein, die Verletzungen zwischen Vicki und mir zu kitten.

Ich ließ sie allein und wollte mich ins Wohnzimmer zurückziehen, um mir noch mal ein paar Airbnb-Häuser anzusehen. Vielleicht in Florenz. Vielleicht aber auch weiter im Süden Italiens, in Richtung Kalabrien. Je weiter weg, desto besser.

Als ich meinen Bildschirm entsperrte, ploppten als Erstes die Instagram-Meldungen auf.

@sarahrennt hatte einen neuen Beitrag veröffentlicht.

Mir graute davor, ihn zu öffnen, doch genau wie bei einem Autounfall konnte ich mich dem Anblick nicht entziehen. Außerdem hegte ich immer noch die leise Hoffnung, einen Hinweis auf Mokkas Aufenthaltsort zu bekommen, aber diese Hoffnung wurde schnell zerstört. Das neue Bild hatte noch nicht einmal etwas mit Mokka zu tun. Das Foto war noch vor seinem Verschwinden aufgenommen worden. Es zeigte mich und David, wie wir uns am Morgen in dem Café zum Abschied umarmt hatten. Das Foto war durch die Fensterfront aufgenommen worden, dennoch war es gestochen scharf. Es hatte genau den Moment eingefangen, als David seinen Kopf zu mir geneigt hatte, um mir ins Ohr zu flüstern. Die Umarmung war absolut harmlos gewesen, doch von diesem Blickwinkel sah es so aus, als würde er mich küssen. Unsere Augen waren geschlossen, und die Anspannung auf meinem Gesicht könnte fast als Lust gedeutet werden.

»Vor der Wahrheit kann man nicht davonlaufen«, stand in der Beschreibung unter dem Foto. #alteflamme #endlichvereint

Meine Beine fingen an zu zittern.

Dieses *Miststück*.

Hatte Raphael das bereits gesehen? Hatte er es geglaubt? Er kannte David. Er wusste, dass wir früher zusammengearbeitet und viel Zeit miteinander verbracht hatten. Er hatte David nie gemocht, und auch, wenn er es nie direkt ausgesprochen hatte, war ich mir nicht sicher, ob er nicht damals etwas von unserer Affäre geahnt hatte. Sobald er das Foto sah, würde es nicht viel für ihn brauchen, um eins und eins zusammenzuzählen.

Dem musste ich unbedingt zuvorkommen. Ich musste mit Raphael reden, noch bevor er das Foto sah und seine eigenen Schlüsse zog.

Ich ließ mein Handy aufs Sofa fallen und stolperte die Treppe hinauf. »Raphael? Schatz, wo bist du?«

Vor ein paar Minuten hatte ich ihn noch in unserem Schlafzimmer telefonieren gehört, doch nun kam es mir im Haus unnatürlich still vor.

Mein Puls stieg mit jedem weiteren Schritt. Woher wusste der Fake-Account all diese Dinge über mich? Das konnte nicht nur Lolas Werk sein. Selbst über die Cloud wäre es unmöglich für sie, an all diese Informationen über mich zu gelangen. Half ihr jemand? Oder hatte Raphael recht gehabt, und hinter meinem Verfolger steckte doch jemand vollkommen anderes?

Ich fand Raphael in unserem Schlafzimmer. Er saß mit halb geöffnetem Hemd auf unserem Bett und starrte ins Leere. Sein Handy lag neben ihm, der Bildschirm leuchtete, als hätte er es eben noch in der Hand gehalten.

Mein Magen verkrampfte sich. »Raphael?« Er sah noch

immer an mir vorbei, obwohl ich inzwischen direkt vor ihm stand. Vor Nervosität begann ich an den Handflächen zu schwitzen, was den Juckreiz noch verstärkte. »Ich weiß, dass du den Beitrag gesehen hast, aber es ist nicht das, wonach es aussieht. Lass mich bitte erklären ...«

Raphael brachte mich mit einem Blick zum Verstummen. »Ich bin nicht dumm, Sarah«, sagte er mit seiner gewohnt ruhigen, kräftigen Stimme, doch mir fiel auf, dass die Muskeln in seinem Kiefer zuckten. »Ich habe immer vermutet, dass da etwas zwischen dir und David ist. Aber ich hatte gedacht, dass es vorbei ist, dass dir diese Familie wichtiger ist als so eine billige Affäre. Anscheinend habe ich mich getäuscht.«

»Raphael, bitte, du verstehst das vollkommen falsch! David hat mir wegen des Fake-Accounts geschrieben, nur deshalb haben wir uns getroffen. Weil er mir Informationen weitergeben wollte. Er hat mich danach nur einmal kurz zum Abschied umarmt, da war nichts Romantisches, das musst du mir glauben!«

»Ach ja?« Raphaels Augen funkelten vor Zorn, während er sich vor mir aufrichtete. »Und wieso hast du mir dann nicht einfach von eurem Treffen erzählt? Aber du erzählst mir ja überhaupt nichts mehr, nicht wahr? Ständig bekomme ich nur irgendwelche Halbwahrheiten von dir aufgetischt. Du hältst mich fern, weichst mir aus. Ich habe immer nur versucht, dir zu helfen, doch ich bekomme immer mehr das Gefühl, dass du meine Hilfe überhaupt nicht mehr willst.«

»Das stimmt nicht«, beteuerte ich, meine Stimme schrill vor Anspannung. »Es war bloß eine schwere Zeit. Erst Leonie, dann der Fake-Account ... Ich habe immer mehr das Gefühl, ich drehe durch. Aber ich liebe dich, und was David betrifft ...«

»Hattest du eine Affäre mit ihm?«

Raphaels Blick fesselte mich mit der Intensität eines Schraubstocks. Unmöglich, ihn in diesem Augenblick anzulügen.

Meine Hände zitterten so stark, dass ich die Finger in meiner Bluse verkrallte, um etwas Halt zu finden. »Es war nur eine einmalige Sache. Ich habe danach sofort den Kontakt zu ihm abgebrochen.«

»Und ein Fingerschnippen von ihm hat genügt, dass du wieder angelaufen kamst?«

»So war es nicht, das musst du mir glauben! Es war wegen Lola. Er hat dieses Forum entdeckt und ihre Beiträge gelesen. Er hat sie mir gezeigt und dann ...«

»Hör auf!« Raphael hob eine Hand zwischen uns, als wollte er mich abwehren. »Es interessiert mich nicht, Sarah. Ich kann das so nicht mehr.«

Mein Herz schlug mir bis zum Hals. Ich konnte kaum mehr sprechen. »Was soll das heißen?«, stotterte ich.

»Ich brauche eine Pause. Von dir und dem ganzen Wahnsinn, den du in unser Leben gebracht hast.«

»Ich doch auch. Deshalb wollten wir doch wegfahren, oder?« Ich versuchte, auf Raphael zuzugehen, doch er wich mir aus, als wäre ich Gift. »Ich habe schon alles gepackt«, fuhr ich fort, obwohl mir Raphaels Mimik längst sagte, dass ich meine Zeit verschwendete, dass ich ihn längst verloren hatte. »Wir könnten während der Fahrt in Ruhe über alles reden.«

Er schüttelte den Kopf. »Du kannst gerne wegfahren, wenn

du möchtest. Vielleicht tut dir ein Szenenwechsel gut, aber Vicki und ich ziehen in ein Hotel in der Nähe.«

Ich rang nach Atem. Raphael hätte mir ebenso gut in den Bauch schlagen können. »Du willst Vicki mitnehmen?«

»Merkst du nicht, wie fertig unsere Tochter deinetwegen ist? Sie braucht genauso eine Pause wie ich.«

»Aber das kannst du nicht machen! Vicki ist auch meine Tochter. Du kannst sie mir nicht so einfach wegnehmen.«

»Willst du lieber, dass ich sie bei dir lasse? Du hast selbst gesagt, was für große Sorgen du dir ihretwegen machst. Bei mir ist sie wenigstens in Sicherheit.«

Schwankend griff ich nach der nächsten Wand, alles drehte sich. Raphael hatte recht. Vicki war bei ihm besser aufgehoben als bei mir, dennoch tat sich in mir ein schwarzes Loch auf, wenn ich mir vorstellte, sie beide zu verlieren. »Du würdest mich wirklich alleinlassen?«, hauchte ich. »Jetzt?«

Raphael begann, sich sein Hemd wieder zuzuknöpfen und sich ein Sakko überzuziehen, das er wahllos aus dem Schrank zerrte. »Du bist nicht allein. Caro ist hier, und du hast immer noch das Sicherheitssystem. Wenn etwas ist, kannst du mich jederzeit anrufen, aber … ich brauche gerade einfach etwas Abstand. Du bist im Moment nicht mehr du selbst. Genau genommen bist du das schon viel länger nicht mehr. Vielleicht tut dir der Abstand gut. Geh in dich. Überlege dir, was du wirklich willst.«

»Für wie lange?«, stöhnte ich.

»Keine Ahnung. Vielleicht nur ein paar Tage. Vielleicht auch länger. Ich melde mich. In Ordnung?«

Nein, nichts war in Ordnung. Der Boden schien Wellen zu werfen, während ich mitansehen musste, wie Raphael mir den Rücken zukehrte. Seine Lippen waren gekräuselt vor Abscheu. Er schien mich nicht einmal mehr ansehen zu können.

Ich konnte es ihm nicht verübeln. Ich hatte sein Vertrauen missbraucht. Ihn belogen und betrogen. Alles im Leben fiel einmal auf einen zurück. Es war naiv von mir gewesen, zu glauben, ich könnte ungeschoren davonkommen.

Raphael, David, Leonie. Sie alle forderten ihren Tribut.

Und ich zahlte nun den Preis für meine Vergehen.

22.

Kommentar von @peter.st04: Ihr oberflächliches Gestammel war eh nur noch peinlich. Zeit für die Bitch, sich ein echtes Leben zu suchen.

Vicki hatte nicht einmal irgendwelche Einwände erhoben. Sie war einfach mit ihrem Vater mitgegangen. Ohne Wenn und Aber. Ohne Abschiedskuss.

Nun waren sie beide fort. Das vollgepackte Auto stand noch immer in der Einfahrt und würde dort auch morgen noch stehen. Kein Italien. Dafür italienischer Wein, den ich nach Raphaels Verschwinden geköpft hatte. Die Flasche hatte über zweihundert Euro gekostet und war ein Geschenk zu unserem Hochzeitstag gewesen.

Welche Ironie, dass sie wie billige Plörre schmeckte.

Ich trank dennoch mit der Gier einer Verdurstenden und war nach der halben Flasche bereits so betrunken, dass ich die aufgehende Haustür fast überhört hätte und meinen Besuch erst wahrnahm, als ich die Silhouette im Türrahmen sah.

Ich wollte aufspringen, doch der Wein hielt mich ans Sofa gefesselt. »Raphael?«, lallte ich.

»Nein, ich bin's.« Caro betrat das Wohnzimmer mit klackernden Absätzen. Sie trug schwarze Riemchenstilettos und ein figurbetontes Kleid. Ihre Lippen schimmerten in einem dunklen Rotton. War sie auf einem Date gewesen oder bloß tanzen? Caro gab ungern Details aus ihrem Liebesleben preis. In all den Jahren hatte sie mir nie einen Mann oder eine Frau vorgestellt, oder auch nur einen Namen genannt, weshalb ich gar nicht erst nachfragte, wo sie die Nacht über gewesen war. Hauptsache, sie war jetzt hier.

Ich streckte den Arm nach ihr aus. »Caro, na endlich! Ich versuche schon seit Stunden, dich zu erreichen.«

»Ich habe deine Anrufe erst jetzt gesehen.« Caro legte eine kleine, schillernde Handtasche am Sofarand ab und ließ ihren Blick durch den Raum schweifen. »Raphaels Wagen ist fort. Ich dachte, ihr wolltet nach Italien abhauen. Was ist passiert?«

Ich nahm einen erneuten großen Schluck aus meinem Weinglas, ehe ich es mit einem klirrenden Ton auf dem Couchtisch abstellte. »Es ist meine Schuld. Ich habe Mist gebaut.«

»Hat es was mit dem neuesten Beitrag des Fake-Accounts zu tun? Ich habe den Kerl gesehen, den du umarmt und geküsst hast. Kam mir irgendwie bekannt vor.«

»Bloß umarmt, nicht geküsst«, verteidigte ich mich. »Das war David, ein ehemaliger Arbeitskollege. Wir haben uns vorgestern kurz auf einen Kaffee getroffen, weil er mir Informationen geben wollte. Zwischen mir und David, da war mal was, aber das ist lange vorbei. Raphael traut mir jedoch nicht mehr. Er sagt, er will eine Pause. Auf jeden Fall hat er Vicki genommen und ist in ein Hotel gezogen.«

Caro schnappte nach Luft. »Er hat dich alleingelassen, während es irgendein Verrückter auf dich abgesehen hat?«

»Kannst du es ihm verübeln? Ich bin ein schlechter Mensch, nicht wahr? Das ist es doch, was mir der Fake-Account die ganze Zeit über sagen will, und dafür braucht er nicht einmal zu lügen oder irgendwelche Sachen zu erfinden, sondern nur die Wahrheit zu posten. Ich habe Raphael betrogen, und ich bin schuld, dass Leonie sich das Leben genommen hat.«

»Hör auf! Leonies Tod war nicht deine Schuld. Darüber haben wir schon so oft geredet. Du hättest ihr überhaupt nicht mehr helfen können.«

»Vielleicht doch«, flüsterte ich mit schwerfälliger Zunge, während die Ränder meines Blickfeldes Risse bekamen und langsam ineinander verschwammen. »Ich habe ihre Nachrichten gelesen, weißt du?«

Caro erstarrte. »Was meinst du?«

»Ich versuche mir immer einzureden, dass ich es nicht getan habe, aber ich wusste ganz genau, was an dem Tag mit Leonie los war. Ich meine, natürlich habe ich nicht geahnt, dass sie sich umbringen würde, aber ich wusste, dass es ihr schlecht ging. An dem Tag hat sie mir sicher zwanzig Nachrichten geschrieben, bevor sie diesen einen, letzten Kommentar auf meiner Seite hinterlassen hat. Den Kommentar habe ich tatsächlich übersehen, doch alles davor habe ich gelesen oder zumindest überflogen. Genug, dass ich mitbekam, dass das Mädchen verzweifelt war, trotzdem … Es war einer dieser Tage, weißt du?« Ich griff nach der Weinflasche, um mir nachzuschenken, doch sie war leer. Bloß ein einzelner Tropfen löste sich vom Flaschenrand und bekleckerte den cremefarbenen Teppich unter mir. »Ich hatte einen Zoom-Call nach dem anderen und musste ein Werbevideo komplett neu drehen und überarbeiten, weil wir beim Filmen aus Versehen das falsche Produkt verwendet hatten. Ich fand einfach keine Zeit. Ich nahm mir vor, Leonies Nachrichten gleich am nächsten Morgen zu beantworten, sobald ich wieder etwas Freiraum hatte, aber dann … Mein Handy explodierte förmlich, noch ehe ich die Augen richtig aufgeschlagen hatte. Raphael hat mir das Handy weggenommen, bevor ich etwas Unbedachtes tun konnte. Sogar die Polizei kam an diesem Tag. Und die ganze Zeit war mir so übel vor Schuldgefühlen, dass ich kaum noch atmen konnte.«

Das hatte ich noch niemandem erzählt. Nicht einmal Raphael. Ich drehte meinen Kopf zu Caro und wartete auf eine Antwort, doch sie erwiderte meinen Blick nicht. Ihre Züge hatten eine seltsame Starre angenommen.

Vielleicht war es der Wein, aber fast sah es aus, als würde Caro zittern. »Du meinst, du hast sie bewusst im Stich gelassen?«

»Nein, nicht bewusst.« Schwerfällig schüttelte ich den Kopf. »Hast du nicht zugehört? Ich habe ihre Nachrichten zwar ignoriert, jedoch nur, weil ich nicht wusste, wie schlecht es ihr gerade ging. Sie hatte nichts davon geschrieben, dass sie darüber nachdachte, sich das Leben zu nehmen.«

»Aber vielleicht hätte sie das, wenn du ihr rechtzeitig geantwortet hättest. Sie war noch ein Kind, Sarah. Du hättest dir Zeit nehmen müssen.« Da war eine neue Härte in Caros Stimme, die mich dazu brachte, mich aufzusetzen. Wann hatten sich die Rollen so plötzlich vertauscht? Hatte Caro mich nicht eben noch trösten wollen?

»Denkst du, das weiß ich nicht?«, erwiderte ich gekränkt. »Was glaubt du, wieso ich mir solche Vorwürfe mache?«

»Aber tut es dir wirklich wegen Leonie leid? Oder tut es dir leid wegen dem Licht, das sie auf dein Leben geworfen hat?«

»Was?« Meine Ohren klingelten. Ich konnte nicht fassen, was ich da hörte. Ausgerechnet aus Caros Mund. »Was redest du da?«

Caro nahm ihre Handtasche auf. »Weißt du was? Raphael hatte recht, dich zu verlassen. Du bist wirklich abscheulich.«

23.

Durchs Wohnzimmerfenster hatte ich den Streit der beiden Schwestern so lebhaft mitverfolgen können wie auf einem Fernsehbildschirm. Sie waren so stark mit sich selbst beschäftigt, dass sie nicht einmal daran gedacht hatten, die Vorhänge zuzuziehen. Ich stand nur wenige Meter von ihnen entfernt und konnte sehen, wie sich ihre hübschen Mienen im Zorn verzerrten und ihre Lippen immer hässlichere Worte formten, auch wenn ich den genauen Inhalt durchs Fensterglas nicht verstand.

Nachdem Caro gegangen war, hatte Sarah noch eine weitere Flasche Rotwein geöffnet und war dann auf dem Sofa eingeschlafen.

Caro schien es gar nicht erwarten zu können, ihre Schwester im Stich zu lassen. Sie war so in Eile davongerauscht, dass sie die Haustür nicht ordentlich verschlossen hatte. Nicht einmal die Alarmanlage hatte sie eingeschaltet, was mich wütend machte. Als würde ihre eigene Schwester ihr überhaupt nichts bedeuten. Gut, dass zumindest ich noch da war, um auf Sarah aufzupassen. Kaum auszudenken, wer sonst alles hier eindringen könnte, jetzt, wo jeder sie verlassen hatte.

Jeder außer mir.

Ich achtete darauf, die Tür hinter mir zu schließen, als ich das Haus betrat. Es war dunkel, bloß im Wohnzimmer leuchtete noch ein gedimmtes Stehlicht, das Sarah vergessen hatte auszuschalten, bevor sie weggedöst war. Nun lockte mich dieses

Licht immer näher, zog mich an wie eine verirrte Motte in der Finsternis.

Sarah schlief so fest, dass sie keinen meiner Schritte hörte, während ich mich ihr vorsichtig näherte. Die Ärmste schien nicht einmal im Schlaf Ruhe zu finden. Ihr Kopf rollte unruhig von links nach rechts, und ihre Stirn war von tiefen Falten durchzogen, als würden sie Alpträume plagen. Sie lag auch nicht gut, mit nur ihrer Hand als Kissen, und ohne Decke, die ihren viel zu schmalen Körper wärmte.

Ich sah mich kurz um und entdeckte eine gesteppte Tagesdecke auf dem Sessel gegenüber vom Sofa. Sie war nicht sehr dick, aber besser als gar nichts. Ich schüttelte die Decke aus und zog sie behutsam über Sarahs Körper bis zu ihrer Brust. Augenblicklich ging Sarahs Atmung ruhiger, und ihre Stirn glättete sich. Fast war es, als würde sie mir Danke sagen.

Sarah war noch voll bekleidet. Die Falte ihrer Bluse verdeckte ihr Schlüsselbein. Zu gern hätte ich den dünnen Stoff beiseitegeschoben, um das herzförmige Muttermal zu enthüllen, von dem ich wusste, dass es sich darunter verbarg. Es endlich mit den Fingern zu berühren und ihre weiche Haut zu spüren. Meine Lippen bebten, wenn ich nur daran dachte. War unser Moment endlich gekommen? Sollte ich mich ihr nun zeigen?

Ich hatte die Hand bereits nach ihr ausgestreckt, doch als Sarah im Schlaf leise seufzte, wich ich zurück.

Nein, noch nicht. Sarah würde es falsch verstehen, wenn sie mich jetzt so über sich sah. Geduld. Ich durfte mich jetzt nicht von meinen Emotionen zu etwas Dummem verleiten lassen. Nicht, nachdem ich schon so lange durchgehalten und all diese Strapazen auf mich genommen hatte. So kurz vor meinem Ziel.

Also begnügte ich mich damit, die Decke um Sarahs Schultern zurechtzuzupfen, bevor ich auf Zehenspitzen den Rückzug antrat.
Doch ich würde in der Nähe bleiben. Ganz nah. Und nicht zulassen, dass irgendjemand ihr etwas antat.

24.

Kommentar von @whatever_mario: Sarahs Mann tut mir echt leid. Da sieht man wieder, dass man Frauen wie ihr nicht trauen kann. So eine falsche, billige Hure.

Fast hieß ich die Kopfschmerzen am nächsten Morgen willkommen. Das Dröhnen hinter meinen Schläfen war so laut, dass ich mich auf kaum etwas anderes fokussieren konnte. Der Streit mit Raphael, Caros Vorwürfe – alles trat in den Hintergrund.

Die Sonne schien grell durchs Wohnzimmerfenster, wodurch der Kopfschmerz noch stärker pulsierte. Wie spät war es? Ich schirmte meine Stirn ab, während ich die Kissen neben mir nach meinem Handy abtastete. Ich hoffte ein wenig, dass Raphael mir über Nacht geschrieben hatte und sich vielleicht versöhnen wollte, doch stattdessen entdeckte ich eine Nachricht von Caro.

Bereits beim ersten Satz war ich hellwach.

»Ich dachte wirklich, du hättest dich geändert«, schrieb sie. »Ich kann nicht glauben, dass du es schon wieder getan hast.«

Keine Emojis. Keine weitere Erklärung, was sie damit meinte. Hatte ich gestern irgendetwas nicht mitbekommen?

Mit gerunzelter Stirn tippe ich meine Antwort ins Nachrichtenfeld. »Was getan? Wovon redest du?«

Doch in dem Moment verschwand Caros Profilbild und wurde durch die Standardvorschau ersetzt. Im Ernst? Mir blieb der Mund offen stehen. Hatte Caro mich soeben blockiert? Ich versuchte, sie anzurufen, wurde jedoch sofort an ihre Mailbox weitergeleitet.

Ich verstand die Welt nicht mehr. Hatte ich im Rausch irgendetwas Grauenhaftes zu ihr gesagt, an das ich mich einfach nicht mehr erinnern konnte, oder weshalb weigerte sich Caro plötzlich, mit mir zu reden? Ich versuchte noch drei weitere Male, sie anzurufen, immer mit demselben ernüchternden Ergebnis. Ich überlegte, ihr stattdessen auf Facebook oder Instagram zu schreiben. Erst da merkte ich, dass der Fake-Account in den frühen Morgenstunden einen neuen Beitrag veröffentlicht hatte.

Ich öffnete das Foto mit einem unterdrückten Stöhnen und riss dann ungläubig die Augen auf. Es war ein Bilderkarussell mit mehreren Screenshots eines Nachrichtenverlaufs, der mir nur allzu vertraut war. Auf der linken Seite war Leonies Profilbild zu sehen und all die Nachrichten, die sie mir an jenem Tag geschickt hatte. An dem Tag ihres Selbstmordes. Am Ende des Verlaufs stand ›gesehen‹, jedoch keine Antwort von mir. Bis heute nicht.

Schockiert überflog ich die Zeilen. Es war erst wenige Stunden her, dass ich mit Caro über genau diese Nachrichten gesprochen hatte, nachdem ich ihr mein dunkles Geheimnis verraten hatte. Das konnte kein Zufall sein. Niemand sonst wusste davon. Hatte sie mich deshalb blockiert? Weil sie genau gewusst hatte, dass der Nachrichtenverlauf gleich online gehen würde?

Meine Gedanken rasten. Caro kannte meine Zugangsdaten. Sie musste diese Screenshots gemacht und sie dem Fake-Account weitergeleitet haben. Oder aber ...

Ich hielt den Atem an. Nein, das wäre zu verrückt. Es fiel mir schwer, überhaupt darüber nachzudenken, aber was, wenn Caro sie nicht bloß verschickt, sondern direkt gepostet hatte? Was, wenn Caro in Wahrheit hinter @sarahrennt steckte und all diese grauenhaften Beiträge über mich veröffentlicht hatte?

Aber auch, wenn Caro gerade sauer auf mich war, wieso sollte sie das tun? Ich wusste ja noch nicht einmal genau, was sie so in Rage versetzt hatte. Dennoch wäre es möglich. Caro war immer in der Nähe gewesen, wenn die Pakete plötzlich vor meiner Tür aufgetaucht waren. Caro hatte mich auch zu unserem Familienhaus in Langenlois begleitet. Es wäre ein Leichtes für sie gewesen, den Schnappschuss von mir zu machen, der kurz darauf auf der Seite des Fake-Accounts erschienen war.

Caro, die genau gewusst hatte, wo das Video von Mokka kurz nach seinem Verschwinden aufgenommen worden war.

Caro, die zu dem Zeitpunkt mit Mokka allein im Haus gewesen war.

Es ergab auf erschreckende Weise einen Sinn. Mokka wäre nicht einfach mit irgendwem mitgegangen. Er musste denjenigen gekannt haben, war sogar direkt auf das Tor zugerannt.

Der Kopfschmerz wurde so intensiv, als würde man mir den Schädel spalten. Caro. Meine eigene Schwester, ob durch Blut oder Papier.

Hatte ich mir immer nur eingebildet, sie zu kennen? Hatten die Jahre nach ihrem Verschwinden einen größeren Keil zwischen uns getrieben, als ich mir eingestehen wollte? Hatte sie mich in Wahrheit immer nur gehasst? Aber wieso? Was war es, das sie mir vorwarf, das ich in ihren Augen getan hatte?

Ich hatte mir immer so sehr eine Schwester gewünscht. Das war der Hauptgrund, warum meine Eltern sie adoptiert hatten, nachdem sie keine eigenen Kinder mehr hatten bekommen können. Am Tag, bevor Caro zu uns kam, hatte ich vor Aufregung die ganze Nacht nicht geschlafen. Ich hatte Caro geliebt, noch bevor wir die ersten Worte miteinander gewechselt hatten. Etwas an ihr hatte mich sofort magisch angezogen, und obwohl sie sichtbar ausgemergelt war, war sie für mich das schönste Mädchen gewesen, das ich je gesehen hatte. Mit ihren vollen, dunklen Locken und dem Rosenmund. Sogar all meine Klassenkameraden sagten das, was mich ein wenig stolz machte, Caro ab sofort meine Schwester nennen zu dürfen.

Sie hatte es schwer gehabt, das hatte man Caro sofort angesehen, weshalb ich mein Bestes gab, damit sie sich zuhause fühlte. Ich hatte ihr das größere Zimmer überlassen und all meine Spielsachen mit ihr geteilt, dennoch schien es nie wirklich genug zu sein. Egal, was ich tat, der Schatten wich nie wirklich aus Caros Blick und schien sogar dunkler zu werden, je älter sie wurde.

Als sie dann plötzlich fortging, fühlte ich mich mitverantwortlich, als hätte ich als Schwester versagt, weil sie nicht länger bei uns bleiben wollte. Bei mir. Deshalb war ich auch so glücklich gewesen, als sie nach all den Jahren wieder in mein Leben trat, und unsere Beziehung eine zweite Chance bekam.

Ich half ihr nicht nur bei der Wohnungssuche, ich zahlte auch den Makler und finanzierte ihr die gesamte Einrichtung. Ich tat alles dafür, damit Caro diesmal blieb, und dennoch hatte ich es irgendwie verbockt. Wieder einmal.

Meine Hände zitterten und damit auch das Handy, das ich noch immer fest umklammert hielt und wie die Überreste eines Geists anstarrte.

Wurde ich verrückt? Egal, wie holprig unsere Beziehung zum Teil war, wie konnte ich glauben, dass Caro sich solche Mühe geben würde, um mich fertigzumachen? Ich musste mit jemandem darüber reden, jemandem, der mir half, Sinn in das Chaos meiner Gedanken zu bringen.

Ich hatte schon Raphaels Nummer auf meinem Bildschirm aufgerufen, traute mich dann aber nicht, ihn anzurufen. Er hatte mir schon bei Lola nicht geglaubt, wieso sollte er es jetzt tun? Er würde es nur als weiteren Beweis sehen, dass mit mir etwas nicht stimmte.

Vielleicht David? Er wusste zwar nichts von meiner komplizierten Familiengeschichte, doch vielleicht konnte mir gerade das dabei helfen, Klarheit in die Sache zu bringen. Ich suchte nach seinem Kontakt, konnte allerdings weder ihn noch unsere Nachrichten wiederfinden. Hatte ich seine Nummer im Weinrausch wieder gelöscht? Es wäre das erste Vernünftige, was ich gestern getan hätte, weshalb es mir ganz und gar nicht ähnlich sah.

Ich versuchte es ein letztes Mal bei Caros Handy, und als ich wieder nur die Mailbox erreichte, hinterließ ich ihr eine Nachricht. »Caro, ich bin's.« Es gab so viel zu sagen, und doch fehlten mir die Worte. »Es tut mir leid wegen gestern. Ich glaube, wir haben uns einfach missverstanden. Ich war betrunken und habe wahrscheinlich vieles falsch ausgedrückt. Können wir noch mal in Ruhe reden? Bitte? Ich will einfach, dass du ehrlich zu mir bist. Ich werfe dir auch nichts vor, aber ich muss es wissen.« Ich stammelte vor Nervosität, fast brachte ich die nächsten Worte nicht heraus. »Bist du @sarahrennt?«

Ein lautes Klirren ließ mich das Handy fallen lassen. Das Geräusch kam nicht von der anderen Leitung, sondern von hier. In meinem Haus.

War ich etwa doch nicht allein?

»Hallo?« Zaghaft lugte ich um die Ecke. »Raphael?«

Es musste aus der Küche gekommen sein, doch als ich sie betrat, war niemand da. Auch keine Scherben oder irgendein umgestoßener Gegenstand, der hätte erklären können, woher das Geräusch gekommen war. Die Küchentür war verschlossen, ebenso waren es alle Fenster im Raum.

Aber ich hatte mir das doch nicht eingebildet. Ganz egal, wie gestresst und verkatert ich war. Beim Umsehen entdeckte ich ein großes Glas Wasser auf der Küchenanrichte. Daneben ein Blister Kopfschmerztabletten, der gestern bestimmt noch nicht dort gelegen hatte.

Hatte Caro das für mich dort abgestellt, bevor sie gegangen war? Aber wieso sollte sie das tun, wenn sie vorgehabt hatte, mich kurz danach bloßzustellen? Noch dazu verabscheute Caro jede Form der Medikation. Sie selbst nahm nicht einmal Aspirin.

Ich berührte das Wasserglas mit dem Zeigefinger. Es war leicht feucht vor Kondenswasser und eiskalt, als wäre es erst Sekunden zuvor eingelassen worden.

Ein Schauer jagte meine Wirbelsäule hinab. Wurde ich verrückt, oder war da noch ein Geräusch? Ein Atmen oder ein Schlurfen? Kam es aus meinem Büro? Der Diele? Mein Herz begann zu rasen. War jemand bei mir im Haus?

Ein erneutes Klirren. Diesmal aus dem Wohnzimmer.

Während ich losrannte, vernahm ich das kreischende Geräusch von splitterndem Glas. Eines der deckenhohen Fenster im Wohnzimmer war gesprungen.

Inmitten von Scherben lag ein faustgroßer Stein. Ein weiterer Stein lag in der Hand eines jungen Mädchens, das auf der anderen Seite der kaputten Glasfront stand und mich hasserfüllt anfunkelte.

»Lola«, keuchte ich und taumelte zurück.

Das Mädchen sah wie ein Racheengel aus. Zerzaustes Haar und die hübschen Gesichtszüge von blinder Wut verzerrt. Verwischte Tränen hatten ihre stark getuschten Augen schwarz verfärbt.

»Du«, zischte sie nur aus zusammengebissenen Zähnen, während sie die Hand langsam zum nächsten Wurf hob.

»Lola, was tust du denn? Leg bitte den Stein hin, bevor sich noch jemand verletzt.«

»Ich habe die Nachrichten gesehen. Ich habe gesehen, wie Leonie dich angefleht hat, ihr zu helfen. Und du? Du hast nichts, absolut gar nichts getan. Du hast sie einfach im Stich gelassen!«

Der Kopfschmerz wuchs zu einer lodernden Flamme hinter meiner Stirn. Kalter Schweiß lief meinen Nacken hinab. »Ich weiß«, stammelte ich. »Ich weiß, ich habe deiner Schwester gegenüber versagt. Ich habe ihre Lage falsch eingeschätzt. Ich hätte Hilfe holen sollen. Eure Eltern oder sogar die Polizei verständigen, aber das habe ich nicht, und ich mache mir schwere Vorwürfe deswegen. Glaubst du mir das?«

»Ich glaube, dass dir Leonie scheißegal war.« Lola krallte die Finger um den Stein zur Faust. »Genauso wie alle deine Follower. Du tust so, als wärst du ihre Freundin, aber in Wahrheit willst du ihnen bloß irgendein billiges Zeug andrehen. Du bist so scheißverlogen, dass ich kotzen könnte.«

Lola spuckte vor Zorn, aber das Schlimmste war, dass sie recht hatte. Ja, ich hatte gelogen. Ja, ich hatte ihnen allen etwas vorgespielt. Diese aufgehübschte Person mit den motivierenden Sprüchen und dem lässigen Lächeln, das ich online gezeigt hatte, das war nie wirklich ich gewesen, sondern ein sorgfältig konstruiertes Marketingprodukt, an dem so lange gefeilt worden war, bis ich kaum mehr mein eigenes Spiegelbild erkannte. Leonie hätte @sarahlaeuft niemals vertrauen dürfen, weil es @sarahlaeuft überhaupt nicht gegeben hatte. Sie war eine Illusion, genauso real und greifbar wie ein Fabelwesen. Aber ich hatte sie miterschaffen, und deshalb trug ich die Verantwortung. Doch statt diese Schuld anzunehmen, hatte ich meinen Account deaktiviert und mich versteckt.

Kein Wunder, dass Lola mich hasste.

»Du hast mir diese Pakete geschickt, nicht wahr?«, fragte ich und schluckte gegen die Enge in meinem Hals an. »Die mit dem Seidenpapier. Die Glasscherben und die Leggins. Ich habe dich mit deinem Moped gesehen, als du das letzte Paket abgeliefert hast.«

Statt sich zu verteidigen, hob Lola verächtlich ihr Kinn. »Du hast es verdient!«, giftete sie.

»Ja. Wahrscheinlich habe ich das«, gab ich mit zitternden Mundwinkeln zu. »Ich habe auch eine Schwester, weißt du? Ich würde mich auch rächen wollen, wenn ihr jemand wehgetan hätte. Und es stimmt, ich bin nicht die, für die deine Schwester mich gehalten hat. Deshalb war ich auch nicht für sie da, als sie so dringend jemanden gebraucht hätte.«

Lolas Unterlippe bebte. Neue Tränen rannen ihre Wangen hinab und zogen schwarze Schlieren hinterher. »Wieso du? Ich kapier's einfach nicht. Wieso hat sie mir das nicht geschrieben oder irgendwas gesagt? Ich war nur einen Raum weiter. Sie hätte nur klopfen brauchen. Ich hätte alles für sie getan. Ich hätte niemals zugelassen ...« Lolas Stimme erstickte. Der Stein kullerte aus ihrer offenen Hand zu Boden, und plötzlich waren alle Dämme gebrochen. Ihr Schluchzen war so stark, dass ihre Schultern unkontrolliert zuckten und ihre Knie unter ihr nachgaben.

Kein Racheengel mehr, sondern ein kleines Mädchen, das um seine Schwester trauerte. Ich ging über die Scherben hinweg auf sie zu, doch Lola fauchte wie ein Tier, ehe ich sie berühren konnte. »Fass mich nicht an!«, brüllte sie. »Du hast keine Ahnung, wie das war. Ich habe sie am nächsten Morgen gefunden. Ich hätte sie für die Schule wecken sollen, doch ich konnte nichts mehr machen. Sie war ...«

»Schon gut«, erwiderte ich sanft. »Das tut mir so leid. Das muss furchtbar gewesen sein.«

»Unsere Mutter hat danach einfach nicht mehr aufgehört zu schreien«, fuhr Lola mit tonloser Stimme fort, die die ganze Leere in ihrem Inneren enthüllte. »Sie haben sie abholen müssen und mit Beruhigungstabletten vollgepumpt. Jetzt ist sie die meiste Zeit so zugedröhnt, dass sie wahrscheinlich nicht einmal mehr weiß, dass sie jemals zwei Töchter hatte.« Lola lachte freudlos. »Meine ganze Familie ist zerstört. Und du? Du lebst weiter in deinem schicken Haus mit deiner perfekten Familie und deiner perfekten Karriere ...«

»Das stimmt nicht. Mein Leben ist alles andere als perfekt.

Mein Mann hat mich verlassen. Unser Hund wurde entführt. Meine Tochter redet kaum noch mit mir, und meine Karriere gibt es nicht mehr. Ich war nie dieses fehlerlose, vollkommene Wesen, als das Leonie mich gesehen hat, aber ich bin auch nicht die Dämonin, zu der du mich gemacht hast. Fassaden täuschen.«

Das schien Lola zu überraschen. Sie schien nachzudenken, dann nickte sie ruckartig. »Gut«, sagte sie. »Das ist nur fair.«

Fast musste ich lachen. Fair? War es das wirklich? Sollte ich deshalb einfach alles hinnehmen, weil es meine faire Bestrafung war?

Plötzlich ging ein Zucken durch Lolas Körper. Eine Sekunde später hörte ich es auch. Das tiefe Brummen eines Motors, gefolgt von knirschenden Reifen, die über eine abgeflachte Bordsteinkante rollten. Da fuhr ein Wagen in unsere Einfahrt.

»Warte hier«, sagte ich zu Lola und ging in die Diele. Ich war in Eile und vergaß ganz, auf den scherbenübersäten Boden zu achten. Beim Gehen bohrte sich ein scharfer Schmerz durch meine Fußsohle, so dass ich lauthals zischte.

Ich griff gerade nach meiner blutenden Ferse, als die Haustür von außen aufgestoßen wurde.

Es war Vicki.

Ihr schwarzer Schulrucksack baumelte locker von ihren Schultern.

Überrascht ließ ich meinen Fuß zu Boden sinken. »Vicki? Was machst du hier? Ich dachte, du wärst bei deinem Vater.«

»Sorry«, sagte Vicki, als gäbe es irgendwas zu entschuldigen, als dürfte sie überhaupt nicht hier sein. Dabei war das ihr Zuhause, noch war es das.

Verunsichert glitt ihr Blick durch den Raum, fast, als suche sie etwas. »Ich habe Lola auf den Sicherheitskameras gesehen, wie sie in unseren Garten eingebrochen ist. Pa hat die App auch bei mir installiert. Ich wollte, dass er hinfährt und dir hilft, aber er meinte, dass das dein Schlamassel ist und du dich selbst drum kümmern musst, also habe ich mir heimlich ein Taxi genommen.« Vicki zog ihre Unterlippe zwischen die Zähne, ein Ausdruck, den ich nur zu gut von mir selbst kannte. »Geht es dir gut? Ist sie noch hier?«

»Sie ist im Wohnzimmer. Wir haben ein Fenster weniger, aber bis auf den kleinen Schnitt hier geht es mir gut.«

Ich ging humpelnd voran, doch als wir ins Wohnzimmer zurückkehrten, war Lola verschwunden.

Vicki pfiff beim Anblick der Scherben durch ihre Schneidezähne. »Scheiße. War sie das?«

»Sie war wütend und hat mit Steinen geworfen, aber ich glaube nicht, dass sie mich ernsthaft verletzen wollte.« Ich stakste auf Zehenspitzen um die Scherben herum und spähte durch die Reste der Glasfront, doch auch im Garten fehlte jede Spur von Lola. In der Ferne glaubte ich, das stockende Jaulen eines Mopedmotors zu hören.

Mist. In ihrem Zustand sollte sie wirklich nicht fahren.

Ohne dass ich es gemerkt hatte, war Vicki hinter mich getreten. »Tut es weh? Brauchst du einen Verband?«, fragte sie mit ungewöhnlich leiser Stimme und sah auf meinen Fuß hinab, der blutige Schlieren auf dem hellen Holzfußboden hinterließ.

»Schon gut, ist nicht weiter schlimm. Ich bin froh, dass du da bist.« Ich lächelte zittrig, und bevor sie protestieren konnte, hatte ich Vicki in eine feste Umarmung gezogen. »Es tut mir so leid, was passiert ist. Aber ich bringe das alles in Ordnung, ich verspreche es.«

Vickis Körper war erst steif und hart, doch nach ein paar Sekunden löste sich etwas von der Spannung aus ihren Muskeln, und sie legte eine zarte Hand auf meinen Rücken.

»Werdet ihr euch trennen?«, fragte sie halb erstickt. »Du und Pa?«

Seufzend strich ich die Haare auf Vickis Hinterkopf glatt. »Dein Vater ist gerade wütend auf mich, und er hat jedes Recht dazu. Aber wir werden eine Lösung finden. Ganz bestimmt. Ich gebe uns nicht so einfach auf.«

»Okay.« Ihr Blick glitt zum eingeschlagenen Wohnzimmerfenster. »Sollten wir nicht die Polizei rufen? Wegen Lola?«

»Nein. Das Mädchen hat genug mitgemacht. Ich werde aber ihrem Vater Bescheid geben, damit er sich um sie kümmern kann. Magst du schon mal einen Besen und eine Schaufel aus der Küche holen? Ich will die Scherben beseitigen, bevor noch jemand hineintritt.«

Während Vicki über die Scherben hinweg in Richtung Küche tapste, verschickte ich zwei Nachrichten. Eine an Herrn Bergers E-Mail-Adresse, in der ich ihn knapp über Lolas Ausflug hierher informierte, und eine an Raphael, dass Vicki zu mir gefahren war und er sich keine Sorgen zu machen brauchte.

Ich hatte erwartet und auch ein bisschen gehofft, dass Raphael mich danach sofort anrufen würde, doch ausnahmsweise blieb mein Handy still.

Und in der Stille wuchs die Angst.

25.

Das Mädchen hatte mich gerettet. Sarah war so nah an mir vorbeigegangen, dass sie mich beinahe erwischt hätte. Es wäre meine eigene Schuld gewesen. Ich war so darauf konzentriert gewesen, dem Telefonat mit ihrer Schwester zu lauschen, dass ich unvorsichtig geworden war. Ich hatte nicht richtig hingesehen und mich an der Kaffeekanne verbrüht.
Vor Schreck hatte ich Sarahs Tasse fallen lassen. Ausgerechnet ihre handbemalte Lieblingstasse, die sie vor vier Jahren zum Muttertag geschenkt bekommen hatte und die vom vielen Gebrauch auf der Innenseite bereits ganz vergilbt war. Sie hatte nur einen Sprung bekommen, was mich erleichterte, dennoch war der Aufprall laut genug gewesen, dass Sarah ihn gehört hatte.
Ich hatte es gerade noch geschafft, die gesprungene Kaffeetasse aufzuheben und mich hinter der Bürotür zu verstecken, ehe Sarah die Küche betrat. Dabei hatte ich ihr bloß eine Freude machen wollen. Kopfschmerztabletten und frisch gebrühter Kaffee – genau, was sie nach der gestrigen Nacht brauchte, um wieder auf die Beine zu kommen. Doch ein Blick in ihr ängstliches Gesicht verriet mir, dass ich einen Fehler begangen hatte. Ich hätte nicht so lange bleiben sollen, aber wie könnte ich sie alleinlassen, wo jeder außer mir sich gegen sie wendete? Sogar ihre Schwester?
Ich konnte immer noch nicht fassen, dass sie ihr so etwas antun würde. Dabei war sie nicht einmal ihre richtige Schwester. Bloß

adoptiert. Eine Fremde eigentlich. Kein Wunder, dass Sarah ihr nicht trauen konnte. Das konnte sie niemandem mehr, nur mir, und bald würde ich ihr das beweisen.

Zum Glück war gleich darauf dieses Mädchen erschienen, mit ihren lauten Steinen und noch lauteren Worten, und hatte sie fortgelockt vor mir, so dass ich ungesehen durch die Küchentür nach draußen verschwinden konnte.

Ich musste mich nah an die Hausmauer pressen, um nicht von den Kameras erfasst zu werden. Das Tageslicht war ungnädig und bot wenig Schutz, um mich zu verstecken. Es war ein Segen, dass Sarahs Garten so dicht bewachsen war, dadurch konnte ich mich zumindest hinter den üppigen Sträuchern und Ästen verbergen, während ich mich langsam vorwärts arbeitete. Ich hatte es fast geschafft. Ich hatte die Einfahrt und die Sicherheitskameras hinter mir gelassen und brauchte nun nur noch durch das Gartentor zu schlüpfen, das sie ihres verschwundenen Hundes wegen nur angelehnt gelassen hatten, damit er leichter zurückfand, was mir sehr gelegen kam. Von dort waren es nur noch wenige Meter durch die ungeschützte Sonne, ehe ich über einen Feldweg entkommen konnte, den ich dank Sarahs Laufvideos so gut kannte wie die Straße vor meinem Wohnblock.

Ich holte tief Luft, als müsste ich gleich unter Wasser tauchen, dann preschte ich vorwärts. Doch ich konnte nicht, etwas stoppte mich, hielt mich fest.

Eine Hand.

Eine Hand auf meinem Arm.

26.

Kommentar von @fr33spiritofthenight: Habe ich es euch nicht wieder und immer wieder gesagt? @sarahlaeuft ist ein Monster, die nur aufs Geld aus ist. Und eine Scheißmörderin noch dazu.

In meiner derzeitigen Lage hatte ich Angst, dass jemand durch das eingeworfene Fenster steigen könnte, und rief den Glasnotdienst, der das kaputte Glas auf mein Drängen hin innerhalb weniger Stunden ersetzte. Bis auf eine Kerbe im Holzboden sah man danach optisch keinen Unterschied mehr.

Dennoch fühlte sich etwas falsch an, als ich den Finger auf die Scheibe legte. Als wäre doch noch nicht alles heil. Als wäre hinter der glatten Oberfläche ein unsichtbarer Riss verborgen, der immer größer wurde, in mir, um mich, und der alles, was ich kannte, langsam spaltete.

Mein Handy klingelte.

Der Ton drang sofort unter meine Haut. Ich fuhr wie von Nadeln gestochen herum, doch trotz des lauten Klingelns fand ich es nicht sofort. Ich drehte mich orientierungslos im Kreis, ehe ich es neben einem zusammengeknüllten Takeaway-Flyer auf der Wohnzimmerkommode entdeckte.

Ein Teil von mir hoffte, es wäre Caro, damit ich herausfinden konnte, woher ihre Wut auf mich stammte, während ein anderer Teil hoffte, es wäre Raphael, damit wir uns endlich aussöhnen konnten.

Doch es war Linda, Esthers Pflegerin. In all dem Chaos hatte ich vergessen, gestern noch mal anzurufen.

»Linda!«, antwortete ich atemlos. »Es tut mir so leid, bei mir geht es zurzeit drunter und drüber. Ich schaffe es gerade einfach nicht …«

Linda ließ mich nicht ausreden. »Sie müssen kommen!«, platzte sie dazwischen, ihre Worte gehetzt und von einem lauten Keuchen begleitet, so dass ich sie kaum verstand.

Die Angst schnürte sich fest um meine Brust. »Was ist los? Ist was mit Esther? Soll ich den Notarzt rufen?«

»Nein, keinen Arzt, aber Sie müssen herkommen.« Lindas Stimme war verzerrt, als wäre etwas zwischen ihr und dem Hörer, oder als würde sie das Telefon immer wieder von sich weghalten. »Schnell! Esther … sie … sie dreht völlig durch. Ich weiß nicht weiter.«

Was bedeutete das? Doch bevor ich weitere Fragen stellen konnte, hatte Linda aufgelegt. Ich versuchte, sie danach noch dreimal anzurufen, doch Linda reagierte nicht mehr, was ihr so gar nicht ähnlich sah.

Was war nur passiert?

Ich hatte diese Woche eigentlich nicht hinausfahren wollen, aber Esthers Gesundheit war wichtiger als meine persönlichen Belange. Noch im Vorbeigehen riss ich eine Strickjacke von der Rückseite eines Stuhls und schlüpfte in die Ärmel.

»Vicki!«, rief ich lauthals durchs Haus. »Wir müssen los! Zieh dich schnell an.«

Eine Minute später saßen wir bereits im Wagen, der noch immer bis unters Dach mit Koffern und Taschen für eine Italienreise beladen war, die nun niemals stattfinden würde.

Vicki musste erst einen Stapel Handtücher auf die Rückbank verlegen, ehe sie sich setzen konnte, sagte aber nichts. Sie sah auf ihr Handy und wirkte bekümmert. »Glaubst du, Leonies Schwester hat auch diese Beiträge über dich veröffentlicht?«, fragte sie, während sie vor sich hin scrollte.

»Ich weiß nicht. Schon möglich.« Als wir auf die Autobahn auffuhren, setzte heftiger Regen ein. Dichte Wasserschlieren verzerrten die Sicht vor mir, und ich musste meine ganze Konzentration auf die rutschige Fahrbahn richten. »Ich werde noch mal in Ruhe mit ihrem Vater über die Sache reden.«

Kurz waren nur das Trommeln des Regens und das rhythmische Quietschen der Scheibenwischer zu hören, doch aus den Augenwinkeln konnte ich sehen, dass Vicki ihr Handy weggelegt hatte. Sie hatte die Arme verschränkt und schien nachzudenken.

»Es tut mir leid, dass ich diese Bilder gemacht habe«, sagte sie plötzlich. »Ich war bloß so wütend, weil Pa meinte, dass du trotz allem bald wieder mit deinem Account weitermachen würdest, und ich weiß auch nicht, aber als ich dann diese Nachricht bekam, da schien das irgendwie wie eine gute Gelegenheit. Ich dachte, vielleicht könnte ich dich so wachrütteln.«

Vor Wut krallte ich die Nägel ins Lenkrad. Wieso hatte Raphael das zu ihr gesagt? Ich holte tief Luft, um mich zu beruhigen. »Du magst meinen Job nicht besonders, was?«, fragte ich mit einem kurzen Seitenblick.

Vicki zuckte mit den Schultern. »Ich fand es cool zuerst, aber ich weiß nicht. Es verändert dich. Erst warst du wie zwei verschiedene Personen, doch dann bist du immer mehr diese andere Person geworden, und die war so …«

»Fake?« Mein Puls hämmerte im Einklang mit den immer schneller herabprasselnden Regentropfen. »Es ist oft gar nicht so leicht, wie es aussieht. Der Druck ist enorm, und er wächst, je mehr Follower man hat. Plötzlich sind da alle diese Partner und Sponsoren, die wollen, dass du auf eine bestimmte Art redest, dich kleidest, ja, sogar lächelst. Aber nicht nur in der Öffentlichkeit. Dein ganzes Leben muss plötzlich so sein, und alles muss dokumentiert werden. Es fühlt sich an, als würde man in einem Film mitspielen, der einfach niemals endet. Ohne Szenenschnitt und ohne Pausenraum. Sie sehen einfach alles, und der kleinste Fehler kann dich zerstören.«

»Wieso willst du dann weitermachen?«, fragte Vicki.

»Ich weiß doch gar nicht, ob ich das will. Ich habe das so nie gesagt, aber ich habe auch Angst. Ich weiß nicht, was ich sonst machen soll, und das Geld wird knapp, wenn ich länger nichts arbeite.« Trotz des warmen Lüftungsstroms aus der Klimaanlage überzog eine Gänsehaut meine Arme. »Wir könnten alles verlieren«, fügte ich mit klopfendem Herzen hinzu.

Plötzlich griff Vicki über die Konsole hinweg nach meiner Hand. »Das Wichtigste sind wir, oder? Das hast du mir immer gesagt, als ich klein war. Ich brauche kein riesiges Haus oder so.«

»Ja, das stimmt. Du hast recht.« Ich schluckte den Kloß in meinem Hals hinunter und schenkte Vicki ein Lächeln. Das Wichtigste war die Familie. Deshalb musste ich nun auch schnell sein und Esther helfen.

Wieso wurde ich das Gefühl nicht los, dass wir zu spät waren?

++++

Der Regen hatte die Einfahrt vor Esthers Haus in ein Schlammloch verwandelt. Der Parkplatz war wie weggespült und bestand aus einer einzigen großen, braunen Pfütze. Ich bremste ruckartig, weil ich fürchtete, steckenzubleiben, und reckte den Kopf nach vorn, um besser sehen zu können.

Keine Einsatzfahrzeuge. Nur der rote, in die Jahre gekommene Seat, den Linda fuhr, um zur Arbeit zu kommen, aber wo war Linda? Die Haustür war zu. Die Vorhänge auf dieser Seite des Hauses geschlossen.

»Was ist los?«, fragte Vicki, die meine Anspannung zu spüren schien.

»Nichts, aber sonst kommt Linda immer sofort raus, sobald sie den Wagen hört.«

Das musste nicht direkt ein schlechtes Zeichen sein. Wahrscheinlich wollte sie bei dem Wetter einfach nicht nass werden und lieber drinnen auf uns warten. Zumindest versuchte ich, mir das einzureden, während wir durch die dichte Regenwand zur Haustür rannten, doch auch auf mein Klingeln reagierte niemand, selbst nach einer Minute Sturmklingeln nicht. Ich musste uns mit dem Notfallschlüssel reinlassen, der im schlammigen Boden unter Esthers Margeritentopf versteckt lag.

Kurz war ich erleichtert, endlich auf trockenem Boden zu stehen. Ein Schritt ins Innere jedoch, und mein Gefühl, dass etwas nicht stimmte, vervielfachte sich.

Es war der Geruch. Leicht säuerlich und muffig, wie abgestandene Milch. Ein flüchtiger Blick genügte, um zu erkennen, wieso. Bereits in der Diele stapelte sich der Müll. Triefende Pizzaschachteln und Papiertüten mit billigem Fast Food, das nur halb gegessen worden war.

In der Küche war es noch schlimmer. Die Ablagen waren vollgestellt mit dreckigem Geschirr und noch mehr Müll, an dem teilweise bereits der Schimmel nagte. In der Spüle stand das Wasser, bräunlich und übel riechend, bis über den Rand gefüllt mit schmutzigen Tellern und Besteck, an denen noch alte Essensreste klebten.

Ich hielt mir die Nase zu, während Vicki hinter mir Würgegeräusche machte.

Wie hatte Linda das Haus nur in so kurzer Zeit verkommen lassen können? Sie hatte immer einen so ordentlichen, gar peniblen Eindruck gemacht. Als ich das letzte Mal hier gewesen war, war alles blitzblank gewesen.

Noch besorgniserregender jedoch als der Geruch und die Unordnung war die Stille.

»Linda?«, rief ich laut durch das hallende Treppenhaus. »Mama? Jemand da?«

Keine Antwort. War es doch so schlimm geworden, dass Linda meine Mutter vom Notarzt hatte holen lassen? Aber wieso die Verwahrlosung? Wieso hatte mir Linda nicht längst Bescheid gegeben, dass sie sich nicht mehr um die notwendigsten Dinge im Haushalt kümmern konnte?

»Soll ich oben nachsehen?«, fragte Vicki, die sichtbar schauderte.

»Warte. Ich glaube, ich höre etwas.« Ein leises, kaum wahrnehmbares Rauschen, das aus dem Wohnzimmer zu kommen schien.

Ich rannte hinüber, und da war sie endlich. Esther lag so schlaff in ihrem Fernsehsessel, dass ich im ersten Schockmoment glaubte, sie müsse tot sein. Das Kinn zur Brust gesunken und den Mund halb offen. Ich eilte zu ihr, rüttelte an ihrer Schulter, da hörte ich es wieder. Dieses leise, rasselnde Schnauben, das ihren runzeligen Lippen entwich.

Esther schnarchte. Sie lebte noch. Sie schlief nur.

Vor Erleichterung entkam mir ein ersticktes Keuchen.

»Sie sollten sie nicht wecken«, ertönte es aus einer Ecke des Raums, auf die ich beim Eintreten nicht geachtet hatte. »Sie braucht immer so lange, um einzuschlafen.«

Linda sah beinahe so wüst aus wie das Haus. Ungewaschen und ungepflegt. Die Haare fettig, und die sonst glatt gebügelte Kleidung zerknittert und mit Schmutzflecken übersät.

»Linda? Was ist passiert? Und wieso sieht es überall so aus?«

Lindas Wangen erröteten, während sie an den Ärmeln ihrer ergrauten Bluse zupfte. »Entschuldigen Sie, das war nicht beabsichtigt. Ich hatte vorgehabt, noch sauber zu machen, aber mir ist etwas dazwischengekommen.«

»Was ist nun mit Esther? Sie sagten, es sei ein Notfall.«

»Ja, ja, das ist es auch.« Lindas Augen funkelten vor Erregung, und sie winkte hektisch. »Kommen Sie schnell!«

»Wohin?«, fragte ich zögernd. Mein Blick glitt immer wieder zu Esther. Etwas an ihrer bewegungslosen Erscheinung gefiel mir überhaupt nicht.

»In den Keller«, antwortete Linda. »Ich muss Ihnen dringend etwas zeigen. Ich verspreche, Sie werden mich dann gleich viel besser verstehen.«

Zweifelnd sah ich zu Vicki. »Bleibst du hier bei Esther?«, bat ich sie.

Vicki griff nach Esthers Hand, die sich kraftlos wie die einer Puppe hochheben ließ. »Geht es ihr wirklich gut? Sie sieht so komisch aus.«

»Versuche sie vorsichtig zu wecken und frag sie, ob sie Hilfe braucht. Gib ihr vielleicht etwas zu trinken. Ich komme gleich wieder.«

Linda stand bereits an der Tür und scharrte unruhig mit den Füßen. Sie wirkte anders als sonst, und das lag nicht nur an ihrer verwahrlosten Erscheinung. Es war der Glanz in ihren Augen, die Art, wie ihre Hand kaum wahrnehmbar vor Erregung zitterte, als sie die Tür zum Kellerabgang öffnete.

Mir war äußerst mulmig zumute. Ein Gefühl, das sich noch verstärkte, als ich hinter Linda die erste Stufe hinabstieg. Wieso musste es ausgerechnet der Keller sein? Es war Jahre her, seit ich zuletzt unten gewesen war. Als Kind hatte ich Angst vor dem Keller gehabt und hatte immer Ausreden erfunden, damit ich nicht hinuntergehen musste. Dabei konnte ich heute nicht einmal mehr sagen, weshalb das so war. Es war keiner diese kalten, muffigen Gruselkeller, sondern ein hell erleuchteter Raum mit hoher Decke und sogar einem eigenen Fernsehanschluss, der seit dem Tod meines Vaters allerdings nicht mehr benutzt worden war.

Früher war das hier seine Domäne gewesen. Er hatte den Raum als Werkstatt für seine Bastelarbeiten genutzt, aber manchmal war er auch hinuntergegangen, um Fußball zu schauen, oder war hierher geflohen, wenn er und Esther Streit hatten. Dann hatte er auf einem schmalen Klappbett geschlafen und hatte mich bestochen, damit ich ihm Grillhähnchen besorgte, weil das Esther wegen seiner Diät so selten erlaubte.

Klappbett und Fernseher waren inzwischen verschwunden. Jetzt diente der Keller nur mehr als riesiger Abstellraum, in dem sich verstaubte Kisten und vergessene Erinnerungen stapelten.

»Was ist denn mit dem Keller?«, fragte ich auf halbem Weg nach unten. Die Schnittwunde in meiner Ferse pulsierte bei jedem Schritt.

»Wir haben Besuch bekommen«, flüsterte Linda aufgeregt.

»Besuch? Wen meinen Sie?«

»Gleich.« Linda stützte sich beim Gehen an der Wand ab. »Sie müssen wissen, ich habe auch Social Media. Ich weiß, wie grauenvoll die letzten Wochen für Sie waren. Was Sie durchmachen mussten. Erst die ganzen Geier, die sich an Ihrem Leid und dem Tod des armen Mädchens ergötzt haben. Und dann diese Verleumdungen. Diese ganzen Lügen, die online über Sie verbreitet wurden. Ich wünsche mir schon so lange, Ihnen helfen zu können, und dann habe ich endlich herausgefunden, wer für das alles verantwortlich ist.«

»Linda.« Vor Unruhe fing ich an, schneller zu gehen, so dass ich beinahe über die letzte Stufe gestolpert wäre. »Ich verstehe kein Wort. Wovon reden Sie?«

Linda betätigte den Lichtschalter. Alles sah noch fast genauso aus wie vor drei Jahren, als ich Esther geholfen hatte, Arnolds Sachen in Kisten zu verpacken und nach unten zu schaffen.

Bis auf den Stuhl, der zwischen den vollgestopften Regalen in der Raummitte platziert worden war.

Und die Frau, die zusammengesunken und mit nach hinten verdrehten Armen darauf saß.

Caro.

27.

Kommentar von @mountainyogi_jas: Seid ihr blind oder einfach nur bescheuert? Sieht doch jeder Vollidiot, dass das bloß ein Fake-Account ist. Ich folge @sarahlaeuft nun schon seit Jahren. Sie würde niemals solche Sachen posten.

Linda fuhr einfach in ihrem Plauderton fort, als wäre nichts gewesen. Als würde vor mir nicht gerade meine Schwester im Keller meiner Eltern gefesselt auf einem Stuhl sitzen. »Ich rede von Caro, Ihrer Schwester.« Lina rümpfte die Nase, als hätte sie einen widerlichen Geruch aufgefangen. »Na ja, Ihrer Adoptivschwester eigentlich. Ich weiß, dass Sie mittlerweile herausgefunden haben, dass sie hinter dem Fake-Account steckt, der Ihnen das Leben so schwer macht.«

»O Gott!« Mein Herzschlag schien kurz auszusetzen. Sofort sprang ich an Caros Seite. »Caro! Caro, hörst du mich?« Sie reagierte nicht. Nicht einmal, als ich ihr in den Arm kniff, doch zumindest bewegte sich ihr Brustkorb noch. Ich legte einen Finger unter ihre Nasenlöcher und konnte ihre ein- und ausströmende Atmung spüren, was zumindest bedeutete, dass sie am Leben war, dennoch zitterte ich vor Angst. Diese tiefe Starre war alles andere als normal. »Was zur Hölle haben Sie mit ihr gemacht?«, zischte ich.

Ich ging um den Stuhl herum und entdeckte die Kabelbinder, mit denen Caros Handgelenke so fest zusammengebunden waren, dass die Haut darunter wund und gerötet war. Ich zog daran, doch ohne ein Messer oder einen anderen scharfen Gegenstand hatte ich keine Möglichkeit, die Fesseln zu lösen.

»Bringen Sie mir sofort eine Schere«, schrie ich Linda an, während ich weiter an Caros Fesseln zerrte.

»Nun warten Sie doch einmal«, erwiderte Linda, deren Mundwinkel nervös zuckten. »Sie hören mir nicht zu. Ich habe das für Sie getan.«

»Was soll die Scheiße? Was soll das heißen: für mich?«

Plötzlich ging ein Ruck durch Caros Körper. Stöhnend rollte sie den Kopf zur Seite. »Sie ist verrückt«, keuchte sie und würgte trocken. Ein einzelner Speichelfaden entkam ihren spröden Lippen.

»Caro!« Mit zitternden Händen umfasste ich ihr Gesicht. Caros Haut fühlte sich kalt und klamm an. »Geht es dir gut?«

»Geht schon. Mir ist nur übel ... Und durstig. Hast du etwas Wasser?«

»Ich mache dich gleich los, und dann holen wir dir Wasser. Es tut mir so leid. Was ist passiert?«

»Vicki hat mir wegen Lola geschrieben. Ich bin zu eurem Haus gefahren, und da habe ich Linda gesehen. Sie ist durch den Garten geschlichen wie ein Dieb auf der Flucht. Ich habe sie angehalten, um sie zur Rede zu stellen ...« Caros Lider zuckten stark, als hätte sie Mühe, sie offen zu halten. »Mehr weiß ich nicht. Plötzlich war ich hier, und diese Verrückte hatte mich gefesselt.«

»Ich bin nicht verrückt«, warf Linda mit entrüstetem Tonfall ein und schob ihr spitzes Kinn vor. »Sie hat mich angegriffen. Aber ich weiß mich zu wehren. In meiner Arbeit habe ich gelernt, für Notfälle stets gerüstet zu sein.«

Ich musste wieder an Esther denken. Wie tief versunken sie in ihrem Sessel gehangen hatte. Wie schlaff ihre Glieder auf Berührung reagiert hatten.

Plötzlich lief es mir eiskalt den Nacken hinunter. »Haben Sie das etwa auch mit meiner Mutter gemacht? Haben Sie sie und meine Schwester betäubt?«

Linda knetete verlegen ihre knochigen Hände vor ihrem Schoß. »Ich hatte keine andere Wahl«, gestand sie. »Ich hatte die letzten Tage wenig Zeit, um mich um Ihre Mutter zu kümmern, und sie hat immer wieder versucht, Sie anzurufen, wenn sie allein war. Aber Sie können unbesorgt sein. Es geht ihr gut. Das Mittel hinterlässt keinerlei Nebenwirkungen.«

»Aber wieso? Warum haben Sie das getan?«

»Das sagte ich doch schon! Für Sie. Um Ihnen zu helfen.« Linda trat einen Schritt auf mich zu, stoppte jedoch abrupt, als ich eine Hand zwischen uns hob. Ihre hohe Stimme wurde dringlicher, fast flehend. »Sehen Sie denn nicht? Ihre Schwester hat Sie betrogen. Ihr Vertrauen missbraucht. Ich wollte ihr nie Schaden zufügen. Ich wollte Ihnen bloß Gelegenheit geben, sie zur Rede zu stellen und zur Rechenschaft zu ziehen.«

»Redet sie von dem Screenshot?«, fragte Caro und schüttelte sich eine verschwitzte Haarsträhne aus dem Gesicht, die ihre Sicht verdeckte. »Ich weiß, das war vielleicht übereilt, aber ich war einfach so wütend und fassungslos ...« Caros Schultern zuckten vor Schmerz. »Bitte! Kannst du mich einfach freimachen?«

Ich löste die Hand von Caros Wange und richtete mich auf. »Hast du ihn wirklich bloß verschickt?«

»Was meinst du?«

Ich schluckte. »Hast du ihn nur verschickt oder vielleicht ... direkt gepostet?«

Angestrengt kämpfte Caro gegen ihre Fesseln an, ihre Augen waren groß vor Erstaunen. »Willst du mich verarschen? Hilf mir endlich hier raus!«

»Ich habe es ernst gemeint, als ich dir diese Nachricht hinterlassen habe. Ich wäre nicht wütend, wenn du hinter dem Fake-Account steckst. Ich will einfach nur die Wahrheit wissen.«

»Die Wahrheit?« Ein kratzendes Geräusch entkam Caros Kehle, das halb Fauchen und halb ersticktes Lachen war. »Seit wann bist du an der Wahrheit interessiert?«

»Was redest du denn? Natürlich bin ich das. Du weißt, dass du mit mir über alles reden kannst.«

»Seit wann?« Caros Augen begannen zu funkeln, während sie heftig blinzelte. »Sieh dich doch um! Weißt du nicht, wo wir hier sind?«

»Wir sind im Keller.« Zu meiner Überraschung begann ich zu stottern. »Im Keller im Haus unserer Eltern.«

»Nur der Keller, hm? Mehr ist das hier nicht für dich. Bist du wirklich so gut darin, dich selbst zu blenden, oder ist das alles bloß Show?«

»Ich verstehe nicht ...« War es noch das Betäubungsmittel, das Caros Sinne benebelte, oder sprach sie absichtlich in Rätseln? »Was hast du mit deiner Nachricht gemeint? Du hast geschrieben, du kannst nicht glauben, dass ich es schon wieder getan habe. Was getan?«

»Das Gleiche, was du Leonie angetan hast, als du ihre Nachrichten ignoriert hast.« Caros Hände ballten sich unter den festgezogenen Kabelbindern zu Fäusten. »Du wolltest ihren Schmerz überhaupt nicht sehen, nicht wahr? Er war zu unbequem. Zu real. Er hat nicht auf die Bühne deines perfekten Lebens gepasst.«

»Du kennst mich«, widersprach ich. »Mein Leben ist alles andere als perfekt.«

»Nein, dein Leben ist eine einzige Farce. Weil einfach nichts real ist.« Caro schüttelte den Kopf in gespielter Fassungslosigkeit. »Du kannst dir ja noch nicht einmal eingestehen, dass du ebenfalls bloß adoptiert bist.«

Caros Worte ließen etwas tief in meinem Inneren vibrieren. »So ist das nicht«, krächzte ich schwach. Natürlich wusste ich, dass ich adoptiert war. Jeder in meinem näheren Umfeld wusste es, auch wenn ich immer bevorzugt hatte, kein großes Thema daraus zu machen, vor allem online nicht. Weil es für mich keine Rolle spielte. Nicht so wie für Caro, die schon immer mit der Vergangenheit gehadert hatte. Im Gegensatz zu ihr war ich noch ein Baby gewesen, als die Wiesers mich adoptiert hatten. Zu jung, um mich noch an ein Leben davor zu erinnern. Hatte ich deshalb unrecht, das Davor einfach auszublenden? »Für mich wart ihr einfach immer meine Familie. Alles andere hat mich nicht interessiert. Daran ist nichts Falsches.«

»Doch. Es ist heuchlerisch!«, zischte Caro, die Schultern zuckend vor Wut. »Weil du dir die Realität immer so zurechtbiegst, wie sie dir gerade passt. Alles Unschöne blendest du aus, siehst es einfach nicht. Gerade ich muss es wissen. Mich hast du auch nicht gesehen, obwohl ich all die Jahre direkt vor dir war, und es hat dich nicht interessiert.«

»Das stimmt nicht!«, widersprach ich aufgebracht. »Natürlich habe ich dich gesehen. Du bist meine Schwester! Und ich hatte mir immer so sehr eine Schwester gewünscht, das weißt du genau.«

»Ja, du hast dir eine Schwester gewünscht, mit der du Modeschau spielen und mit der du vor deinen Freundinnen angeben kannst, aber es wurde dir schnell zu viel, wenn ich nicht deinen Vorstellungen entsprach. Wenn ich Alkohol trank oder Abführpillen aus der Apotheke stahl, oder wenn Esther und ich uns so laut anschrien, dass die Nachbarn das Jugendamt alarmierten. Dann war ich dir als Schwester plötzlich nicht mehr so bequem, dann hast du mich behandelt wie eine Fremde. Anstatt dass du für mich da gewesen wärst, als ich dich brauchte, oder zumindest wahrgenommen hättest, dass es mir schlecht ging. Aber du hast einfach weggesehen, und das ist etwas, dass ich dir nie verzeihen konnte. In all den Jahren nicht.«

»Ich habe nicht weggesehen, aber ich habe es einfach nie verstanden! Esther und Arnold haben dich gerettet, doch statt dankbar zu sein, hast du ihnen das Leben immer nur schwer gemacht! Wegen jeder Kleinigkeit hast du dich mit ihnen gestritten, hast dich nie an Regeln gehalten und bist ständig abgehauen.«

»Dankbar? Dankbar!« Caro trat vor Wut mit den Füßen aus, so dass ihre Absätze in einem hohen Ton über den Kellerboden schabten. »Du kannst doch nicht ernsthaft so verblendet sein! Weißt du es wirklich nicht mehr, oder hast du es bloß verdrängt? Denn ich weiß es noch zu gut. Ich weiß, dass du ihn gesehen hast.«

»Von wem redest du?«

»Arnold«, spie Caro aus, die Wangen rot und fleckig vor Erregung. »Den Mann, den du trotz allem immer noch deinen Vater nennst. Der Mann, der mich hier unten jahrelang vergewaltigt hat, als wir noch Kinder waren.«

Ich schüttelte den Kopf so heftig, dass mir schwindlig wurde, während Linda hinter mir zischend einatmete. »Das stimmt nicht! Ich erinnere mich genau. Arnold war ein guter Vater. Er hätte nie ...« Meine Stimme zitterte. Plötzlich war mir so kalt, dass ich die Arme um mich legen musste. »Er hat mich nie angerührt.«

»Natürlich nicht«, zischte Caro. »Du warst ja auch sein kleiner Engel. Sein Liebling. Dich hatte er schon, als du noch ein Baby warst, und hat dich deshalb wie seine eigene Tochter angesehen. Aber ich? Das trotzige Gör, das von Anfang an nicht in seine Familie gepasst hat? Ich war ihm doch völlig egal. Mit mir konnte er machen, was er wollte. Alles ...« Caros Stimme brach. Sie legte den Kopf in den Nacken, um die Tränen zu stoppen, die ihre Augen schimmern ließen. »Er hat mir immer gesagt, er würde mich in den Jugendknast schicken, wenn ich etwas von dem verriet, was er mit mir machte. Und ich war noch so jung, als es anfing, dass ich ihm geglaubt habe. Ich war so verängstigt, dass ich mich nie getraut habe, nach Hilfe zu rufen, aber dieses beschissene Klappsofa hat jedes Mal so laut gequietscht, dass ich mir sicher war, irgendjemand müsste es hören. Irgendjemand würde kommen und mir helfen. Und dann kamst du.« Caros Mundwinkel zitterten, während ihre Lippen ein zynisches Lächeln formten. »Eines Nachts standest du einfach da, in diesem quietschgelben, geblümten Nachthemd und mit einer Vanillemilchtüte in der Hand. Du kannst dir nicht vorstellen, wie erleichtert ich in dem Moment war, dich zu sehen. Ich war mir so sicher, dass es jetzt aufhören würde, aber das hat es nicht. Du hast nichts gesagt. Nichts gemacht. Du bist einfach wieder gegangen und hast die Tür hinter dir zugemacht, und nichts hat sich verändert. Du hast mich nicht einmal anders angesehen. Ein paar Tage später ist er wieder zu mir gekommen, und es ist einfach weitergegangen. Woche für Woche. Jahr für Jahr.«

Nein, das stimmte nicht. So war das nicht gewesen. Mein Vater war kein Monster, und ich erinnerte mich genau … oder? Ich hatte oft seltsame Geräusche aus dem Keller gehört, deshalb hatte ich ihn gemieden, war sogar überzeugt gewesen, dass es dort unten spukte. Aber hatte ich wirklich je etwas gesehen?

Verschwommene Bilder flackerten vor meinem inneren Auge auf. Ich erinnerte mich an das gelbe Nachthemd, von dem Caro sprach. Das mit dem hellweißen Blütenaufdruck am Saum, an dem ich immer zupfte, wenn ich nervös war, so dass der Gummizug ganz ausgeleiert war.

In dieser Nacht hatte ich schlecht geträumt und ins Bett gemacht. Ich war weinend ins Schlafzimmer meiner Eltern gelaufen, Mama schlief jedoch so tief, dass sie sich nicht wecken ließ. Die Bettseite meines Vaters war leer, also begann ich, ihn zu suchen, rief sogar leise nach ihm, aber niemand antwortete. Die Kellerstufen knarzten leise unter meinen zarten Kinderfüßen. Von unten erklangen Geräusche, die mir Angst machten. Ich quetschte die Milchtüte in meiner Hand so fest, dass etwas von der Vanillemilch aus dem Strohhalm spritzte und auf die Stufen tropfte.

Jemand weinte. Ich wollte umdrehen und mich wieder unter meiner feuchten Bettdecke verkriechen, aber ich ging weiter, Stufe für Stufe, bis ich sie schließlich sah. Verdrehte

Glieder und viel zu viel Haut. Caros schimmernde Augen, die größer waren, als ich sie jemals gesehen hatte.

Arnold schrie mich an. Ich sollte wieder ins Bett gehen. Und da rannte ich. So schnell, wie mich meine Beine nur trugen. Vor Schreck ließ ich unterwegs die Milchtüte fallen. Milch, Milch überall.

Meine Beine schwankten unter mir, erzitterten und brachten mich ins Wanken.

Ja, vielleicht hatte ich etwas gesehen, aber ich hatte es nicht gewusst. Wie denn auch? Ich war so jung gewesen, viel zu jung, um zu verstehen. Ich hatte mir eingeredet, etwas ganz anderes gesehen zu haben. Ein mir unbekanntes Spiel oder vielleicht auch eine Bestrafung. Ich wusste nur, dass es etwas war, das ich niemals hätte sehen sollen, also beschloss ich, es zu ignorieren. Die Szene verschwamm in meinem Gedächtnis, wurde Teil eines Traums, von dem ich mir sagte, ich hätte ihn nicht einmal wirklich geträumt. Bloß ein Hirngespinst. Arnold würde Caro doch nie wehtun. Er liebte sie, er liebte uns.

Wankend hielt ich mich am Gestänge eines Regals fest. »Ich war neun Jahre alt«, keuchte ich, meine Stimme kaum mehr als ein Atemhauch. »Ich hatte keine Ahnung, was ich da sah.«

Caros Blick blieb hart und unnachgiebig. »Nein, du wusstest es, und diese verlogene Schlange Esther wusste es ebenso. Sie hat einfach weggesehen, wenn ihr Mann nachts das Bett verlassen hat. Sie hat sich betrunken, bis sie fast bewusstlos wurde, und hat mir am nächsten Morgen Pausenbrote geschmiert, als wäre nichts gewesen.«

Wieder schüttelte ich den Kopf. »Das glaube ich nicht.«

»Genau, das ist das Problem!«, schrie Caro. »Weil du immer nur glaubst, was du glauben willst. Siehst, was du sehen willst. Du wolltest nie wahrhaben, dass deine geliebte Familie verdorben bis auf die Knochen ist. Du wolltest auch nicht wahrhaben, dass deine Ehe kaputt ist und dein Job dich todunglücklich macht. Und schon gar nicht wolltest du wahrhaben, dass deine falsche Zurschaustellung von Glück und Gesundheit deine Follower psychisch krank macht.«

»Was willst du damit sagen?«, erwiderte ich gepresst. »Dass Leonie nur wegen mir depressiv war und sich das Leben genommen hat?«

»Vielleicht nicht nur wegen dir, aber du hättest ihr helfen können! Du hattest die Chance, sie zu retten, stattdessen hast du sie im Stich gelassen, als sie dich am meisten brauchte.« Caro bleckte die Zähne, während sie sich in ihren Fesseln wand. »Genau wie mich damals.«

»Genug jetzt«, rief Linda plötzlich, die sich bislang so still verhalten hatte, dass ich ihre Anwesenheit fast vergessen hatte, und trat zwischen uns. Zu meiner Überraschung flossen Tränen über ihr Gesicht. »Hören Sie auf, sie zu beschuldigen«, sagte sie zu Caro, während ihr Oberkörper hektisch bebte. »Es ist nicht Sarahs Schuld, dass das alles passiert ist.« Linda fasste sich an die Brust, zerknüllte den Stoff ihrer Bluse in ihrer Faust. »Es ist meine, ganz allein meine Schuld.«

Linda war verrückt. Es war ein Fehler gewesen, sie so lange zu ignorieren. Ich musste uns endlich hier rausschaffen und Esther zu einem Arzt bringen. Danach würden Caro und ich das ganz in Ruhe klären.

»Was meinen Sie genau damit?«, fragte ich Linda, um sie abzulenken, während ich möglichst unauffällig das Regal hinter mir nach einem scharfen Gegenstand abtastete, mit dem ich Caro losschneiden konnte.

»Ach, Sarah.« Linda wischte mit dem Handballen über ihre tränenfeuchte Wange. »Es tut mir so leid, dass du so viel durchmachen musstest. Glaub mir, das habe ich nie für dich gewollt!«

»Ich verstehe nicht ...« War das ein Seitenschneider in dem Werkzeugkorb hinter Caros Schulter? Ich bewegte mich in kleinen Schritten seitwärts, während ich Linda fest im Blick behielt.

»Erkennst du mich denn immer noch nicht?«, fragte sie und lächelte zittrig. »Ich bin es. Deine Mutter. Nicht Esther, die dich bloß adoptiert hat. Deine *wahre* Mutter.«

28.

Kommentar von @sof_bikinibabe: Krasse Neuigkeiten. Habt ihr schon das Gerücht gehört, dass @sarahlaeuft bloß adoptiert ist? Kein Wunder, dass sie so daneben ist. Ihre echte Mutter war sicher ein Junkie.

Ich hatte das Regal mit dem Seitenschneider fast erreicht und wollte die Hand hinter meinem Rücken nach ihm ausstrecken, als Lindas Worte mich erstarren ließen.

Meinte sie das im Ernst?

»Ich folge dir schon seit Jahren«, fuhr Linda fort. »Und ich weiß, ich hätte dich schon viel früher kontaktieren sollen, aber ich habe mich einfach nicht getraut. Ich dachte, vielleicht wäre es besser so, vielleicht wärst du glücklicher ohne meine Einmischung, aber nachdem ich diesen Job angenommen hatte, sah ich immer mehr, wie dein Leben in Wirklichkeit ist und wie gepeinigt du im Inneren warst, und da wusste ich – ich muss dir helfen. Ich muss dir zeigen, wer ich wirklich bin, und vor allem, wer du wirklich bist.«

Linda tippte mit den Fingerspitzen auf ihr Schlüsselbein, ihre Augen leuchteten. »Genau hier. Ich habe es auf deinen Fotos gesehen und sofort wiedererkannt. Das herzförmige Muttermal hattest du schon als Baby. Ein Zeichen wie von einem Engel. Gott muss es dir gegeben haben, damit ich dich leichter wiederfinde. Er wollte nie, dass wir getrennt werden. Und ich wollte das ebenfalls nicht. Bitte glaub mir das! Ich hätte dich niemals hergegeben, aber ich war noch so jung, als ich schwanger wurde. Gerade erst siebzehn. Meine Eltern waren schockiert. Sie sperrten mich die gesamte Schwangerschaft über ein und zwangen mich, dich kurz nach der Geburt zur Adoption freizugeben. Sie waren sehr religiös und hielten dich für eine Sünde, aber ich wusste es besser.« Lindas Augen glänzten wie im Fieber, ihre Unterlippe bebte beim Sprechen. »Du warst keine Sünde. Du warst ein Geschenk. Mein gottgegebenes Geschenk, und nun habe ich dich endlich wieder.«

Linda war näher gekommen, doch ich wich zurück vor ihr, wollte auf keinen Fall zulassen, dass diese Fremde, diese Verrückte mich berührte. »Sie irren sich«, beharrte ich, den Rücken gegen das Regal hinter mir gepresst.

Linda seufzte. »Ich weiß, es ist schwer. Nach all den Jahren … Genau deshalb habe ich auch so lange gezögert, es dir zu sagen. Aber es ist wichtig, dass du die Wahrheit erfährst. Nur so können wir endlich heilen.«

»Nein, Sie irren sich wirklich!« Mit zittrigen Fingern löste ich den obersten Knopf meiner Bluse und zog den Kragen beiseite, um die makellose Haut darunter zu enthüllen. »Ich hatte an dieser Stelle nie ein Muttermal. Es war Raphaels Idee«, erklärte ich mit gesenktem Blick. »Das war noch ganz zu Beginn meiner Karriere. Er fand, ich würde mit dem herzförmigen Mal auf den sozialen Medien besser herausstechen und interessanter erscheinen. Er wollte es mir sogar auf die Haut tätowieren lassen, doch ich habe mich geweigert, deshalb habe ich es immer mit wasserfestem Kajal aufgemalt.« Inzwischen war das Mal lange verblasst. Seit Leonies Tod hatte ich es nicht mehr nachgezeichnet.

Das Blut wich aus Lindas Wangen. »Unmöglich«, keuchte sie und streckte den Arm nach mir aus. »Du hast es weglasern lassen, stimmt's? Denn ich weiß es einfach. Ich weiß, dass ich deine Mutter bin.«

»Es tut mir leid, aber das ist nicht möglich«, beharrte ich. »Meine Eltern starben bei einem Autounfall, als ich noch ein Baby war. Ich kann mich nicht mehr an meine leibliche Mutter erinnern, aber Esther hat mir einmal ein Foto von ihr gezeigt. Sie war sehr hübsch und hatte auffallend hellblondes Haar. Ich kann also mit absoluter Gewissheit sagen, dass Sie nicht meine Mutter sind. Und ich ... ich bin nicht Ihre Tochter.«

Esthers Beine begannen zu zittern. Sie schien kurz davor zu sein, zusammenzubrechen.

»Du lügst. Ich weiß es. Ich habe es gespürt. Ganz tief in mir drinnen. Schon, als ich zum ersten Mal deine Fotos sah. Du bist es.«

Das war doch absurd. Linda und ich sahen uns nicht einmal ähnlich. Nicht im Entferntesten. »Es tut mir leid«, wiederholte ich.

Lindas Augen füllten sich mit Tränen. Ihr Mund schloss und öffnete sich abwechselnd, sie schien etwas sagen zu wollen, doch außer einem qualvollen Krächzen brachte sie keinen Laut zustande.

In dem Moment erklang ein zartes Rufen von oben. »Mama?«

Es war Vicki. In der ganzen Aufregung hatte ich beinahe sie und Esther vergessen.

Die oberste Stufe knarzte. »Was macht ihr so lange da unten? Ist alles in Ordnung?«

Linda drehte sich zur Treppe um, und da erkannte ich meine Chance. Ich riss den Seitenschneider vom Regal hinter mir und sprang neben Caros Stuhl. Linda war zu langsam, um mich noch aufzuhalten. Als sie merkte, was ich da tat, war es bereits zu spät, und das harte Plastik fiel von Caros Händen.

»Lauf!«, rief ich und gab Caro einen leichten Stoß, die wie vom Blitz getroffen hochsprang und in Richtung Treppe hechtete.

Linda schrie wie unter Schmerzen. »Nicht! Was tust du denn? Sie entkommt!« Sie griff nach Caro, als diese an ihr vorbeilief, doch bevor sie ihr zu nah kommen konnte, riss ich Linda am Arm zurück. »Sie ist meine Schwester«, zischte ich. »Sie hatten kein Recht, sie festzuhalten.«

»Aber – das war doch nur für dich. Sie ist eine Schlange. Eine falsche Schlange, die dich hintergangen hat. Du kannst ihr nicht trauen!«

Ich hielt noch immer den Seitenschneider umklammert, den ich nun wie eine Waffe auf Linda richtete. »Ich gehe jetzt ebenfalls hinauf. Sie bleiben hier und rühren sich nicht. Verstanden?«

Das Blut war aus Lindas Wangen gewichen. »Was hast du denn vor?«

Den Seitenschneider zwischen uns, begann ich Stufe für Stufe rückwärts die Kellertreppe zu erklimmen. »Ich muss nach Esther sehen und dann – dann werde ich die Polizei rufen.«

Linda hatte nicht nur Caro entführt, sondern sie und meine Mutter auch noch mit Medikamenten betäubt. Dafür konnte ich sie sicher verhaften lassen. Mir wurde schlecht, wenn ich daran dachte, wie lange meine Mutter schon in ihrer Obhut gewesen war. War sie überhaupt Krankenpflegerin, oder hatte sie mir von Anfang an bloß etwas vorgespielt, um sich unter falschem Vorwand in mein Leben zu schleichen?

Lindas Halsmuskeln zuckten, als sie krampfhaft schluckte. »Bitte, Sarah. Ich bin deine Mutter. Ich will dir doch nur helfen, verstehst du das denn nicht? Lass uns erst in Ruhe über alles reden.« Sie fing an, mir nachzugehen, woraufhin ich den Seitenschneider so fest packte, dass meine Knöchel um den Plastikgriff weiß hervortraten.

»Sie sind nicht meine Mutter, und jetzt keinen Schritt weiter!« Mit ihrer schmalen Gestalt mochte sie zwar körperlich harmlos wirken, aber immerhin hatte sie Caro hierher verschleppt. Es wäre ein Fehler, sie zu unterschätzen.

Linda blieb stehen, ihr gequälter Blick folgte mir jedoch weiterhin. Die letzten Stufen erklomm ich halb rennend, halb springend, bis ich fast mit Vicki zusammenprallte, die noch immer am obersten Treppenabsatz kauerte.

»Mama?« Vickis Augen waren vor Entsetzen geweitet, während sie unruhig zwischen mir und dem Keller hin und her sah. »Was ist passiert? Esther schläft immer noch. Ich kann sie nicht wecken.«

Ich packte Vickis Hand und zog sie mit mir in Richtung Wohnzimmer. Mein Herz raste nach wie vor wie verrückt. »Alles wird gut. Esther hat etwas genommen, das sie so müde macht. Ich werde gleich den Notarzt rufen. Hast du Caro gesehen?«

»Sie ist zur Haustür rausgerannt. Sie wollte, dass ich mitkomme, doch ich habe mich geweigert, solange du noch da unten warst. Ihr habt mir echt Angst eingejagt.«

»Tut mir leid, Linda ist etwas übergeschnappt, aber ich habe alles unter Kontrolle.« Zumindest half es, mir das einzureden. Ich hatte mein Handy im Auto vergessen. Im Wohnzimmer gab es zum Glück ein Festnetztelefon, das auf einem kleinen Holztisch neben dem Sofa stand. Esther schlief noch immer auf ihrem Sessel, als ich eintrat, und schien sich während meiner Abwesenheit um keinen Millimeter bewegt zu haben.

Voller Sorge prüfte ich noch einmal kurz ihre Atmung und griff dann nach dem Hörer, um zuerst die Rettung und dann die Polizei zu verständigen.

Ich kam nur dazu, die ersten zwei Ziffern zu wählen, als mir das Telefon aus der Hand gerissen wurde. Es flog samt Kabel quer durch die Luft und landete scheppernd auf dem Fußboden zwischen mir und Linda, die schwer keuchend in der Tür stand und das Festnetzkabel in ihrer Faust umwickelt hielt.

Ihr ganzes Gesicht war zu einer Grimasse verzerrt. »Dass du mich nicht einmal anhören würdest, nach all den Opfern, die ich deinetwegen erbracht habe ...«

»Linda.« Ich sprach ihren Namen bewusst ruhig aus und streckte behutsam einen Arm in ihre Richtung. »Geben Sie mir das Telefon zurück. Meine Mutter braucht einen Arzt.«

Kreischend trat Linda nach dem Telefon. »Sie ist nicht deine Mutter! Sie ist eine Fremde, eine Heuchlerin!«

Der Zorn in ihrer Stimme ließ mich zurückzucken. Es war sinnlos, mit ihr zu diskutieren. Sie war wahnsinnig. Warum war mir das davor nie aufgefallen? War ich so mit mir selbst beschäftigt gewesen, dass ich keines der Warnsignale bemerkt hatte? Nicht einmal, als meine eigene Mutter mich weinend anrief und fast um Hilfe flehte?

Mir drehte sich der Magen um.

Hatte Caro am Ende recht? Sah ich immer nur das, was ich sehen wollte?

Aber vielleicht konnte ich es wiedergutmachen. Ich konnte mich ändern. Angefangen damit, dass ich für die Menschen einstand, die mir am wichtigsten waren.

Ich hielt wieder den Seitenschneider hoch und platzierte mich so im Raum, dass ich Vicki und Esther mit meinem Körper abschirmte.

»Weißt du überhaupt, was ich alles für dich getan habe?«, fragte Linda mit schrill verzerrter Stimme, während sie dem erhobenen Seitenschneider zum Trotz weiter auf mich zuwankte. Ihre Augen waren riesig und von einem stummen Flehen erfüllt. »Ich passe seit Wochen auf dich auf, weiche dir kaum von der Seite, um jedes Unheil abzuwehren, aber du ...«

»Du warst das!«, keuchte ich, während Übelkeit meinen Magen schlingern ließ. »Du warst bei uns im Garten, nicht wahr? Ich habe dich gesehen. Ich dachte, ich werde verrückt, aber du hast mich verfolgt. Mich und meine Familie ...« Meine Kehle schnürte sich so stark zu, dass ich kaum mehr Luft bekam.

»Ich bin deine Familie! Deine wahre Familie, wie kannst du das immer noch nicht verstehen? Wenn du mir nur endlich zuhören würdest ... Ich könnte dir alles erklären. Ich weiß, es ist lange her, aber es ist noch nicht zu spät für uns.«

»Was faselt sie da?«, fragte Vicki verwirrt und klammerte sich an Esthers Sessel fest. »Was will sie von uns?«

»Ganz ruhig«, flüsterte ich und winkte mit der flachen Hand nach hinten, während mein Blick weiterhin auf Linda gerichtet blieb. »Geh nach draußen, Vicki, hörst du?« Die Tür mochte von Linda blockiert werden, aber das war nicht der einzige Ausgang. Durch die Terrassentür konnte Vicki ebenfalls in den Garten hinaus fliehen. »Geh zurück zum Auto. Ruf die Polizei. Sie sollen außerdem einen Krankenwagen schicken.«

Vicki protestierte sofort. »Spinnst du? Ich kann dich doch nicht allein lassen!«

»Geh einfach!«, zischte ich, konnte jedoch hören, dass Vicki immer noch zögerte und weiterhin auf der Stelle verharrte. Dieses sture Kind!

Dann entdeckte ich ein mattes Blitzen an Lindas rechtem Oberschenkel, kaum wahrnehmbar, weil das Schwarz ihrer Stoffhose mit dem Metallgriff zu verschmelzen schien. Dennoch wusste ich sofort, was es war, spürte es instinktiv.

Eine Pistole.

Linda war bewaffnet.

»Jetzt!«, schrie ich aus vollem Hals, dann zog ich eines der großen Zierkissen vom Sofa und schleuderte es Linda mit aller Kraft entgegen.

Linda duckte sich seitwärts, so dass das Kissen nur ihre Schulter streifte. Die Bewegung war für ihr Alter überraschend geschmeidig. Gleichzeitig löste sie die Pistole von ihrem Schenkel und streckte den Arm nach vorn, bis der Lauf in meine Richtung zeigte.

»Hör auf!«, fauchte Linda. »Ich will dir doch nicht wehtun. Du sollst mir nur zuhören.«

Warum zur Hölle hatte sie dann eine Waffe dabei?

»In Ordnung. Ich höre ja zu. Ich bin hier.« Mein Herzschlag dröhnte in meinen Ohren. Zu meinem Entsetzen war

Vicki immer noch da, wie festgefroren stand sie hinter Esthers Sessel und zitterte am ganzen Leib. Die Angst in ihren Augen zerriss mir das Herz. Wieso konnte sie auch nie auf mich hören?

»Leg das endlich weg!«, befahl Linda, deren Stimme jede Wärme verloren hatte, und deutete mit dem Pistolenlauf auf den Seitenschneider in meiner Hand.

»Natürlich.« Ich rang mir ein beschwichtigendes Lächeln ab. »Wollen wir alles gleichzeitig ablegen … du deine Waffe und ich … Ich will nicht, dass sich jemand verletzt.«

»Hinlegen habe ich gesagt!«, blaffte sie und schloss zur Verdeutlichung auch ihre linke Hand um die Waffe.

»Ich tue es gleich.« Ich bückte mich langsam, aber eigentlich schindete ich nur Zeit, während meine Gedanken fieberhaft durcheinanderrasten. Was sollte ich nur tun? Vicki war noch hier. Ich durfte nicht zulassen, dass Linda ihr etwas antat.

Plötzlich ging ein Fauchen durch den Raum, ein heftiger Schrei wie von einem Tier. Ich wirbelte gerade noch rechtzeitig herum, um zu sehen, wie Esther sich aus ihrem Sessel stieß und nach vorne stürzte, ihre Hände zu Klauen geformt und das Gesicht eine zornentbrannte Fratze.

Linda schien ebenfalls überrascht zu sein. Sie reagierte nicht schnell genug und stand wie versteinert da, während Esther eine Tischlampe von der Kommode riss und damit nach ihr schlug. Linda riss schützend die Hände nach oben. Sie versuchte, rückwärts auszuweichen, aber Esther war wie in Rage. Immer wieder schlug sie auf Linda ein. Der Lampenschirm riss, Glas splitterte. Linda jaulte vor Schmerz und hielt sich das Handgelenk. Blut quoll zwischen ihren Fingern hervor und tropfte auf den Teppich.

Die Pistole – wo war sie? Linda musste sie in dem Tumult fallen gelassen haben. Es ging alles so schnell, und Esthers Rücken verdeckte mir die Sicht, so dass ich kaum etwas sehen konnte. Ich sprang ebenfalls vor, um ihr zu helfen, schwang dabei meinen Arm und holte mit dem Seitenschneider aus, als Vickis schriller Schrei die Luft zerriss.

»Mama! Pass auf!«

Ein Schuss fiel. Dann noch einer. Der Knall schien bis tief in meine Knochen zu vibrieren, so dass ich fast sicher war, getroffen zu sein.

Ich sah an mir herab, wartete auf den Schmerz, ein heftiges Glühen, doch nichts passierte. Hatte Linda mich verfehlt? Dann hörte ich ein dumpfes Rumpeln und sah Esthers Körper am Boden aufschlagen.

Die Zeit verlangsamte sich. Ich hörte mich schreien, doch der Laut war verzerrt, wie von einer Glaskuppel umhüllt. Noch immer hallte der Schuss in meinen Ohren wider. Womöglich hatte die Kugel sie nur gestreift und nicht schwer verletzt. Aber da war Blut, so viel Blut. War Blut wirklich so rot? Es sah so unecht aus. Bestimmt war es nicht echt. Bestimmt hatte ich bloß wieder einen Alptraum. Wenn ich nur aufwachen könnte. Doch ich wachte nicht auf, und das Blut floss einfach weiter. Ich schrie weiter und hatte die Arme nach Esther ausgestreckt, aber bevor ich sie erreichen konnte, schob sich eine hagere Gestalt zwischen uns.

Linda.

»Keinen Schritt weiter, oder du bist die Nächste«, zischte sie und hob den Lauf, zielte damit direkt auf meine Stirn. Die Pistole zitterte in ihrer Hand, doch ihr Blick glühte vor finsterer Entschlossenheit.

Esther krümmte sich vor Schmerzen. Ihrem qualvollen Keuchen zu lauschen, ohne ihr helfen zu können, war wie ein weiterer Schuss, der meine Brust zerfetzte.

»Linda, bitte!«, flehte ich. »Sie ist verletzt! Sie könnte sterben!«

»Sieh es als einen Akt der Gnade«, knurrte Linda, den Finger am Abzug. »Was für ein Leben hat sie schon noch? Die meiste Zeit kann sie sich kaum mehr an ihren eigenen Namen erinnern, vegetiert bloß in diesem uralten Sessel vor sich hin und betäubt sich mit Fernsehmüll. Und ihre sogenannten Töchter scheren sich einen feuchten Dreck um sie.«

»Das stimmt nicht. Ich ...«

»Und wie das stimmt! Gib es zu, du warst erleichtert, als du sie endlich an mich abschieben konntest und dich selbst nicht mehr um sie kümmern musstest. Danach hat sie dich doch kaum noch zu Gesicht bekommen. Und glaub nicht, ich hätte nicht mit angehört, wie du und deine Schwester darüber geredet habt, sie in ein Altersheim zu stecken. Aber ich verstehe das«, fügte Linda in einem etwas milderen Tonfall hinzu. »Es fällt schwer, diese Art von Opfer für jemanden zu bringen, mit dem man nicht blutsverwandt ist, nicht wahr?«

Esthers gedämpftes Wimmern fuhr mir durch Mark und Bein. Es klang, als würde es schwächer werden. Mir blieb nicht mehr viel Zeit.

»Bitte! Ich tue alles!« Zum Beweis ließ ich den Seitenschneider fallen. »Wir können reden. So viel wie Sie wollen! Ich gebe Ihnen eine Chance, mir alles zu erzählen, das wollten Sie doch, oder? Aber bitte, lassen Sie mich jetzt zu ihr und einen Krankenwagen rufen.«

Lindas Stimme war dünn und schneidend wie berstendes Glas. »Liebst du sie wirklich so sehr?«

»Natürlich!«, antwortete ich ohne Zögern. »Sie hat mich großgezogen. Sie war immer für mich da …«

Linda schüttelte den Kopf, als wäre das die falsche Antwort gewesen. »Vielleicht habe ich mich tatsächlich in dir geirrt. So jemand wie du kann unmöglich meine Tochter sein. Jemand, der so undankbar und kleingeistig und egoistisch …« Vor Enttäuschung wallten Tränen in ihren Augen.

»Ich weiß, deshalb sage ich es doch die ganze Zeit. Ich bin nicht Ihre Tochter. Bitte«, flehte ich und trat einen Schritt näher an Esther heran. »Ich sage auch nichts der Polizei. Lassen Sie einfach mich und meine Familie in Ruhe.«

»Du hast eine Familie doch überhaupt nicht verdient!«, brüllte Linda und schwenkte die Waffe gefährlich nahe vor meinem Gesicht. »Du musstest noch nie allein sein, oder? Aber zeigst du irgendwo Dankbarkeit? Demut? Du bekommst so viel Liebe und gibst doch nichts davon zurück. Dabei dachte ich wirklich, du wärst etwas Besonderes. Als wäre da eine Art magische Verbindung zwischen uns. Wie oft habe ich mir gedacht, du würdest durch deine Beiträge nur zu mir sprechen, als wäre dein Lächeln allein für mich bestimmt. Aber jetzt weiß ich, dass alles nur eine Lüge war. Du hast mich nie wirklich gesehen. Nie so, wie ich dich gesehen habe.«

»Es tut mir leid, Linda. Wenn Sie vielleicht früher etwas gesagt hätten, aber ich konnte das alles doch nicht wissen.« Verzweifelt suchte ich nach den richtigen Worten, um sie zu beschwichtigen. »Wir können das alles immer noch aufholen. Wir können einen Kaffee trinken gehen. Reden. Einander richtig kennenlernen.«

»Einen Kaffee.« Lindas Mundwinkel zuckten. Sie blinzelte manisch, dennoch liefen ihr die Tränen über die Wangen. »Ich fürchte, dafür ist es nun zu spät.«

Mir wurde kalt ums Herz. Was sollte das bedeuten? Doch zu meiner Überraschung ließ Linda daraufhin die Waffe sinken und trat zur Seite.

Ich war wie erstarrt, wollte meinen Augen nicht trauen, bis Linda mir ungeduldig winkte, weiterzugehen. »Dann geh. Geh zu ihr. Geh zu deiner Mutter.«

Der Hohn in ihrer Stimme hätte mir vielleicht eine Warnung sein sollen, aber ich wollte einfach so dringend zu Esther und ihr helfen. Deshalb achtete ich auch nicht mehr auf Linda, als ich an ihr vorbeiging. Oder auf ihre Hand, die nach wie vor die Waffe hielt. Ich sah nicht einmal, wie sie sich bewegte und zum Schlag ausholte, hörte nur Vickis verzweifeltes Rufen, aber da war es bereits zu spät.

Schmerz explodierte an meinem Hinterkopf, ließ mich taumeln, bevor gleich darauf meine Knie nachgaben.

Ich war bewusstlos, noch bevor ich am Boden aufkam.

29.

Kommentar von @shadow.grl4: Ich kenne Sarah noch von der Schule. Sie war schon immer ein herzloses, oberflächliches Biest. Sie hat das alles so was von verdient.

War das Sirenenheulen, was ich da hörte? Ich versuchte, mich zu konzentrieren, meine Gedanken zu bündeln, doch alles fiel mir plötzlich so schwer. Denken, bewegen, sogar das Atmen.

Meine Augen waren wie zugeklebt, mein eigener Körper wie von mir gespalten. Nichts gehorchte mir mehr. Ein scharfer Schmerz schoss durch meine Schläfen, und plötzlich war das Sirengeheul so laut, als würde das Martinshorn direkt an meinem Ohr erklingen.

Sie waren hier.

Hilfe war nah.

Endlich gelang es mir, die Augen zu öffnen, auch wenn der Rest meines Körpers noch streikte. Es kostete mich all meine Kraft, den Kopf zu drehen und nach dem Handgelenk zu tasten, das direkt vor mir lag.

Esthers Handgelenk.

Sie sah merkwürdig aus, die Glieder verdreht und die Haut blass, wie mit Kalk überzogen. Ich wollte sie beschwichtigen, ihr sagen, dass nun alles gut werden würden, aber meinen spröden Lippen entkam nur ein heiseres Keuchen.

Und Esther – Esther regte sich nicht.

Mühsam brachte ich meine Knie unter mich, richtete mich auf allen Vieren auf, bis ich über Esther gebeugt war. »Mama?«

Vorsichtig tätschelte ich ihre Wange, doch Esthers Augen blieben geschlossen. Meine Knie fühlten sich seltsam feucht an, und erst da merkte ich, dass ich in einer Lache aus Blut saß – ihrem Blut.

Die Kugel war durch ihren Bauch gedrungen. Die Blutlache war so groß, dass der komplette Wohnzimmerteppich damit durchtränkt war.

»Mama!« Meine Kehle schnürte sich zu. Ich schluchzte trocken, während mein Brustkorb wie unter Schmerzen zu krampfen begann. »Mama, bitte sag doch was.«

Esther antwortete nicht. Ihr Kopf rollte unter meiner Berührung haltlos zur Seite.

»Hilfe!«, rief ich aus vollem Hals, Esthers erschlafftes Gesicht in meinem Schoß gebettet, während draußen vor der Tür das Jaulen von Sirenen immer lauter wurde. »Wir brauchen Hilfe!«

Zumindest schien Linda endlich fort zu sein. Doch meine Erleichterung währte nur kurz. Nicht nur Linda war verschwunden.

Schnaufend sah ich mich ein weiteres Mal um, und schlagartig wurde mir schlecht vor Angst.

Auch von Vicki fehlte jede Spur.

Wo war sie? Wo war meine Tochter?

Ich schrie ihren Namen in derselben Sekunde, als die Tür eingetreten wurden und Polizisten das Haus stürmten.

30.

Sarah hatte mich enttäuscht.
Es war nicht einmal ihre Schuld. Wir waren einfach zu lange getrennt gewesen. Ihre falschen Eltern hatten schon vor Jahren ihr Gift in ihr versprüht und sie für mich verdorben. Ich hätte es von Anfang an wissen müssen, doch in meiner Naivität war ich einem Trugbild erlegen. Am Ende hatte Sarah ihr wahres Gesicht gezeigt und dabei offenbart, dass sie ganz und gar nicht der Mensch war, als der sie sich ausgegeben hatte, nicht dieser perfekte Engel, in den ich all meine Hoffnungen gesetzt hatte.
Eigentlich hätte ich nun vor Kummer zergehen müssen, doch das Schicksal war mir noch einmal hold gewesen und hatte mir eine neue Chance gegeben.
Mit Vicki würde ich es besser machen.
Sie war so ein hübsches Mädchen, ihrer Mutter wie aus dem Gesicht geschnitten. Es war mir lange Zeit nicht aufgefallen, weil sie immer so eine grimmige Miene verzog und so viel Schwarz trug, doch jetzt, wo sie friedlich auf der Rückbank meines Wagens schlief, konnte ich mich an ihrem Anblick gar nicht mehr sattsehen.
Der liebliche Mund. Das golden schimmernde Haar.
Ich seufzte wohlig, während ich sie im Rückspiegel betrachtete. Dennoch durfte ich mich von ihr nicht zu sehr ablenken lassen. Wir würden noch genügend Zeit haben, einander besser kennenzulernen und eine Beziehung zu formen. Vorher musste ich mich aber um unsere Sicherheit kümmern.

Sarah und ihre Mutter waren außer Gefecht gesetzt, aber ihre verlogene Schwester machte mir Sorgen, weshalb ich den Wagen mit überhöhter Geschwindigkeit durch verzweigte Landstraßen fuhr, um meine Spuren zu verwischen.

Die Uhr tickte. Nicht mehr lange und sie würden die Polizei alarmieren. Bis dahin musste ich den Wagen losgeworden sein und das Bundesland verlassen haben.

Zum Glück hatte ich diesen Plan schon vor Monaten ausgearbeitet. Ich hatte zwar immer gehofft, dass es nicht so weit kommen würde, doch jetzt war ich froh um meine akribische Sorgfalt. Um den gefälschten Ausweis in meinem Handschuhfach und den Zugfahrplan in meiner Handtasche.

In nicht einmal einer Stunde würden wir bereits in einem Zug Richtung Prag sitzen und unser neues Leben beginnen.

Die Garage, die ich gemietet hatte, befand sich in der Nähe des Wiener Hauptbahnhofs. Es dürften Wochen vergehen, ehe jemand den Wagen dort ausfindig machte, was uns einen gewissen Vorsprung verschaffte.

Vicki schlief noch immer so tief und fest, dass sie keine Regung machte, als ich sie von der Rückbank auf einen Rollstuhl hob, den ich aus Esthers Haus entwendet hatte. Ich legte eine Decke über ihre Beine und platzierte eine übergroße Kappe auf ihrem Kopf, die die Hälfte ihres Gesichts verdeckte. Ich musste ihren Kopf zusätzlich mit einem Kissen stützen, damit er nicht zur Seite rollte.

Hoffentlich hatte ich es mit der Propofol-Dosis nicht übertrieben. Sie war so ein zartes Geschöpf.

Ich konnte nicht widerstehen, einmal über ihre weiche Wange zu streicheln. Dabei fiel mein Blick auf ihr Schlüsselbein, das wegen ihres knappen Sommertops komplett frei lag.

Ich griff meine Handtasche und kramte darin, bis ich das richtige Werkzeug gefunden hatte. Dann setzte ich den dunkelbraunen Kajalstift direkt unter dem sanften Bogen ihres Schlüsselbeins an und malte ein kleines Herz auf ihre Haut, das wie ein Muttermal aussah.

Zufrieden betrachtete ich mein Werk.

Jetzt war sie perfekt.

Meine Tochter.

31.

Ein Kommentar von @marinamaste_: Eigentlich müsste man @sarahlaeuft die Tochter wegnehmen. Jemand wie sie sollte ohnehin keine Kinder haben, und dann würde sie zumindest spüren, wie das ist.

Ich musste träumen. Das konnte nicht wirklich sein. Das konnte nicht meine Mutter sein, über deren erbleichtem Gesicht ein Plastiksack zugezogen wurde. Es konnte nicht sein, dass meine Tochter verschwunden war, dass niemand wusste, wo sie war, dass hier so viele Polizisten über das Gelände verteilt waren und keiner von ihnen wirklich helfen konnte.

Der Regen hatte aufgehört. Die dunklen Wolken hatten sich verzogen und waren einem blauen Himmel gewichen, klar und strahlend, als wollte er mich verhöhnen.

Ich saß auf einer Bank vor dem Haus und hielt eine Kaltkompresse in meinem Schoß, die mir ein Rettungssanitäter gegeben hatte. Mein Kopf pochte dumpf, wo Linda mich mit dem Pistolengriff getroffen hatte, dennoch nahm ich den Schmerz kaum wahr.

Immer wieder kamen verschiedene Polizisten auf mich zu, um mir Fragen zu stellen, doch ich konnte kaum sprechen. Ihre komplizierten Behördenfloskeln klangen wie eine andere Sprache für mich. Caro musste die meiste Aufklärungsarbeit übernehmen und schilderte wiederholt vom Parkplatz aus, was geschehen war.

Sie war es gewesen, die zum nächsten Nachbarn gerannt war, um von dort die Polizei zu rufen. Nach ihrem Anruf hatte es nicht einmal fünfzehn Minuten gedauert, bis das Haus umstellt war, dennoch waren sie zu spät gekommen.

Von Linda und Vicki fehlte jede Spur. Lindas Auto war fort, weshalb man davon ausging, dass sie darin geflohen sein musste. Sämtliche Einsatzfahrzeuge waren alarmiert und Straßensperren in der näheren Umgebung errichtet worden. Es sei nur eine Frage der Zeit, bis sie Linda schnappen würden, versicherte man mir immer wieder, doch mir war, als würde ein Messer in meiner Brust stecken, das sich mit jeder verstreichenden Sekunde tiefer bohrte.

Ich wusste, ich konnte erst wieder frei atmen, wenn ich Vicki sicher in meinen Armen hielt.

Plötzlich löste sich einer der Polizisten aus der Menge und kam auf mich zu. Er fiel auf, weil er im Gegensatz zu seinen Kollegen keine Uniform trug, sondern in einem zivilen Businessanzug gekleidet war. Seine Schläfen waren ergraut, und die Haut um seine Augen war deutlich gezeichnet, dennoch war da etwas an seiner Körperhaltung und seinem dynamischen Schritt, das ihn deutlich jünger erscheinen ließ.

Er blieb etwa zwei Meter vor mir stehen und neigte respektvoll den Kopf zur Begrüßung. »Guten Tag, Frau Rode. Ich bin Kriminalkommissar Georg Seiler und leite aktuell die Ermittlungen. Ich möchte Ihnen mein aufrichtiges Beileid ausdrücken und Ihnen versichern, dass wir alle verfügbaren Kräfte darauf verwenden, Ihre Tochter so schnell wie möglich zu finden.«

Ich nickte wortlos, während meine Finger sich krampfhaft um die Kältekompresse schlossen.

»Ich verstehe, dass das hier für Sie traumatisch sein muss, aber weil hier wirklich jede Sekunde zählt, ist es äußerst wichtig, dass Sie uns helfen, damit wir wissen, wo genau wir suchen müssen. Die Adresse, die Sie uns von Ihrer Altenpflegerin genannt haben, gehört zu einem leerstehenden Reisebüro. Aktuell scheint dort niemand zu wohnen, aber wir durchsuchen natürlich die Umgebung. Wir haben auch das Foto, das Sie uns gegeben haben, durch unsere Systeme gejagt. Leider konnten wir niemanden auf den Namen Linda Dohm finden. Dafür hatten wir einen anderen, recht überraschenden Treffer.« Der Polizist zeigte mir ein Foto auf seinem Handy. »Zwar habe ich bereits mit Ihrer Schwester gesprochen, aber ich möchte es noch mal von Ihnen persönlich wissen. Ist das die Person, die Ihre Tochter entführt hat?«

Ich runzelte die Stirn. Das Foto war deutlich älter, mindestens fünfzehn Jahre alt. Das Gesicht darauf war fülliger, nicht ganz so hager, und die Frau trug einen anderen Haarschnitt, einen kinnlangen Bob mit einem fransigen Pony, der ihr bis zu den stechenden Augen reichte.

Dennoch erkannte ich sie sofort. »Ja, das ist sie«, bestätigte ich und spürte, wie mein Herz erneut zu rasen begann. »Das ist Linda.«

Seufzend steckte Kommissar Seiler sein Handy wieder ein. Sein Blick glitt zur Seite. »Sieht so aus, als ob sie sich bei Ihnen unter falschem Namen vorgestellt hat. Ihr wahrer Name ist Tanja Mattern. Sie ist mit siebzehn Jahren ins Gefängnis gekommen, weil sie ihre eigene Tochter kurz nach der Geburt in der Badewanne ertränkt hat, wahrscheinlich, um das Kind vor ihren Eltern geheim zu halten. Laut Aussage der

Familie wusste bis dahin niemand von ihrer Schwangerschaft. Sie saß deswegen für über zehn Jahre, hat sich aber seit ihrer Entlassung unauffällig gezeigt. Können Sie uns sagen, woher Sie Frau Matterns Bewerbung hatten? Hat sie sich bei Ihnen persönlich gemeldet, oder wurde sie an Sie durch eine Agentur vermittelt? Frau Rode? Geht es Ihnen gut?«

Mir blieb die Luft weg. Mein Brustkorb krampfte, als würde mir jemand die Lungen abdrücken. Ich musste mich abwenden, stolperte außer Hörweite von Kommissar Seilers Fragen und floh hinter das Haus, quer durch den Garten, der nicht mehr gepflegt war wie in meiner Kindheit, sondern wildwuchernd mit buschigen Gräsern, die noch schwer vom Regen waren und sich wie Meeresalgen um meine Beine wanden.

Dann hatte sie also gelogen.

Die Erkenntnis traf mich wie ein Schlag in den Magen und ließ mich taumeln. Ihre Eltern hatten sie überhaupt nicht dazu gezwungen, ihre Tochter zur Adoption freizugeben. Ihre Tochter lebte nicht einmal mehr. Linda – oder Tanja – hatte sie … Am liebsten wäre ich einfach immer weiter gerannt, aber meine Beine gaben nach, so dass ich auf dem feuchten Erdboden in die Knie ging.

War es nicht ironisch? Fast musste ich heiser lachen, als ich sah, wohin es mich instinktiv verschlagen hatte. Zum alten Geräteschuppen am Rande des Grundstücks.

Ich hatte Vicki verboten, sich dem Schuppen zu nähern, weil ich Angst hatte, sie könnte sich am splitternden Holz oder den rostigen Werkzeugen verletzen, dabei war er einmal Caros und mein Lieblingsspielplatz gewesen, unser Geheimversteck. An der Tür hing zwar ein Schloss, aber das milchige Fenster auf der Rückseite stand immer einen Spalt offen, weit genug, dass zarte Kinderhände hineingreifen konnten, um die Verriegelung zu lösen. Als Kinder waren Caro und ich ständig durch dieses Fenster eingedrungen, hatten zwischen kaputten Rasenmähern und modrigen Säcken unbenutzter Blumenerde heimlich gepicknickt und Rollenspiele gespielt. Wir taten, als wären wir Banditen auf der Flucht oder fahrende Zirkusartisten auf der Durchreise.

Verstecken war immer Caros Lieblingsspiel gewesen, und langsam begann ich auch zu begreifen, warum.

Plötzlich konnte ich die Tränen nicht länger aufhalten. Ich weinte so heftig, dass mein ganzer Körper von heftigen Schluchzern geschüttelt wurde.

Wie hatte ich nur so blind sein können? So naiv?

Ich war eine furchtbare Schwester und eine noch viel grauenhaftere Mutter. Ich hatte sie alle im Stich gelassen, war nicht für sie da gewesen, als sie mich am dringendsten gebraucht hätten.

Ein sanftes Vibrieren an meinem Oberschenkel zerrte mich aus meinen quälenden Gedanken zurück in die Gegenwart. Mein Handy. Ich hatte es inzwischen aus meinem Auto geholt, um jederzeit erreichbar zu sein. Raphaels Name leuchtete mir entgegen. Die Polizei hatte ihn längst kontaktiert, aber obwohl er mich seitdem mehrfach angerufen hatte, hatte ich es nicht über mich gebracht, ihm persönlich zu sagen, dass ich als Mutter versagt hatte.

Diesmal hob ich ab. »Raphael?«, krächzte ich.

»Sarah, na endlich! Ich fahre so schnell, wie ich kann. Bitte sag mir, gibt es Neuigkeiten? Irgendeine Spur?«

Ich biss mir auf die Unterlippe. »Nein, aber sie suchen überall nach ihr«, brachte ich mühsam hervor.

Raphael fluchte. »Halte durch! Ich bin gleich bei dir.«

Ich musste auflegen, weil ein Helikopter über mich hinwegflog, der alle Geräusche um mich verschlang. Er überflog das angrenzende Waldstück und begann dort, langsame Kreise zu ziehen, doch mein Gefühl sagte mir, dass sie damit nur ihre Zeit verschwendeten. Linda war bestimmt längst nicht mehr in der Gegend. Wohin konnte sie geflohen sein? Was, wenn wir alle zu spät kamen und ihr Vorsprung mittlerweile einfach zu groß war? Linda war gut darin, sich zu verstecken, das hatte sie bereits bewiesen, und weitaus gerissener, als ihre biedere Erscheinung vermuten ließ.

Ich hatte keine Ahnung, was sie mit Vicki vorhatte, aber es konnte nichts Gutes sein. Allein die Vorstellung trieb mich an den Rand des Wahnsinns. Was sollte ich tun? Ich konnte doch nicht nur abwarten. Ich musste etwas unternehmen. Ich war ihre Mutter, und mein Kind brauchte mich.

Ich zwang mich, ruhiger zu atmen.

Denk nach, denk nach.

Linda hatte Vicki bestimmt nicht einfach irgendwo im Wald verscharrt. Sie hatte sich eine Tochter gewünscht, einen Ersatz für das Baby, das sie selbst vor vielen Jahren ermordet hatte. Wohin würde so jemand fliehen? Wahrscheinlich wollte Linda so weit weg wie möglich, und das so schnell wie möglich. Fliegen wäre zu riskant, blieben ihr also nur das Auto oder ein Zug.

Jemand müsste sie dabei doch sehen, irgendetwas bemerken, und wenn es nur eine dunkle Ahnung am Rande der eigenen Wahrnehmung war.

Ich musste die Leute nur dazu bringen, genauer hinzusehen, ihren Instinkten zu vertrauen.

Plötzlich wusste ich ganz genau, wie ich das schaffen konnte.

Meine Hand zitterte, als ich mein Handy erneut aufnahm. Es war das Letzte, was ich wollte, aber es ging hier um Vicki. Nichts war wichtiger als das Leben meiner Tochter. Also tat ich etwas, von dem ich eigentlich gehofft hatte, es niemals wieder tun zu müssen.

Ich loggte mich unter meinem Instagram-Account ein. Meinem richtigen Account.

Und reaktivierte mein Konto.

Die Vielzahl der Meldungen war schwindelerregend, doch ich hatte keine Zeit zu verschwenden. Bevor ich es mir anders überlegen konnte, wischte ich nach links und startete die Liveübertragung.

Sofort ploppten Hunderte Nachrichten und Emojis auf meinem unteren Bildschirmrand auf.

Omg.
Ist das echt live?
Ich glaub's nicht.
Wieso heult sie?
Kein Make-up heute?
Ist Sarah endlich zurück?

Verlogene Schlange.

Ich versuchte, die Nachrichtenflut zu ignorieren, und atmete tief durch. Diesmal war es mir völlig egal, wie ich aussah und wie ich auf andere wirken mochte.

Nur eines zählte noch.

Ich musste Vicki retten.

»Hallo Leute«, stammelte ich, während Tränen meine Augen verklebten. »Ich weiß, ihr habt viele Fragen, aber ich muss mich kurzhalten. Wie ihr wisst, habe ich eine Tochter. Vicki. Sie ist erst zwölf, und ich liebe sie über alles. Normalerweise vermeide ich es, Fotos von ihr auf Social Media zu teilen, aber gerade ist es enorm wichtig, dass ihr genau wisst, wie sie aussieht.« Mit zitternden Fingern zog ich Vickis Foto auf meinen Bildschirm, damit alle es sehen konnten. Seit sie als Kind eine Zahnspange hatte tragen müssen, vermied es Vicki, auf Fotos zu lächeln, doch auf diesem hier grinste sie über beide Wangen und streckte die Arme weit nach oben, als wollte sie den Himmel berühren.

Genauso hässlich wie ihre Mutter.
Seit wann geht Sarah wieder live?
So süß!
Was soll der Mist?
Ich hab dich so vermisst, Sarah!

Sofort kamen neue Tränen, und ich musste erneut Luft holen, bevor ich weitersprechen konnte. »Das ist Vicki. Sie ist entführt worden, vor noch nicht einmal einer Stunde. Die Polizei sucht bereits nach ihr, aber jede Minute zählt, deshalb brauche ich eure Hilfe.« Meine Stimme geriet ins Wanken, meine Zunge lag schwer in meinem Mund. »Ich bitte euch, egal, wo ihr seid – geht nach draußen, seht euch um, seht nach, ob ihr meine Tochter irgendwo entdecken könnt. Fragt auch eure Freunde und Verwandten, zeigt ihr Foto her und fragt, ob jemand sie gesehen hat.«

Während ich vor mich hin stammelte, kletterte die Teilnehmerzahl unermüdlich weiter nach oben. Knackte die achtzig-, neunzigtausend und wuchs schnell auf über hunderttausend.

Ist das krass.
Das ist sicher bloß so ein Werbegag.
Fallt da doch nicht drauf rein!
O Gott, die Arme!
Das ist fake, oder?
Du lügst doch, sobald du den Mund aufmachst!

»Und das ist die Frau, die sie entführt hat.« Ich blinzelte die Tränen fort, um erneut das Foto auf meinem Bildschirm zu ändern. Ich musste kurz suchen und lud dann Lindas Bewerbungsfoto in den Hintergrund der Liveübertragung. »Ihr Name ist Tanja Mattern, aber sie hat sich bei mir unter falschem Namen vorgestellt und wird wahrscheinlich wieder versuchen, ihre Identität zu ändern. Deshalb ist es umso wichtiger, dass wir jetzt schnell handeln und alle zusammen helfen.« Meine Stimme brach erneut, während ich das Handy mit beiden Händen packte und ein letztes Mal in die Kamera sah.

»Bitte«, flehte ich. »Helft mir, meine Tochter zu finden!«

32.

Nur noch fünf Minuten, bis unser Zug einfuhr, der uns weit weg von hier bringen würde.
Am Bahnsteig war es brütend heiß, weshalb ich Vickis Rollstuhl zu den Automaten in der Nähe der Ticketschalter zurückschob, um uns noch etwas zu trinken zu kaufen, bevor wir einstiegen. Zur Feier des Tages ließ ich uns sogar zwei Coca-Cola-Flaschen herunter, Vickis Lieblingsgetränk, wie ich von meinen Beobachtungen wusste.
Bereits jetzt war ich eine so viel bessere Mutter, als Sarah es jemals sein würde. Ich sah Vicki richtig und spürte instinktiv, was sie brauchte. Im Gegensatz zu Sarah würde ich nicht ständig abgelenkt und nur mit mir selbst beschäftigt sein. Nein, Vicki würde von nun an meine Priorität sein. Mein ganzes Leben würde ich ihr, dieser kleinen, wunderbaren Seele, widmen.
Wie könnte sie mich da nicht zurücklieben?
Es war überraschend, wie wenig Beachtung wir fanden. Die einzigen Blicke, die wir ernteten, waren mitfühlend. Ich erwiderte sie mit einem milden Lächeln. Eine Mutter mit einem behinderten Kind im Rollstuhl, welch tragisches Schicksal.
Dennoch hatte ich mein Aussehen verändert, um auf Nummer sicher zu gehen. Ich trug andere Kleidung und eine goldblonde Perücke, in einem ähnlichen Farbton wie Vickis Haar. Es gefiel mir, dass wir dadurch bereits wie eine richtige Familie aussahen. Wenn wir erst in Tschechien angekommen waren, würde ich mein Haar bleichen und wachsen lassen.

Unsere Zugnummer wurde durch die Lautsprecher durchgegeben. Gleich würde es losgehen.

Ich schob den Rollstuhl gemächlich zurück Richtung Gleise, als mir die ersten Blicke auffielen. Nicht mehr mitfühlend und betroffen, sondern suchend, beinahe anklagend. Eine füllige Frau in viel zu engen Sportklamotten versuchte im Vorbeigehen, unter Vickis Käppi zu blicken, so dass ich einen großen Schlenker machen musste, um ihr auszuweichen.

Mein Puls stieg in die Höhe. Bildete ich mir das ein, oder drehten sich immer mehr Menschen nach uns um? Auf dem gegenüberliegenden Gleis zeigte jemand mit dem Finger auf uns und stieß die Person neben sich an, die in ihr Handy vertieft war.

Schweiß strömte meinen Rücken hinab. Mit eingezogenem Kopf fing ich an, den Rollstuhl schneller zu schieben.

»Hey, Sie!«, rief eine Frauenstimme laut hinter mir.

Meinte die etwa mich? Ich wagte es nicht, zurückzublicken, um es herauszufinden. Meine Schritte wurden immer schneller, bis ich fast über den Bahnsteig rannte. Die Räder ratterten hörbar über die Pflastersteine, und Vickis Hände hüpften oberhalb ihrer Decke, wo ich sie artig zusammengefaltet hatte.

»Stehen bleiben!«, rief eine weitere Stimme, aber ich dachte nicht daran. Aus der Ferne näherte sich ein dröhnendes Rumpeln, kurz darauf erklang das Signalhorn.

Unser Zug fuhr ein. Endlich. Tränen der Erleichterung brannten in meinen Augen. Wenn wir erst einmal eingestiegen waren, würden wir in Sicherheit sein.

Mein Brustkorb brannte vor Anstrengung, dennoch gab ich noch einmal alles und schob so schnell ich konnte.

Plötzlich war da eine Wand aus Menschen vor uns. Ich musste abbremsen, ausweichen, erneut beschleunigen. Vickis Kopf rollte zur Seite. Das Kissen rutschte unter ihrer Wange weg und fiel zu Boden.

»Lassen Sie den Rollstuhl los!«, fuhr ein Mädchen, kaum älter als Vicki selbst, mich an.

»Verschwindet!«, zischte ich zurück. »Lasst uns in Ruhe!«

Ein weiteres Mädchen in einem helltürkisen Croptop kam mit weit ausgestrecktem Arm auf uns zugerannt. »Das ist sie! Das ist Vicki!« Zwischen ihren bunt bemalten Fingern hielt sie ein Handy umklammert.

Was sollte das? Woher kamen all diese Menschen? Wie hatten sie uns so schnell gefunden?

Jemand riss von hinten an meiner Schulter, doch ich ließ nicht los. Mit aller Kraft klammerte ich mich weiterhin an den Stangen des Rollstuhls fest. Niemand würde mir mein Kind wegnehmen! Nie wieder!

Mit einem gellenden Schrei stürzte ich nach vorne, brach durch die Menge und rannte mit Schwung in Richtung Gleise. Wir waren so nah dran! Wir mussten nur noch unseren Zug erreichen, dann wären wir frei! Doch wir kamen nicht weit, jemand packte den Rollstuhl an den Fußstützen und riss ihn herum. Der Rollstuhl scherte zur Seite aus, und ich geriet ins Straucheln. Die Schiebegriffe entglitten meinen schweißnassen Händen. Ein gellender Schrei entrang sich mir. Ich drehte den Kopf herum, sah kurz noch Vickis Gesicht, das herzförmige Muttermal an ihrer Kehle, das uns für immer verband.

Dann brach der Boden unter mir weg. Ich rannte nicht mehr, ich flog. Ich ruderte mit den Armen, aber um mich war nichts mehr, an dem ich hätte Halt finden können.

Der Aufprall quetschte mir alle Luft aus den Lungen. Ich rief noch immer nach Vicki, wollte die Arme nach ihr ausstrecken, *sie zumindest noch einmal fest an mich ziehen, doch meine Glieder gehorchten nicht. Ich war zu langsam. Zu langsam, um der heranpreschenden Metallmasse noch auszuweichen. Das Quietschen der Bremsen war das Letzte, das ich hörte. Dann wurde ich von Schwärze überrollt.*

33.

Kommentar von @vanlife.isi: Echt jetzt? Ein kleines Familiendrama und @sarahlaeuft macht einfach so weiter, als wäre nie etwas passiert? Wenn ihr mich fragt, war das alles so was von inszeniert. Traut doch keinen von diesen verlogenen Influencer-Arschlöchern.

Der Sonnenaufgang war wunderschön an diesem Morgen, doch als ich versuchte, ihn mit meiner Handykamera einzufangen, waren die Kontraste stumpf und die Farben glanzlos.

Ich legte einen Filter darüber und postete das Bild dennoch in meinen Stories, gemeinsam mit einem Sonnensticker und der Überschrift: »New day, new beginning.«

So lautete meine und Raphaels Abmachung. Keine Liveauftritte und auch keine Bildbeiträge, aber zumindest ein bis zwei kleine Stories am Tag, um meinen Followern zu symbolisieren, dass ich zurück war.

Denn das war ich anscheinend, nachdem ich diesen einen verhängnisvollen Livestream gestartet hatte, bei dem ich zur Suche nach meiner entführten Tochter aufgerufen hatte und durch den Linda am Ende tödlich verunglückt war. Selbst zwei Wochen später lief das Video von mir immer noch fast täglich in den Nachrichten, und ich hatte quasi über Nacht die Eine-Million-Follower-Marke geknackt. Mein Handy explodierte schier vor Anrufen und Interviewanfragen. Mein Foto prangte in zahllosen Zeitungen, aber nun war ich nicht mehr nur die selbstsüchtige Influencerin, ich war selbst ein Opfer, eine Mutter, die um ihre Tochter gekämpft und sie beinahe an eine psychopathische Stalkerin verloren hätte.

Es war verrückt, wie schnell die Meinung der Öffentlichkeit zu meinen Gunsten umgeschwungen war, dennoch fiel es mir schwer, einfach so wieder in den Sog der sozialen Medien abzutauchen. Nachrichten und Kommentare hatte ich auf meinem Account zwar nach wie vor blockiert, aber auch das würde sich nächste Woche ändern, sobald ich meinen großen Fernsehauftritt hatte, in dem ich nicht nur über die tragische Entführung meiner Tochter sprechen sollte, ich würde auch zum ersten Mal öffentlich zu Leonies Selbstmord Stellung beziehen, meine Mitschuld bekennen, und erklären, wie mich diese beiden Ereignisse wachgerüttelt und mir einen neuen Weg aufgezeigt hatten. Ein Weg, bei dem ich mehr für meine eigene Tochter, aber auch für andere Jugendliche mit ähnlichen Problemen wie Leonie da sein wollte.

Raphael hatte bereits das gesamte nächste Jahr für mich geplant. Angefangen mit einem Spendenlauf in Leonies Namen bis hin zu einem Achtsamkeitsfestival für Jugendliche am Wörthersee, wo wir gemeinsam Yoga machen und meditieren würden und ich Vorträge über die Wichtigkeit der mentalen Gesundheit halten würde.

Es war geplant, dass ich bis dahin ein paar Kilos zunahm und meinen Account vermehrt in Richtung Body Positivity und Selbstliebe ausrichtete. Meine Fitness-Onlineprogramme würden von meiner Website genommen werden und durch neue, passendere Programme ersetzt werden.

Weniger #fitnessziele #gesundabnehmen #gymmotivation und mehr #achtsamkeit #intuitiveernährung #innereschönheit

Bei dem Gedanken flatterte mein Magen vor Nervosität und einer latenten Übelkeit, die ich nie ganz abschütteln konnte. Das Ganze fühlte sich immer noch nicht richtig an, fast so, als würde ich aus Leonies Tod Profit schlagen, aber Raphael meinte, ich sähe das falsch, und predigte mir immer, wie viel Gutes ich auf die Art bewirken könnte, viel mehr noch als früher. Ich müsste mich auch nicht mehr so viel verstellen und dürfte mehr ich selbst sein. Kein Make-up, keine Filter, dafür ganz viel Offenheit und tiefe Gefühle.

Es klang richtig, wenn Raphael es mir erklärte, aber warum wurde ich den Druck dann nicht los? Dieses beklemmende Gefühl, als wäre da ein kiloschweres Gewicht auf meiner Brust, das mir die Luft abschnürte?

Das Problem war, dass alles so verflucht schnell gegangen war. Ich hatte nicht einmal richtig Zeit gehabt, Esthers Tod zu verarbeiten. Von heute auf morgen war einer der wichtigsten Menschen in meinem Leben einfach verschwunden. Ohne Abschied. Ohne Erklärung. Dabei hatte ich noch so viele Fragen an sie gehabt. Ich wünschte, ich hätte Gelegenheit gehabt, noch einmal offen mit ihr über alles zu reden. Über Caro und auch über Arnold, und was hinter verschlossenen Türen in diesem Keller vorgefallen war.

War es falsch von mir, dass ich trotz allem immer noch an den schönen Erinnerungen festhielt? Die Art, wie Esther vor dem Schlafengehen immer mein Haar gebürstet und mir dabei Sagengeschichten erzählt hatte?

Meine gesamte Kindheit hatte sich als Lüge entpuppt, dennoch weinte ich noch Tage später nach Esthers Beerdigung, um die Frau, die die einzige Mutter war, die ich jemals gekannt hatte.

Bis heute wusste ich immer noch nicht, wie Linda jemals auf die Idee hatte kommen können, ich könnte ihre Tochter sein. Nicht einmal unser Geburtsjahr stimmte überein. Lindas Baby war über zwei Jahre vor mir auf die Welt gekommen und noch am selben Tag verstorben. Kein Wunder, dass Linda danach dem Wahnsinn verfallen war und sich eingeredet hatte, sie könnte noch mal von vorne beginnen. Ihr Tod war ein tragischer Unfall gewesen, dennoch war ich deswegen nicht allzu sehr bestürzt. Hauptsächlich war ich froh, dass sie fort war und ich meine Familie wieder in Sicherheit wissen konnte.

Der Fake-Account war seit Lindas Tod nicht mehr aktiv geworden, weshalb die Polizei vermutete, dass Linda auch dahintergesteckt hatte. Wahrscheinlich hatte sie mit ihren Anschuldigungen einen Keil zwischen meine Schwester und mich treiben wollen, was ihr ja auch gelungen war. Abgesehen von dem Nachrichtenscreenshot bestritt Caro, je irgendetwas mit dem Account von @sarahrennt zu tun gehabt zu haben, und ich glaubte ihr. Egal, was zwischen uns vorgefallen war, und egal, wie viel Groll Caro zu Recht gegen mich hegte, sie war immer noch meine Schwester – auf die einzige Weise, die je für mich gezählt hatte.

Dennoch hatten Caro und ich entschieden, dass sie nicht mehr für mich arbeiten würde. Die Verletzungen, die wir uns zugefügt hatten, waren einfach zu groß. Es würde Zeit brauchen, bis unsere Beziehung vollständig heilen konnte. Zeit, Verständnis und eine Menge Gespräche.

Caros Geständnis hatte einiges in mir an die Oberfläche gespült. Details aus meiner Kindheit, die ich lange verdrängt hatte und die erst jetzt einen Sinn ergaben. Dielen, die ständig knarzten. Caros widerspenstige, verschlossene Art. Wieso sie sich nachts so oft aus dem Haus geschlichen hatte. Nicht, um Partys zu feiern oder heimlich Jungs zu treffen, sondern aus Angst. Die Flasche Wein auf dem Nachttisch meiner Mutter, lange bevor Caro weggelaufen war.

Caro wollte nicht mehr als nötig über diese Zeit reden, und ich respektierte das, dennoch wünschte ich, sie hätte sich mir früher anvertraut, statt sich auf die verzerrten Erinnerungen eines Kindes zu verlassen. Ich hätte dann so vieles anders gemacht. Ich hätte ihr mehr die Schwester sein können, die sie gebraucht hatte, statt die oberflächliche Freundin, die ich ihr in Wahrheit gewesen war.

Vicki ging es den Umständen entsprechend gut. Linda hatte sie mit einer Spritze betäubt, weshalb sie ihre eigene Entführung kaum mitbekommen hatte. Als Vicki Stunden später im Krankenhaus wieder zu sich kam, war Linda bereits tot, dennoch hatte Vicki immer noch mit den Nachwirkungen dieses Tages zu kämpfen. Nicht nur, dass ihre eigene Großmutter vor ihren Augen erschossen worden war; dank meines improvisierten Livevideos kannte jetzt auch jeder ihr Gesicht. Vicki war dadurch fast so berühmt geworden wie ich und bekam fast genauso viele Presseanfragen. Der Medienrummel war so groß geworden, dass wir sie kurzzeitig von der Schule hatten nehmen müssen und sie derzeit zuhause unterrichteten.

Die Pause schien ihr gut zu tun, dennoch war nicht zu leugnen, dass sie sich verändert hatte. Linda hatte ihr ein

Stück Unschuld geraubt, einen Teil ihrer Kindheit, den ich ihr nie würde zurückgeben können. Man sah es an ihrem Blick, einer Härte um ihre Mundwinkel, die vorher nicht da gewesen war.

Vicki war schweigsamer, aber auch anhänglicher geworden. Sie schien mir wie ein zweiter Schatten zu folgen und schlief sogar die meisten Nächte wieder bei mir im Bett. Tagsüber verbrachten wir viel Zeit gemeinsam auf dem Sofa, sahen uns Netflix-Serien an und aßen Vickis Lieblings-Fast-Food. Wir standen beide unter Schock, aber langsam kehrte wieder so etwas wie Frieden in unser Haus ein.

Die Hass-Pakete hatten ebenfalls aufgehört. Vielleicht war Lola der Meinung, dass ich inzwischen genug bestraft worden war. Vielleicht hatte auch Herr Berger nach meiner Nachricht eingegriffen und seiner Tochter endlich die Therapie verschafft, die sie brauchte. Die Polizei wusste immer noch nichts von Lolas Besuch bei mir. Das zerschlagene Fenster hatte ich stattdessen Linda in die Schuhe geschoben. Zumindest das war ich Leonie schuldig, auch wenn nichts meine Schuld jemals aufwiegen könnte.

Ich träumte noch immer von ihr. Leonies Gesicht würde mich wahrscheinlich noch bis zum Ende meines Lebens verfolgen, aber ich hatte aufgehört, dagegen anzukämpfen. Ihr Tod war nun Teil von mir und meiner Lebensgeschichte, doch vielleicht hatte Raphael ja recht. Ich konnte ihren Tod nicht ungeschehen machen, vielleicht konnte ich ihr Schicksal jedoch als Warnung sehen, um etwas Gutes zu bewirken.

Raphael sprach davon, dass wir eine Stiftung gründen könnten, die Leonies Namen trug und sich für Jugendliche mit Depressionen einsetzte. Ich mochte den Gedanken, einmal etwas tun, um anderen zu helfen, anstatt nur meine eigenen Taschen zu füllen. Allerdings hätte ich mich wohler dabei gefühlt, wenn Raphael nicht im nächsten Atemzug Sponsorenverträge verhandelt hätte. Die Angebote waren zahlreich. Angefangen von einem Antidepressivahersteller für Jugendliche bis hin zu einer biologischen Superfoodmarke, dessen Inhaltsstoffe nicht nur den Körper, sondern auch den Geist stärken sollten.

Noch hatte ich nichts unterschrieben, aber spätestens nach dem geplanten Fernsehauftritt würde Raphael eine Entscheidung von mir verlangen, die meine zukünftige Karriere betraf.

War ich dafür wirklich bereit? Alles in mir schrie nein, doch wollte ich Raphael keinesfalls ein weiteres Mal enttäuschen. Nicht, nachdem er nun endlich nach Hause zurückkehren würde.

Die letzten beiden Wochen hatten wir uns zwar täglich gesehen, aber am Abend war Raphael stets wieder ins Hotel gefahren. Nicht einmal nach Esthers Beerdigung war er bei mir geblieben. Gestern hatten wir dann endlich ein langes Gespräch geführt, und Raphael hatte eingewilligt, die Vergangenheit ruhen zu lassen und mir zu vergeben. Er verlangte eine Paartherapie, und dass ich aufhörte, vor ihm wegzulaufen. Ich müsste ihm mehr vertrauen. Als Ehemann und als Agenten. Ich war fast geschmolzen vor Erleichterung und hatte zu allem ja gesagt.

Hauptsache, er kehrte wieder zurück.

Hauptsache, unsere Familie war wieder vollständig, und ich konnte Vicki ihren Vater zurückgeben.

Gleich am Morgen sollte er seine Koffer packen und aus

dem Hotel auschecken. Ich hatte mich deshalb hübsch gemacht, trug eines seiner Lieblingskleider und bereitete ein extravagantes Frühstück zu. Schon seit sechs Uhr stand ich in der Küche, rührte verschiedenste Aufstriche zusammen und hatte sogar ein Blech Muffins gebacken.

Die Küche duftete herrlich nach Zimt und warmem Teig. Ein Geruch, den ich immer geliebt hatte und der mich nun wehmütig stimmte, weil etwas fehlte.

Mokka.

Er hatte immer vor Vorfreude gewinselt, wenn ich gebacken hatte, und hatte am Ende immer die schlabbrigen Teigreste direkt aus der Schüssel lecken dürfen, stattdessen weichten sie nun unangetastet in der Spüle ein. Obwohl wir nie aufgehört hatten, nach ihm zu suchen, fehlte nach wie vor jede Spur von ihm. Nicht einmal Lindas Wohnung hatte irgendeinen Anhaltspunkt verraten. Kein einziges Hundehaar hatte die Polizei entdeckt, was vermuten ließ, dass sie ihn irgendwo unterwegs losgeworden war. Unglücklicherweise hatte Linda ihre Geheimnisse mit sich in den Tod genommen und damit Mokkas Schicksal besiegelt.

Der Gedanke an seine treuen Hundeaugen schnürte mir jedes Mal die Brust zu.

Erst ein Geräusch an der Haustür trieb wieder ein Lächeln auf mein Gesicht. Es war kurz vor acht, genau wie ausgemacht. Es war das erste Mal seit unserer Trennung, dass Raphael wieder seinen Schlüssel benutzte, anstatt zu klingeln.

Mein Herz machte einen Sprung. Sofort ließ ich alles stehen und liegen, um ihm entgegenzueilen. Ich wollte Raphael gleich zur Begrüßung küssen, doch als er eintrat, hatte er sein Handy am Ohr und telefonierte.

Er zeigte auf den Hörer, für den Fall, dass ich es übersehen hatte. Ich lächelte bloß und nahm ihm seinen Rollkoffer am Eingang ab. Raphael strich im Vorbeigehen kurz über meine Wange und schenkte mir ebenfalls ein flüchtiges Lächeln, dann drehte er sich um und schritt lautstark telefonierend ins Wohnzimmer.

Ich seufzte.

Das Frühstück würde wohl noch ein paar Minuten warten müssen.

Weil ich den Koffer bereits in der Hand hatte, beschloss ich, ihn gleich nach oben zu tragen. Er war nicht sonderlich schwer. Das meiste seiner Wäsche hatte mir Raphael bereits bei unseren letzten Treffen mitgegeben, weil er dem Hotelservice nicht seine teuren Hemden anvertrauen wollte. Ich konnte es kaum erwarten, seine Sachen endlich wieder in unseren gemeinsamen Schrank zu hängen, wo sie hingehörten, und den Koffer auf dem Dachboden zu verstauen.

Unsere Ehe hatte viel mitgemacht über die letzten Jahre, und das meiste war meine Schuld gewesen, aber diesmal wollte ich es besser machen. Keine Geheimnisse mehr. Keine Zweifel und vor allem keine Seitensprünge.

Der Koffer war fast leer. Als ich ihn öffnete, fand ich nur noch etwas Unterwäsche, zwei Reservehemden und Raphaels schwarzen Kulturbeutel. Ich verfrachtete alles aufs Bett und wollte bereits wieder den Reißverschluss zuziehen, als mein Handrücken über eine Erhebung im Innenfutter strich.

Hatte ich etwas übersehen? Ich schob die Hand in das Seitenfach und berührte hartes Plastik. Stirnrunzelnd holte ich ein Handy hervor. Es sah genauso aus wie Raphaels, aber das konnte nicht sein. Raphaels Handy war in eben dieser Sekunde an sein Ohr gepresst. Sogar durch die Dielenbretter konnte ich ihn unter mir noch telefonieren hören. Seit wann besaß er zwei Telefone? Selbst für die Arbeit hatte er immer nur das eine verwendet.

Etwas wölbte den Stoff des Seitenfachs noch immer nach außen. Ich griff noch einmal hinein, fuhr mit der Hand das Innenfutter entlang – und erstarrte.

Meine Finger erkannten das Material sofort, rau, aber geschmeidig, mit dieser leichten Öligkeit, die vom vielen Gebrauch kam. Zitternd zog ich daran. Es war dünn und lang. Zwei Meter lang, um genau zu sein. Mit einem silbernen Karabiner an einem Ende und einer Handschlaufe am anderen.

Es war eine Hundeleine.

Mokkas Leine.

Rot, passend zum Halsband.

34.

Kommentar von @magick.soul.judy: Karma ist eine Bitch. Wartet's nur ab, am Ende kriegt jeder, was er verdient.

Vor meinem inneren Auge spielte sich wieder das Video der Überwachungskamera ab. Mokka, der schwanzwedelnd zum Tor lief, als würde er die Person dahinter kennen. Auf der Aufnahme trug er sein Halsband, aber noch keine Leine. Auf dem Video des Fake-Accounts, das kurz darauf gepostet worden war, allerdings schon. Das hätte mir bereits viel früher zu denken geben müssen. Wie kam derjenige an die Leine? Doch nur, wenn er davor im Haus gewesen war. Und Zutritt hatte nur, wer Teil der Familie war.
Ich.
Vicki.
Caro.
Und Raphael.
Meine Atmung ging rasselnd. Ich merkte, dass ich hyperventilierte, und zwang mich, mich aufs Bett zu setzen. Ich musste Ruhe bewahren. Keine vorschnellen Schlüsse ziehen. Bestimmt gab es eine plausible Erklärung. Linda war offensichtlich öfter bei uns eingebrochen. Sie hätte die Leine genauso gut nehmen können. Und dass sie sich nun in Raphaels Koffer befand? Womöglich hatte er mir irgendwelche Ermittlungsfortschritte verschwiegen und sie von der Polizei erhalten.

Aber das Handy. Wieso war da plötzlich ein Handy, von dem ich nie etwas gewusst hatte? Ich versuchte, es zu entsperren, doch der Bildschirm blieb schwarz. Raphael musste es zuvor ausgeschaltet haben. Ich schaltete es ein und scheiterte an der PIN-Eingabe. Vier Zahlen. Unser Hochzeitstag? Falsch. Vickis Geburtstag? Ebenfalls falsch.

Schweiß sammelte sich an meinem Rücken. Nur noch ein Versuch.

»Was tust du da?«

Raphael war so lautlos in der Tür erschienen, dass mir nicht einmal aufgefallen war, dass das Telefongespräch unten längst beendet war.

Mein Herz schlug heftig gegen meine Rippen. »Raphael! Ich –« Ich schluckte und atmete tief ein. »Die Leine … ich habe die Leine gefunden«, brachte ich mühsam hervor und hielt das rote Leder hoch, so dass Raphael es sehen konnte.

»Oh!« Ein mildes Lächeln erschien auf Raphaels Lippen. »Entschuldige, ich habe völlig vergessen, es dir zu sagen. Ich habe es im Gebüsch gefunden. Unten beim Bach, wo das Video aufgenommen wurde und wir so lange nach Mokka gesucht haben, weißt du noch? Ich bin am nächsten Tag noch einmal allein hingegangen und habe die Leine von einem Ast gezogen.«

»Und das Handy?«, hakte ich nach. »Das ist doch deines, oder?«

»Ein Zweittelefon für die Arbeit.« Raphael blinzelte nicht einmal, als er mich ansah. Mit keiner Regung sah man ihm seine Lüge an. Zum allerersten Mal versetzte mich dieses glatte, beherrschte Gesicht in Angst.

Wie oft hatte er mich noch belogen, ohne dass ich es gemerkt hatte?

»Wie lautet die PIN?«, fragte ich.

»Ist das wirklich notwendig?« Raphaels Stimme klang gelangweilt. »Ich nutze es kaum. Darauf befinden sich bloß Arbeitsmails und Unterlagen. Langweiliges Zeug.«

»Dann macht es dir sicher nichts aus, wenn ich einen Blick riskiere«, erwiderte ich spitz. »Wie lautet die PIN?«

»Wirklich?« Raphael hielt den Kopf schief, ein belustigtes Funkeln war in seine Augen getreten. »Glaubst du etwa, ich hätte eine Affäre? Muss ich dich daran erinnern, wer hier wen betrogen hat?«

»Hier geht es aber einmal nicht um mich.« Denn das tat Raphael schon immer, wurde mir plötzlich bewusst. Meine Unzulänglichkeiten nach außen kehren, damit er in der Position der Rechtschaffenheit bleiben konnte.

»Um was geht es dann? Hm? Sag es mir.«

»Die Wahrheit«, verlangte ich gepresst. »Ich will die Wahrheit wissen. Wo ist Mokka?«

Ein raues Lachen entfuhr Raphaels Kehle. »Was soll das? Glaubst du etwa plötzlich, ich hätte irgendwas damit zu tun? Er war auch mein Hund. Warum sollte ich so etwas tun?«

»Dann beweise es. Sag mir die PIN, damit ich selbst nachsehen kann.«

»Was soll ich dir beweisen? Sarah, du verhältst dich lächerlich. Komm einfach wieder mit mir runter. Ich habe das Frühstück gesehen. Es sieht herrlich aus, und ich habe seit Tagen nichts Ordentliches mehr gegessen.«

Raphael lächelte charmant, und hätte ich nicht Mokkas Leine zwischen den Fingern, hätte es vielleicht sogar funktioniert. Das Leder roch sogar noch immer nach unserem Hund.

Nein, diesmal würde Raphael mich nicht hereinlegen, schwor ich mir. Diesmal würde ich mir nicht einfach einreden lassen, ich wäre verrückt.

Als Raphael sah, dass er mich damit nicht erreichte, verschränkte er die Arme vor der Brust und seufzte resigniert. »Weißt du, ich dachte wirklich, du hättest dich geändert. Dass du bereit wärst, an dir zu arbeiten, nur deshalb habe ich eingewilligt, zurückzukehren und dir zu verzeihen.« Er schüttelte den Kopf. »Aber anscheinend habe ich mich getäuscht. Du bist wohl noch nicht so weit. Das wird Vicki sehr traurig machen.«

»Halt sie da raus«, knurrte ich. Die Härte in meiner Stimme überraschte sogar mich.

Raphaels Lächeln verschwand. Stattdessen betrachtete er mich nun mit kühler Präzision. »Und wenn ich dir die PIN gebe, was dann? Was hoffst du, darin zu finden? Was hast du dir wieder in deinem hübschen Kopf zusammengesponnen, das dich so aus der Fassung bringt?«

Ich antwortete nicht. In meinem Herzen kannte ich die Antwort schon längst, doch meine Lippen schafften es nicht, sie in Worte zu formen.

»Also gut, gib her. Ich werde dir beweisen, dass da nichts ist.« Raphael streckte die Hand nach dem Handy aus, und ich gab es ihm bereitwillig. Wie dumm das von mir war, merkte ich erst, als er die Finger fest darum schloss und es in seiner Hosentasche verschwinden ließ.

»Was soll das? Du wolltest es mich sehen lassen!«

Raphael hob eine Augenbraue. »Denkst du, ich lasse mich

von dir ausspionieren? Die Sache ist erledigt. Jetzt komm! Ich bin müde und habe keine Lust, zu streiten. Ich habe seit Wochen nicht mehr gut geschlafen, weil diese elende Hotelmatratze komplett durchgelegen war.«

»Nichts ist erledigt! Gib es zurück!« Ich langte nach seiner Hosentasche, um mir das Handy zurückzuholen, da holte Raphael plötzlich mit dem Arm aus und verpasste mir eine so heftige Ohrfeige, dass ich rückwärts stolperte.

Paralysiert vor Schock griff ich mir an die glühende Wange.

Raphael hielt seinen Arm wie zur Warnung auf halber Höhe in der Luft. »Genug jetzt«, sagte er mit ruhiger, kräftiger Stimme. Ähnlich, wie ich früher mit Mokka gesprochen hatte, wenn ich wollte, dass er endlich Platz machte.

Meine Augen brannten. Das hatte Raphael schon einmal getan. Als wir wegen eines geplatzten Deals mit einem Sponsoren viel Geld verloren hatten, weil dieser mit meiner Umsetzung nicht zufrieden gewesen war. Im Streit war ihm die Hand ausgerutscht.

Raphael hatte geschworen, es nie wieder zu tun.

Und ich war naiv genug gewesen, ihm zu glauben.

Wer zum Teufel war dieser Mann?

»Du warst es die ganze Zeit, oder?«, hauchte ich verstört, während saurer Speichel meinen Mund füllt. »Nicht Lola, nicht Linda. Nicht einmal Caro. Du! Du hast diesen Fake-Account erschaffen, um mich zu quälen.«

»Quälen?« Raphaels Gesichtsausdruck war ehrlich verblüfft. »Niemals. So kleingeistig bin ich nicht. Aber denk mal nach! Hat der Fake-Account dir wirklich geschadet? Oder sogar geholfen? Du warst von heute auf morgen von der Bildfläche verschwunden. Schlimmer als gecancelt zu werden, ist bloß, vergessen zu werden, aber der Fake-Account hat dafür gesorgt, dass du weiter im Gespräch geblieben bist. Die meisten deiner Follower wussten sogar, dass das nicht du warst, dadurch konntest du eine völlig neue Rolle einnehmen. Statt Wut und Hass hast du plötzlich Mitgefühl geerntet, sogar Liebe.«

»Das ist nicht wahr! Der Fake-Account hat mich bloßgestellt und mich in einem grauenvollen Licht gezeigt. Wie soll das eine Hilfe gewesen sein?«

»Du kennst doch das Business ebenso gut wie ich«, antwortete Raphael sachlich. »Es geht um die Klicks, nicht um die Art der Schlagzeile. Und der Fake-Account hat eine Menge Klicks bekommen, während du dich zuhause in Selbstmitleid gebadet hast und bereit warst, deine hart aufgebaute Karriere einfach sterben zu lassen.«

Mir klappte der Mund auf. »Also warst es wirklich du? Du warst @sarahrennt?« Obwohl ich es bereits geahnt hatte, nachdem ich die Sachen in seinem Koffer gefunden hatte, riss mir die Endgültigkeit dieser Erkenntnis schier den Boden unter den Füßen weg.

»Du siehst die Dinge immer noch nicht klar. Siehst du nicht, wo du jetzt bist? Was der Account für dich geleistet hat?«

»Aber all die grauenvollen Sachen, die du gepostet hast ...« Ich musste mich auf den Bettrahmen stützen, um nicht in die Knie zu gehen. »Heißt das, du wusstest vorher schon von dem Treffen mit David?«

»Natürlich. Genauso wie ich alles weiß, was du tust. Dabei hatte ich dir deinen erbärmlichen Seitensprung schon längst vergeben. Bis du dich dazu entschlossen hast, diesen affektieren Taugenichts wieder hinter meinem Rücken zu treffen. Das konnte ich nicht so einfach auf mir sitzen lassen. Da musste ich dir eine Lektion erteilen.«

»Und Mokka? Das warst dann auch du? Was hast du Mistkerl mit ihm gemacht?«, fragte ich und schleuderte ihm die Leine vor die Füße.

»Mokka geht es gut. Er lebt jetzt bei einer sehr dankbaren Familie in Deutschland. Du weißt, ich war immer dagegen, dass wir den Hund dauerhaft behalten, und ich mag es nicht, wenn ich so einfach übergangen werde, aber ich bin kein Unmensch.« Raphael lächelte auf eine Art, die mir das Blut in den Adern gefrieren ließ. »Ich verspreche, ich habe dem Köter kein Haar gekrümmt.«

Mein Hals wurde eng. Meine Brust. Mein Bauch. »Du bist ein Monster! Wir konntest du mir das antun? Wie konntest du das unserer Tochter antun? Mokka war Teil dieser Familie!«

»Ganz ruhig. Ich weiß, du bist nun wütend und gekränkt, aber du musst verstehen, das alles hatte einen höheren Sinn. Mir ist diese Ehe enorm wichtig. Du bist mir wichtig.«

Raphael kam auf mich zu. Er hatte die Hand nach meiner Wange ausgestreckt, doch ich schlug sie weg. Nach vierzehn Jahren Ehe schauderte mir nun vor seiner Nähe. »Ich oder das Geld, das du mit mir verdienst?«, zischte ich.

Raphaels Blick verdunkelte sich. »Nun werde nicht eingebildet. Glaubst du wirklich, du wärst so weit gekommen, ohne mich?«, fragte er und vollführte eine ausschweifende Geste, die meinen Körper umfasste. »Sieh dich doch an! Alles, was du bist, alles, was du jemals erreichst, hast du mir zu verdanken! Ich habe dich erschaffen. Du kannst überhaupt nicht ohne mich existieren. Du brauchst mich.«

»Das war ich!«, schrie ich zurück. »Ich habe das geschafft!«

»Ach ja? Und wer hat dich trainiert? Hat dir gesagt, wie du sprechen, wie du auftreten sollst? Deinen ganzen verfluchten Kleiderschrank habe ich ausgesucht! Ich habe dich berühmt gemacht, und du wolltest das alles einfach so wegwerfen. Als wäre es nichts. Als hätte ich dir nicht mein halbes Leben verschrieben. Nur, weil du ein bisschen traurig und verwirrt warst und sich so eine dumme, psychotische Göre das Leben genommen hat. Aber konnte ich dir einfach sagen: Reiß dich zusammen und mach deinen verfluchten Job? Nein! Denn das Prinzesschen durfte sich natürlich nicht unter Druck gesetzt fühlen. Also war ich verständnisvoll. Habe dich unterstützt, und dennoch bist du mir keinen Millimeter entgegengekommen, obwohl du wusstest, was für ein großer Druck dank deiner Unfähigkeit auf mir lastete. Am Ende hast du mir keine andere Wahl gelassen. Der Fake-Account war meine einzige Möglichkeit, dich in der Spur zu halten, ohne dein fragiles Ego zu beschädigen. Und es hat funktioniert! Sieh nur, was wir dadurch geschaffen haben! Dank mir bist du ganz kurz davor, ein richtiger Star zu werden.« Raphaels Augen funkelten, während er mir den Zeigefinger vor das Gesicht hielt. »Und ich werde bestimmt nicht zulassen, dass du es wieder versaust.«

»Du bist verrückt, wenn du glaubst, dass ich nach all dem noch mit dir weitermache.«

»Was willst du denn sonst tun? Mich verlassen?« Raphael lachte, aber es war ein harter, freudloser Laut. »Wir haben einen Vertrag, und damit meine ich nicht nur unseren Ehevertrag. Du gehörst so gut wie mir.«

»Du kannst mich nicht zwingen. Ich mache da nicht mehr

mit! Und ich bin sehr gespannt, wie du ohne mich Stories veröffentlichen und Interviews geben willst.«

»Das werden wir ja sehen«, antwortete Raphael mit einem grausamen Grinsen und hob die Hand.

Erst da begriff ich.

Das war nicht mehr der Mann, den ich geglaubt hatte zu kennen, mit dem ich so viele Jahre das Ehebett geteilt und eine Tochter großgezogen hatte. Wahrscheinlich hatte es ihn nie gegeben. Nicht wirklich.

Dieser Mann war ein Fremder. Grausam. Machtbesessen. Manipulativ.

Und er war bereit, mir wehzutun.

Ich stieß mich vom Bettgestell ab, um wegzulaufen, doch ich war nicht schnell genug. Raphael bekam mein langes Haar zu fassen und riss daran, so dass ich gellend aufschrie. Ich stolperte zurück, und wahrscheinlich hätte er mich ganz zu fassen bekommen, hätte Mokka mich nicht gerettet. Seine Leine, die noch immer zwischen uns am Boden lag. Raphael rutschte auf dem glatten Leder aus und geriet ins Taumeln.

Während er sich fing, stürzte ich in Richtung Tür, die Arme weit ausgestreckt. In meinem Brustkorb hämmerte es wie unter Trommelschlägen. Meine Fingerspitzen streiften bereits den Türgriff, aber Raphael war wieder schneller als ich. Mit nur zwei Schritten hatte er mich eingeholt. Seine Hand schloss sich wie ein Schraubstock um meinen Unterarm und zwang mich in die Knie.

Mein Blickfeld wurde weiß vor Schmerz. Sterne explodierten hinter meiner Stirn. Dann ging alles ganz schnell.

Plötzlich war da eine weitere Person in der Tür. Eine zweite Hand, die sich um meinen Arm schloss. Kleiner, sanfter. Ein lautes Zischen, gefolgt von einem durchdringenden Schrei. Eine rosa Dose, die zu Boden fiel, während Vicki mich auf die Beine zog und in den Flur hinaus zerrte.

»Was war das?«, fragte ich keuchend und wollte zurücksehen, doch da hatte Vicki bereits die Schlafzimmertür zugeknallt, so dass Raphaels Schmerzensschreie nur mehr gedämpft nach außen drangen.

»Pfefferspray«, erwiderte sie knapp, und da erinnerte ich mich wieder. Die rosa Dose von ihrem Nachttisch, die Caro uns zum Schutz gegeben hatte. Meine Augen brannten, weil sie etwas von dem Dunst abbekommen hatten. Ich wollte kurz stehen bleiben, um mit dem Ärmel darüber zu reiben, aber Vicki ließ mich nicht und zog mich weiter den Flur entlang.

»Komm schon!«, drängte sie. »Das wird ihn maximal für ein paar Minuten aufhalten. Wir müssen weiter.«

»Weiter? Wohin denn?« Meine Sicht verschwamm. Ich konnte kaum meine Füße unter mir sehen und musste mich auf Vicki verlassen, dass sie mich führte.

Mit einem lauten Poltern flog die Schlafzimmertür auf. Fluchend änderte Vicki die Richtung und schob mich seitwärts, bis wir durch ihre Zimmertür stolperten.

Vicki schloss von innen ab und schob noch ihre Kommode vor die Tür. Die Bilderrahmen, die darauf standen, kippten bei der ruckartigen Bewegung um. Eines der Bilder schlitterte zu Boden, und das Glas zerbrach. Es war ein Familienfoto. Der Sprung ging direkt durch die Mitte und spaltete unsere Familie. Wie glücklich wir alle darauf aussahen, aber waren wir es je wirklich gewesen?

»Du wusstest es, oder?«, fragte ich Vicki. »Dass er den Fake-Account betrieben hat?«

Vicki stand mit dem Rücken gegen die Kommode gestemmt, die Augen weit aufgerissen. »Gewusst nicht, aber ich hatte so ein Gefühl«, gestand sie, während ihr Blick nervös umherhuschte. »Ich habe etwas auf seinem Handy gesehen, als ich bei ihm im Hotel übernachtet habe. Das war der eigentliche Grund, weshalb ich so schnell wieder weg bin, aber ich wollte es nicht wirklich wahrhaben. Bis heute nicht.«

Die Tür erbebte, als jemand von außen heftig dagegen hämmerte. Vicki schrie auf und sprang vor, um sich hinter mir zu verstecken.

Ich legte schützend die Arme um sie und baute mich vor der Tür auf. »Lass uns in Ruhe!«, schrie ich.

Raphael zögerte kurz und klopfte dann erneut gegen das Holz, beherrschter diesmal. »Vicki? Bist du auch da drin? Glaub ihr nicht, egal, was sie sagt! Deiner Mutter geht es nicht gut. Sie ist verwirrt. Die letzten Wochen waren einfach zu viel für sie. Ich will ihr nur helfen, sag ihr das.«

Vicki schob mich weg von der Tür in Richtung Fenster und zog ihr Handy aus der Gesäßtasche ihrer Jeans. »Keine Sorge, er kann uns nichts mehr anhaben.« Sie hielt mir den Bildschirm entgegen, so dass ich ihre Anrufliste sehen konnte.

133.

Vicki hatte die Polizei verständigt.

»Oh, Vicki.« Ich fasste ihre Hand, die wie ein kleiner Vogel in meiner zitterte.

Eine Sekunde später erklang das Jaulen der Sirenen auf unserer Straße.

35.

Kommentar von @vera_moon_19: Ich verstehe echt nicht, wieso ihr immer noch auf @sarahlaeuft rumhackt. Habt ihr kein eigenes Leben? Sie ist doch auch nur ein Mensch.

Sie erwischten Raphael, als er versuchte, über den Feldweg hinter unserem Haus zu fliehen. Vicki und ich konnten seine Verfolgung durch die Fenster im oberen Stockwerk beobachten, während wir uns aneinander festhielten.

Er war orientierungslos, gehetzt, rieb sich immer wieder über die Augen und strauchelte, als hätte er getrunken. Die Polizisten hatten leichtes Spiel, ihn einzufangen. In weniger als fünf Minuten hatten sie ihn gepackt und ihm die Arme auf den Rücken gedreht.

Raphaels Kopf war rot vor Wut. Seine Lippen bewegten sich unaufhörlich, während er auf die Polizisten einredete. Ausflüchte. Lügen. Oh, darin war er gut. Doch diesmal waren seine cleveren Worte nicht genug, um ihn zu retten. Mit Genugtuung sah ich die Handschellen um seine Handgelenke, als die Polizisten ihn auf die Rückbank ihres Wagens zwangen. Raphael hatte aufgehört, sich zu wehren, doch kurz bevor er einstieg, hob er ruckartig das Kinn.

Er sah hoch zum Fenster, hoch zu mir, und für einen Augenblick trafen sich unsere Blicke. Ich hielt den Atem an, hörte das Blut durch meine Ohren rauschen und presste Vickis bebenden Körper fest an meine Seite.

Ich hauchte ein Wort und hoffte, dass er es durch das Glas von meinen Lippen würde lesen können. »Vorbei.« Es war aus und unwiderruflich vorbei. Raphaels Macht über mich war gebrochen.

Dann drückte einer der Polizisten den Kopf meines Ehemanns nach unten, und sein Körper verschwand im Wagen.

Erleichtert atmete ich auf.

Ohne Gerichtsbeschluss war das Spiel zwar lange nicht zu Ende, doch jetzt war ich zumindest gewappnet. Ich wusste, wer mein Gegner war, und konnte mich gegen ihn wehren.

Nie wieder würde ich zulassen, dass dieser Mann mich manipulierte und an mir selbst zweifeln ließ. Raphael hatte gesagt, der Fake-Account hatte mir helfen sollen, aber stattdessen hatte er mich mit seinen Inhalten in Angst versetzt und dadurch kleingehalten, gefügig, damit ich weiterhin nur das tat, was er von mir wollte.

Es hatte gut für ihn funktioniert. Bereits vor dem Fake-Account, aber das begriff ich erst jetzt.

Die Türklinke bewegte sich, und Vicki entfuhr ein nervöser Atemzug. Doch es war nur die Polizei, die ihren Weg nach oben gefunden hatte.

Eine Frau erhob behutsam die Stimme. »Frau Rode? Sind Sie hier drinnen? Geht es Ihnen gut?«

»Alles in Ordnung«, antwortete ich gepresst. »Meiner Tochter und mir geht es gut. Wir kommen gleich raus.«

Vorher drückte ich Vicki noch einmal ganz fest an mich. »Es wird alles gut werden«, versprach ich und küsste sie auf die Wange.

Vicki hatte angefangen, zu weinen, ihre verquollenen Augen waren groß wie Murmeln. »Ich habe Angst«, hauchte sie.

»Hätte ich die Polizei nicht rufen sollen? Aber du hast so laut geschrien und …«

»Du hast alles richtig gemacht«, versicherte ich ihr und strich beschwichtigend über ihre Schultern. »Wir müssen jetzt nur noch da raus und mit ihnen reden, dann haben wir es geschafft. Bist du bereit?«

Vicki nickte zögernd.

Gemeinsam schoben wir die Kommode beiseite und entsperrten die Tür. Sofort stürmten mehrere Polizisten in den Raum. Sie nahmen Vicki an die Hand, die so unter Schock stand, dass sie kaum mehr selbstständig gehen konnte. Wir sollten sie nach unten begleiten, wo ein Krankenwagen bereitstand, um uns auf Verletzungen zu untersuchen.

Ich beteuerte abermals, dass es mir gut ging. Und das tat es auch. Zum ersten Mal seit Jahren sah ich die Dinge klar. Ich wusste, was ich zu tun hatte. Noch bevor ich vor der Polizei aussagte oder Anzeige erstattete.

Und ich musste es jetzt gleich tun, bevor ich es mir wieder anders überlegen konnte.

Also bat ich um eine kurze Toilettenpause und zog mich in mein Badezimmer zurück. In der Falte meines Kleiderrocks hielt ich mein Handy versteckt. Noch während ich es in der Hand hielt, vibrierte es pausenlos.

Neue Follower.

Neue Likes.

Neue Erwähnungen.

Ein unaufhörlicher Strom an Meldungen und Bewertungen, als wäre die Begleitmusik meines Lebens ein einziges lang gezogenes Pling.

Ich hatte Social Media immer als ein notwendiges Werkzeug gesehen, aber in Wahrheit war es immer Raphaels Werkzeug gewesen, mit dem er mich und mein Leben kontrolliert hatte.

Drei Menschen hatten sterben müssen, ehe ich das endlich begriff. Wie Raphael gesagt hatte. Er hatte mich erschaffen, und ich musste widerwillig zugeben, dass er recht hatte.

Ich hatte immer nur getan, was er wollte, von dem er mir weismachte, dass es das war, was die Sponsoren, meine Follower, was alle von mir wollten.

Also hatte ich mich gefügt, hatte eine Rolle gespielt, in der ich weder Einfluss auf Drehbuch noch Regie hatte, und hatte mich dabei immer mehr von dem Menschen entfernt, der ich in Wahrheit war.

Wer weiß, vielleicht war dieser Mensch auch nicht besser als die Version, die Raphael kreiert hatte, aber zumindest wäre sie Ich, und sie wäre frei, ihre eigenen Entscheidungen zu treffen.

Ich atmete tief ein und aus.

Dann öffnete ich mein Konto und tat, was ich schon längst hätte tun sollen. Spätestens, nachdem Leonie ihren letzten Atemzug getan hatte und mir die Tragweite meines Handelns bewusst geworden war.

Ich löschte meinen Account, löschte damit alle Bilder, Stories, Videos und Texte, die ich die letzten Jahre geteilt und zum Mittelpunkt meines Lebens und meiner Persönlichkeit gemacht hatte.

Ich löschte sie jetzt und für immer und schickte @sarahlaeuft in die Versenkung.

Nachdem es getan war, machte ich mir nicht einmal mehr die Mühe, mein Handy wieder aufzuheben.

Ich ließ es einfach am staubigen Badezimmerboden liegen und ging zur Tür hinaus, um meine Tochter zu suchen.

Auf meinen Lippen lag ein Lächeln, denn endlich konnte ich ihr sagen, dass ihre Mutter zurück war.

DANKSAGUNG

Man stellt sich SchriftstellerInnen gerne als einsame Eremiten vor, doch tatsächlich braucht es eine ganze Menge Leute, damit ein fertiges Buch entstehen kann, weshalb ich an dieser Stelle aus vollem Herzen Danke sagen möchte.

Zunächst einmal bedanke ich mich beim Aufbau Verlag und bei meinem Verleger Reinhard Rohn. Danke für euer Vertrauen und euer Engagement und dafür, dass ihr mir die Möglichkeit gegeben habt, meine Romanidee Wirklichkeit werden zu lassen.

Ein großes Danke gebührt auch wieder meiner wunderbaren Agentin Beate Riess, die das Buch von Kindesschritten an begleitet hat und mir mit ihren Ratschlägen stets zur Seite steht.

Danke auch an meine Familie und Freunde, dafür, dass ihr immer für mich da seid und mir auch in harten Zeiten den Rücken stärkt. Ganz besonders dir, Heinz, Danke für deine Liebe und deinen unerschütterlichen Glauben an mich.

Und Danke vor allem euch, meinen Lesern, dafür, dass ihr dieses Buch gerade in Händen haltet und diese Zeilen lest. Ihr seid der Grund, warum ich schreibe.